AF176140

Juniabend an der Alster

Schwäne schlafen auf geisternden Wellen.

Viele Länder und Stimmen im Wind.

Lebensfreude hat sich für die Nacht verkleidet.

Die Luft ist wie sachte Berührung.

Manfred van Well

Spielvogel

Impressum

© 2019 Manfred van Well

Titel-Idee: Jutta Baumann

Titelbild-Vorlage: Moriskentänzer von Erasmus Grasser (1480)
Fotografische Gestaltung: Achim Krempel

Mittelteil: Jutta Baumann und Manfred van Well
Foto: Klaus Uwe Adam

Rückseite: Tanzendes Paar im Schlosspark des Katharinen-Palastcs in Puschkin/Zarskoje Selo (bei St.Petersburg)
Foto: Jutta Baumann/ Collage von Dietmar Bittrich (mit spielenden Elementen)

Lektorat: Achim Krempel

Herstellung und Verlag: BoD – Books on Demand, Norderstedt

ISBN: 9783753497846

In diesem Buch „Spielvogel"
ragen die Figuren auf:

Da ist Bill – mein Vater, von dem ich den Spiel-
und Witzetrieb geerbt habe.

Da ist Salvador Dali, der mir das ökumenische Ohr
Johannes XXIII. erklärte.

Da ist Margit – meine junge Geliebte, die mich
zum Lyriker werden ließ.

Sie und viele andere begegneten mir in den frühen
Jahrzehnten meines Lebens.

Wer in diesem neuen Buch auf eine Seite tippt,
wird schnell Kontakt finden.

Seine Wortgebilde sind gehämmert, geglüht und ziseliert.
(Hamburger Abendblatt)

Was für sinnlich starke Arrangements.
Gerhard Zwerenz

Diese Dichtung hat etwas Besessenes, eine Tropik, wie sie überreife Früchte verströmen.
Peter Jokostra

Wir haben die gleichen Götter.
Peter Rühmkorf

Vor dem Mann muss man warnen.
Dietmar Bittrich

Mein Vater saß im Küchensessel und hielt die Neue Ruhrzeitung ausgespannt zwischen beiden Händen.

Wenn die Augen ihm zufielen, sackte der Kopf nach vorn. Lore und ich beobachteten ihn. Kurz bevor der Kopf nickte, sagte einer von uns: „Ein hoher Herr kommt!", prompt machte Bill seinen Nickerich. Einmal schlief er im Sessel, als ich mit einem Buch über indische Tempelfriese nach Hause kam. „Das wird dich interessieren", sagte ich. Er rührte sich nicht. Da schob ich ihm das aufgeschlagene Buch direkt vor die blinzelnden Augen. Er war mit einem Schlag hellwach und betrachtete die sonnenbeschienenen nackten Paare des Jagagamba Tempels. Er hing fest wie an einer Leimrute. Bill, der alte Genießer.

Er hatte erotische Storys, die uns immer wieder aufgetischt wurden. Ich hab den feinen Singsang seiner Vortragsweise noch im Ohr. Heute ist mir klar, wie oft ich in seine Fußstapfen trete. Und wie oft ich anderen meine favorisierten Verse und Witze erzähle. Verse naturgemäß seltener. Aber dann wird's zum Ereignis mit lautmalerischen Ambitionen. Witze sehr häufig. Aber manchmal mit solch einem Tempo, dass keiner mehr mitkam. Bill hielt's ganz lässig. Er lächelte, wenn er mit einer altvertrauten erotischen Fabel anhob:
„Es saßen drei Nonnen an einem tiefen Bronnen und...?

…und?

…und täterätätä", sagte mein Vater. Der alte Rätseltrick. Wir wussten ja seit langem, was kommen würde. Denn irgendwann hatte er es mal verraten. „Da saßen die dreizehn Nonnen und...? Und?" Nun muss es heraus: „...und wuschen sich die Wunden aus"

Was die Dreizehn sich im einzelnen erzählten, haben wir nie herausbekommen. Bei der zehnten aber wurde eine Ausnahme gemacht. Originalton Bill: „Und lächelnd sprach die zehnte – täterätätä…" Da waren sie wieder: die Rätsellaute. Doch was Bill durch seine imitierten Kindertrompetengeräusche schmunzelnd zu verdecken suchte, war uns längst durch seine gelegentlichen Indiskretionen bekannt: Erklang also sein Satz: „Und lächelnd sprach die zehnte...", reimten wir in Gedanken weiter: „meine lässt sich dehnen, von Hamburg bis nach Bremen."

Um sich vor Augen zu führen, wie Bill diese Sprachdarbietungen genoss, ist es nötig, sich einen pompösen chinesischen Glücksgott in einer gemischten Familienrunde vorzustellen. Bill hatte nicht ganz diese Abmessungen. Aber er war schon ein Berg von Mensch. In der Stadtlandschaft und in der Wohnung. Wenn er auf dem Sofa schlief – und ich habe das Bild einige Male gezeichnet – erinnerte er an den großen, mit dem Kopf auf der rechten Hand ruhenden, Buddha von Polonnaruwa. Mit einer Allonge-Perücke ausgestattet, wäre er in wassermusikalischen Zeiten als Händels voluminöser Bruder durchgegangen. Denn in den Gesichtszügen besaß er eine auffällige Ähnlichkeit mit dem barocken Genius.

Wenn ich heute in meinem überlangen, senfgelben Trench an einer Schaufensterscheibe vorüberschreite und mein wandelndes Profil sehe, muss ich an ihn denken. Bilder überlagern sich. Wortzwänge auch.

Mit manchen seiner Sätze rief Bill eine ganze Szenerie vor Augen. Bei anderen hatten seine Zuhörer ein gutes Stück gedankliche Arbeit zu leisten.

Seine Mitteilung, „Nach ländlichen Festen legten die Hühner besonders große Eier", leuchtete nicht jedem sofort ein.

Wer dachte denn auch schon an die verliebten Paare, die aus dem Trubel eines solchen Festes ins Freie strebten, um sich umhaucht vom Sommerwind, noch näher zu sein?

Da wurde mit Sicherheit beim Austausch der Gefühle hie und da mal ein Rückzieher gemacht.

Das aufmerksame Federvieh aber fand am nächsten Tag in Feld und Rain auch ungewohnte Zugaben zur üblichen Körnerkost.

Bill – das muss hier klar und deutlich gesagt werden – war auch ein früher Meister der Happenings. Was sich da im dritten Stock seines Essener Wohnhauses zutrug, ist noch nicht in die Annalen der Kunstgeschichte eingegangen. Es fand schließlich auch in der Verschwiegenheit eines Toilettenraumes statt. Ungewöhnliches begab sich da in der Tiefe einer Porzellanschüssel: Festliches Licht flackerte auf.

Ein Berg, gespickt mit flammenden Streichhölzern, wies auf das Unwiederbringliche dieser Veranstaltung hin.

Dass Bill auch den peristaltisch gesteuerten Urlauten des menschlichen Körpers ein starkes Interesse zuwandte, nimmt nach den eben geschilderten Ereignissen nicht wunder.

Und auch hier meldete sich wieder der Drang, solche Vorgänge samt ihren Folgewirkungen zu zelebrieren. War es ihm in unserer Wohnung gelungen, die Luft eines Raumes mit körpereigenen Gasen anzureichern, ging sein ganzes Bestreben auch dahin, ein anderes Familienmitglied durch irgendeinen Ausruf in seine Nähe zu locken. Stand nun dieser arme Verführte in der höllischen Wolke, hörte man die Stimme des Wohnungsbesitzers: „Nimm dir mal ein Näschen voll!"

Die entsetzten Aufschreie meiner Mutter genoss er mit besonderem Behagen.

Bill stand seinerseits in einer Tradition. Seine Brüder hatten die Späße mit dem eigenen Gebläse auch in ihrem Repertoire. Mein Onkel Hermann pflegte ahnungslosen Halbvertrauten seine rechte Faust mit dem vorragenden kleinen Finger entgegenzustrecken. Dabei sagte er: „Zieh mal dran!"

Meine Schwester und ich wussten, was geschehen würde, wenn man auf seinen Wunsch einging.
Bei diesem Onkel warteten gewaltige Entladungen. Die Sippe der „van Wells" hatte schon immer einen Nerv für urwüchsige Scherze. Und so zieht sich von meiner badewannenwasserbrubbelnden Kindheit bis in die jüngste Zeit eine Kette von Anekdoten wie eine Reihe von Würzwinden. Ich erinnere mich noch genau an einen Redaktionsnachmittag, bei dem ich mir die Freiheit nahm, einige Gesprächspointen mit dramaturgisch genau gesetzten Krachern zu betonen.
Als ich beim Abschied noch mal einen knallen ließ, drehte sich mein wunderbarer Kollege W. S. in der Tür um und fragte: „Wer von euch beiden hat mich gerufen?"

Wenig bekannt ist, dass sich ein Darmwind mit der Hand fangen lässt. Schon in frühester Kindheit beherrschte ich die Kunst, den Darmflüchtling am Ausgang mit schnellem Griff zu umschließen und das in der Faust gefangene Faulgas unter der Nase eines Vertrauten in die Freiheit zu entlassen. Anrüchig oder nicht – Friedrich Schröder-Sonnenstern hätte seine Freude daran gehabt. Rabelais auch.
In der attischen Komödie waren Anspielungen auf die Darmhupe durchaus typisch.
Baldung Grien sah im Hexensabbat eine Gelegenheit, das Unsichtbare als brodelnde Rauchwolke ins Bild zu bringen.

Mächtig windet's auch auf Beardsley's Illustrationen zu „Lysistrata". Und Goyas Höllengreisin packt in den „Capriccios" einen blühenden jungen Cupido an beiden Beinen, um mit ihm als Blasebalg ein Feuer anzufachen. Gewaltig bläht sie die Nasenflügel.
Diese Naturdünste sollten ihr nicht entgehen.
(Verwunderlich eigentlich deshalb, weil man aller Erfahrung nach nur den eigenen Darmqualm mit Behagen inhaliert.)

Bill, der alte Schalk, hatte immer seinen Spaß an unbürgerlichen Aktionen. Und Lore, seine Tochter, steuerte eine unwiderstehliche Erzählung bei. Mit ihrem zweiten Kind schwanger, saß sie eines Tages mit Lachanfällen im Bus. Sie kam eben vom Gynäkologen und sah in Gedanken den Kopf des untersuchenden Mediziners zwischen ihren Schenkeln. Wenn da die Darmtrompete einen Ton gegeben hätte. Vielleicht hätte er ja auch ein paar Lachfältchen bekommen, der Frauenarzt, für dessen heikle Situation man bei einem von Arno Schmidt zitierten Kalauer noch mehr Verständnis hat.
Denn da heißt es:
Zwischen zwei Bergen brummt ein Bär.
Deftige Tochter.
Deftiger Vater.
In ihrer Verlobtenzeit erhielt Trüdchen, meine Mutter, einen Brief, in dem Bill kurz und bündig schrieb:
Ziehe bitte Deine schwarze Unterwäsche an. Ich

habe Dir etwas Wichtiges mitzuteilen. An Selbst-
bewusstsein hat es dem Scherzbold nie gefehlt.
Auch als er längst in die Rolle des Super-Schwer-
gewichtlers hineingewachsen war, änderte sich
nichts daran. So kam er eines Tages nach Hause
und erzählte von einem Erlebnis in der City: „Ich
hab' da heute einen schönen Kerl gesehen", sagte
er. „Und?", fragten wir. „Na, ich bin auf ihn zu
und wollte ihm die Hand schütteln." „Und dann?"
„Ich bin glatt gegen eine Glastür gerannt", sagte
Bill.
Stoff zum Lachen gibt's auch, wenn ich in den
Frühzeiten meiner Existenz herumgründele. Zeug-
nisse aus fremden Mündern kommen mir da grade
recht. Was hab ich angerichtet als Mini-Mensch?
Offenbar eine junge Mutter in gute Laune versetzt.
Die sah, wie ich als kleiner Bub an ihren Kinder-
wagen trat und ihren Sprössling betrachtete. Ähnliche Vorgänge sieht man tausendmal auf den Straßen. Aber der Bub sagte etwas. Und da lachte die
Mutter. Sie ging zu meiner Mutter und berichtete.
„Was ist denn das für 'ne Spinatwachtel?", hatte
ich gefragt. Eine seltene Bezeichnung, sicher. Aber
nicht für die van Wells. Bei uns zu Hause fielen
solche Worte. Ich hätte auch „Schlingenfittich" sagen können. Ulkige Typen waren damit gemeint.
Damals lag die Zeit des „Eine-ka-beine-ka-
bupps" wohl schon hinter mir. Ich erinnere mich,
dass ich als Kleinling beim Spaziergang beide
Arme ausstreckte, links Trüdchens und rechts Bills

Hand ergriff. Nun setzten sich meine Erzeuger in einen leichten Trab und riefen „Eine-ka-beine-ka…" und dann geschah's: Bei dem Wort „bupps" schwebte ich in der Luft, von beiden Händen festgehalten. Es war nur ein kurzes Schweben. Aber es war ein Schweben. Und es wiederholte sich. In jenen fernen Tagen stand ich einmal in der Haustür und rief einem vorbeilaufenden Rothaarigen „Rotfuchs, Rotfuchs!" hinterher. Das Schöne daran: ich war selbst ein Rotfuchs.

Um die frühe Fixierung des Knaben Manfred auf das weibliche Geschlecht ging's in einer anderen Geschichte. Ich muss da erst drei oder vier Jahre alt gewesen sein. Wir fuhren im Zug. Uns gegenüber saß ein schönes Mädchen, das plötzlich zu lächeln begann. „Kneif ihr doch mal ein Äugsken zu!", sagte mein Vater zu mir. „Hab ich doch gerade getan", sagte der jugendliche Hoffnungsträger.

An Eisenbahnabteile knüpfen sich für mich auch andere Geschichten aus meiner Kindheit. So war es bei Zugfahrten für uns durchaus üblich, Nachbarn beim Bonbonverteilen zu berücksichtigen. Getreu dem Motto: KEIN HERZ SOLL BLUTEN. Heute gehört es zu meinen Gepflogenheiten, sympathische oder gefällige Zeitgenossen – wo immer ich sie treffe – mit kleinen Geschenken zu überraschen. Das können chinesische Mini-Autos, opalene mexikanische Glasmurmeln, farbige Flummi-

Gummikugeln, Schüttelspielzeuge oder Vogel-
zwitscherdöschen sein. Diese Schenkbesessenheit
hat mir von Seiten einer amerikanischen Bekannten den Beinamen „Santa Claus" eingebracht.
Kurz: Die Taschen meiner Popelinemäntel sind
immer schwer von allerlei Krimskrams. Kommt es
nun irgendwo zu einer Übergebe-Zeremonie, werden Augenzeugen, die den Vorgang wohlwollend
beobachten, mit ins Spiel gezogen. Getreu dem
Motto: KEIN HERZ SOLL BLUTEN.
Dieser Tage gingen englische Glaskugeln der
Marke „Sternenflimmer" an mehrere U-Bahn-
Fahrgäste. Ich sah beim Aussteigen in einige lächelnde Gesichter.

Doch nun zurück zu Bill, dem alten Lustmolch,
der sich auch konsequent zeigte, wenn es darum
ging, den Filius vor einem Störenfried zu beschüt-
zen. Wie mir später berichtet wurde, hat der dem
langjährigen Daumenlutscher Manfred einmal einen guten Dienst erwiesen.
Ich besaß damals ein Schmusekissen, über dessen
Zipfel ich beim Daumennuckeln mit dem Zeigefinger ging. Genussverdopplung, würde man heute
sagen. Der Spielverderber, ein Freund der Familie,
aber zerrte mutwillig an diesem Kissen. Er wollte
sich einen Spaß machen. Da bekam er es aber mit
Bill zu tun. Was die streichelbaren Gegenstände
angeht, hatte ich im Laufe der Zeit die verschiedensten Vorlieben.
So machte es mir in der Menzelstraße 26 morgens

im Bett ein großes Vergnügen, mit den ersten beiden „kneifenden Zehen" des rechten Fußes am Schlitz des Oberbetts entlang zu fahren, bis ich auf einen Mangelknopf traf. Ich genoss es, die Glätte der Stoffbespannung zu fühlen und den Knopf, der nicht die Härte eines Horn- oder Metallknopfs hatte, schmerzlich süß zwischen die Zehengabel zu pressen.

Angenehm war es auch, mit Daumen und Zeigefinger über die polierte Rundfläche zu gehen. Aber schließlich genügte mir das alles nicht mehr, und ich zerkaute die aus Stoff und dünnem Blech bestehenden Mangelknöpfe zu Klumpen.

Bemerkenswert an diesen Vorgängen ist auch, dass Trüdchen sich nie über die vielen verklumpten Mangelknöpfe beklagte.

Ich bin auch heute noch ein leidenschaftlicher Kauer. Die Fingernägel wachsen ja immer wieder nach. Die Fußnägel auch.

Kaugummis waren schnell fade gekaut. Speckschwarten und Pfirsichkerne irgendwann langweilig. Aber auch die Bleistifte kamen dran. Die Handschwielen. Die Nagelränder. An einem abstehenden Hautzipfelchen zupfte ich mit einem schmerzenden Ruck, bis Blut floss. Glasig rot war die Unterhaut. Ich hustete einen Nagelrand aus.

Bill schnitt sich die Fußschwielen mit der Rasierklinge ab. Es ging mir durch und durch. Bill verblüffte uns, wenn er mit dem Daumen von unten gegen seine Nase drückte und weiße Talgwäldchen aus dem Nasenflügel sprossen. Bill der Entdecker. Er kannte auch den Geschmack von Trüdchens Muttermilch.

Er saß manchmal im dunklen Wohnzimmer, sog an der Zigarette, dass nur ein Glühpunkt sichtbar war und erzählte Lore und mir Märchen. Die Geschichten übten einen großen Sog auf uns aus. Denn nicht selten wurden wir als Akteure selbst in die Handlung einbezogen.

Bill war wie ein Altvogel, der vorverdautes deutsches, griechisches und orientalisches Sagen- und Märchengut aus seinem Kropf herauswürgte und uns Jungvögel damit fütterte. Die Winde sausen um das Haus. Der Vater erzählt vom Nikolaus. Nein, vom Nikolaus erzählt er nicht. Aber eine andere alte Formel ließ Bill gelegentlich aufleben. Und dann hob er an: „Es war einmal ein Vater, der hatte sieben Söhne. Und die sieben Söhne sagten: ‚Vater, erzähl' uns eine Geschichte.‘ Da sagte der Vater: ‚Es war einmal ein Vater, der hatte sechs Söhne.‘ Und die sechs Söhne sagten: ‚Vater, erzähl' uns eine Geschichte.‘ Da sagte der Vater: ‚Es war einmal ein Vater, der hatte fünf Söhne.‘ Und die fünf Söhne sagten: ‚Vater, erzähl' uns eine Geschichte.‘ Da sagte der Vater: ‚Es war einmal ein Vater, der hatte vier Söhne.‘ Und die vier Söhne sagten: ‚Vater, erzähl' uns eine Geschichte.‘ Da sagte der Vater:‚Es war einmal ein Vater, der hatte drei Söhne.‘ Und die drei Söhne sagten: ‚Vater, erzähl' uns eine Geschichte.‘ Da sagte der Vater: ‚Es war einmal ein Vater, der hatte zwei Söhne.‘ Und die zwei Söhne sagten: ‚Vater, erzähl' uns eine Geschichte.‘ Da sagte der Vater: ‚Es war einmal ein Vater, der hatte einen Sohn.‘ Und dann erzählte der Vater die Geschichte." Der Vater hieß Bill. Das war schon eine harte Geduldsprobe für Lore und mich. Bills Erzählungen rumorten in mir. Sie mussten heraus. Und sie kamen auch heraus. In meiner Art natürlich. Meine Zuhörer waren kleinere Buttjes aus der Nachbarschaft. Und der Sog der Geschichte hielt sie bis zum Schluss.

Traditionen vererben sich. Als Lores Sprösslinge Ute und Frank – Jahrzehnte später – ins Märchenalter kamen, saßen sie – meist an den Weihnachtsfeiertagen – auf meinen Knien und gerieten nach dem Willen der Regie in schwere Schneestürme, bis Ute eines Tages von meinem Knie herabglitt. Aus dem Kind war ein Mädchen geworden. Onkel Manfred war nicht länger nur ein Onkel. O wie kalt ist es geworden. Und die Sonne scheint nicht mehr.

Aus alten Zeiten kommt es heran. Ein Winterlied der öden Horizonte. Wenn ich bei offenem Fenster an meiner Schreibmaschine sitze und die Knie kalt werden, hat es auch heute noch seinen Auftritt.

In der Wundkrustenknibbelzeit der frühen Jugend war der Kruppsche Wald auch im Sommer ein

Abenteuer-Wald.

Mit Brennnesseln, Schneebeeren, Holunderblas-
röhrchen, Kaulquappen im Waldteich, Waldklos
und Scheißhaufen, dicken Bohnen vom benachbarten Feld, Apfelbäumen an den Asphaltwegen und
matschigen Uferzonen für den Start der langen
Pfähle, die wir „unsere Schiffe" nannten. Aber es
konnte auch alles ganz feierlich sein. Feier-
lichsonntäglich. Sonnenlichtgeflimmer auf den
Wanderwegen des Kruppschen Waldes.
Die Familie van Well unterwegs.
Dann die Waldwirtschaft und die üblichen Spiele.
Limonadeflaschen auf dem Tisch. „Wie viele
Schlucke?", fragte ich. „Drei", sagte Bill. Er hätte
auch sagen können: ein großer Schluck. Oder: drei
kleine Schlucke. Aus der Zeit der Sandkastenspiele
war ich damals schon lange heraus. Aber ich erinnere mich noch genau, dass es mir Triumph war,
die Umfassungsmauer mit einem Schüppchen zu
untergraben. Dann konnte man kleine Wagen
durch die so entstandene Öffnung von drinnen
nach draußen schieben. In jenen frühen Tagen
gab's den Brauch, einen Birnenstiel mit ausgekau-
ten Fasern als „Malerpinsel" anzubieten. Auch mit
einem Sträußchen war rasch gedient. Man musste
da nur mit festem Kneifdruck an bestimmten Gras-
halmen hochfahren und hatte schon ein kleines Bukett aus Rispen zwischen den Fingern. Dass wir
uns von Brennnesselblättern nicht mehr beißen ließen, dafür sorgte schon ein entschlossener Zugriff

der Daumen-Zeigefinger-Zange.

Das alles lag schon einige Zeit zurück. Jetzt kamen auch neue Schnupper-Erfahrungen hinzu. Ich knibbelte von Bauzäunen Fichtenharz ab, formte kleine Kügelchen und ließ sie unter der Nase rotieren, um den würzigen Duft zu inhalieren.

Zugegeben, ich kannte noch nicht den süßen Hauch der Schlüsselblumen und nicht den narkotischen Ruch, der von den Blüten und Blättern der wilden Johannisbeere ausging.

Doch im Reich der Gaumenfreuden hatte ich schon so manches erlebt.

Zumal, was die Süßigkeiten betraf.

Da waren Lakritzstangen, Lakritzpfeifen, Lakritzrollen, Frigeo-Brausepulver-Tütchen, Salmiakpastillen-Muster auf dem Handrücken, Hustelinchen, Rheilaperlen, Brotbonbons, Süßholzstangen, Veilchenpastillen, silbern überzuckerte Salmiakpastillen, säuerliche Mille-Fiori-Bonbons, Dragee-Eier, Fondant-Eier, Schokolade-Osterhasen, puderzuckerbestäubte Rondonkuchen, marmorierte Kuchen, saftige Pflaumenkuchen.

Aus der Erfrischungsbude am Ende der Jansenstraße holten wir uns waldmeistergrüne und erdbeerrote Brausegetränke. Dort gab's auch Wundertüten, die Vorläufer der späteren Überraschungseier.

Die frostkalten, gletscherwassergrünen, knuddeligen, kleinen Selterswasserflaschen konnten erst getrunken werden, wenn der Kioskbesitzer die

Glaskugeln im Flaschenhals mit einem Holzpflock in die Tiefe gedrückt hatte. Bis zum Pavillon an der Brücke zur Kruppschen Siedlung Margarethen-höhe war's noch ein ganz schöner Spaziergang. Im Inneren des kleinen Baus warteten auf der Theke viele mit Bonbons gefüllte Glasgefäße. Eines Ta-ges wollte Trüdchen uns eine Freude machen und nahm Hannelore und mich mit in den Pavillon. Wir durften selbst die Bonbons zusammenstellen. „Soll ich verschiedene Tütchen nehmen?", fragte die Verkäuferin. „Nein das ist nicht nötig", sagte Trüdchen. Und dann ging's los. Wir beide zeigten auf die bunt gefüllten Glastöpfe.

Davon. Davon. Davon. Ach vielleicht noch zwei davon. Und vier von diesen.

Auch Trüdchen hatte Wünsche. Dann redeten wir wieder. Irgendwann war die große Tüte voll. Trüd-chen suchte die Börse. Hatte sie aber nicht dabei. Entschuldigte sich. Wir gingen.

Und die Verkäuferin frönte nun dem alten Mär-chenspiel: die Guten ins Töpfchen, die Schlechten ins Köpfchen. Auch daheim ereigneten sich fröhli-che Dinge. Trüdchen hatte mit viel Liebe und unter Beihilfe ihrer Sprösslinge eine Schwarzwälder Kirschtorte gefertigt. Essen durften wir noch nichts. Nicht das kleinste Stückchen.

Durch irgendeinen Umstand – ich weiß nicht mehr, wer seine Hand im Spiel hatte – klatschte das sandige Meisterwerk aus einiger Höhe auf den

Boden. Und Bill sagte: „Jetzt könnt ihr soviel essen wie ihr wollt!" Starkes Wort von Bill. Ganz sicher. Es gab auch Worte, die uns nicht gefielen. Wir sollten nicht mehr sagen: Ich will! Wir sollten sagen: Ich möchte. (Wie oft hatten wir uns eigentlich daran gehalten? – ich weiß es nicht.)

Vom Pharisäer-Gleichnis in der Kirche blieb ein mulmiges Gefühl zurück. Ähnlich ging's mir bei Bills Worten: „Entschuldige dich bei Mutter!"

Nur gut, dass Trüdchen nichts von solchen Entschuldigungen hielt. Drastische Witze trafen den Nerv.

Wenn sie Tabuzonen berührten, dann wurden auch kleine Unverständlichkeiten hingenommen.

Die Story von dem gierigen Dienstmädchen gehört hierher. Ich glaube, die Sache hätte auch Arcimbol gefallen. Sie war scharf auf Flammkuchen, die junge Hausangestellte. Und sie wusste, dass eine sauersüßsaftigzuckrige Kuchenpyramide in der Speisekammer wartete. Da kam ihr eine ungewöhnliche FKK-Idee. Um von keinem erkannt zu werden, kroch sie, den nackten Arsch vorgestreckt, rückwärts auf die verbotene Kammer zu, öffnete die Tür, grapschte sich schnell ein großes Stück Pflaumenkuchen, schloss die Tür und kroch eilig wieder davon. Gab's Zeugen? Leider ja. Der kleine Bub des Hauses hatte die Mundräuberin vom Fenster aus beobachtet. Mit seinen Mitteilungen konnte man allerdings nicht viel anfangen. Er sagte immer nur: „Dicke Backen, keine Näs." Da freuten wir kleinen Spechte uns.

Es durfte wohl noch etwas deftiger kommen. Eine Scherzfrage war sehr beliebt:

Hast du Durst?

Dann geh zu Frau Wurst.

Die hatten klein Hünneken.

Dat pinkelt dir int Münneken.

Aus dem Kölner Raum kam ein Lied, bei dem es vor allem darum ging, den rheinischen Dialekt nachzumachen:

Bei Palms, da ist die Piep kapott.

Die Piep kapott.

Die Piep kapott.

Da hat die arm' Frau Palm

die ganze Stub' voll Qualm…

Auch das Märchen hielt Einzug in der Jansenstraße. Zwei von uns fassten sich an den Händen und bildeten mit erhobenen Armen einen Tordurchgang.

Dazu sangen wir:

Macht auf das Tor.

Macht auf das Tor.

Es kommt ein goldener Wagen.

Nun gingen die Spieler gebückt in einer Reihe immer wieder unter dem Torbogen der Arme durch und sangen:

Was will er, will er denn?

Was will er, will er denn?

Er will die Christel holen.

Dann senkten sich die Arme. Christel war gefangen.

Viel weiter ging's dann nicht mit der Geschichte. Eine Art Spottvers galt einem Mädchen, dass irgendetwas falsch gemacht hatte. Aber der Vers war gleichzeitig so nett, noch ein paar Tipps zu geben. Die Gruppe sang:

Da steht sie nun
Und hat kein' Mann
Und ärgert sich zu Tode.
Ein andernmal fang's besser an
Und mach' es nach der Mode.

Ein unbeschwert tänzelnder Klang kam auch aus dieser Zeit. Eine Zauberformel übrigens:
Simsalabimbambasaladusaladim…

In dem Lied, das dazugehörte, ging es um einen Kuckuck und einen Jäger. Aber im Kopf hatten wir immer das:
Simsalabimbambasaladusaladim…

Im Text war Trauriges und wieder Nettes. Aber unsere Gedanken hüpften auf den bunten Tonspuren herum:

Simsalabimbambasaladusaladim…

Nach vielen Jahrzehnten würde ich das Lied wiedererkennen. Ich freute mich, als die Mädchen aus dem Kindergarten den Refrain sangen:

Simsalabimbambasaladusaladim…

Für Spannung sorgten damals die Versteckspiele. Einer von uns stand vor einer Mauer, legte einen Unterarm gegen die Wand, bettete den Kopf darauf und rief:
Eins, zwei, drei, für Eckstein. Alles muss versteckt sein. Hinter mir da geht es nicht. Eins, zwei, drei, ich komme!
Die ganze sommerliche Herumrennerei war in diesen Versen. Wir spielten auch Fangen. Max, mein Neffe, erklärte mir dieser Tage kurz und bündig, worin der Reiz der Verfolgungsjagden lag.
„Mädchen haben das gern," sagte der fünfjährige Freund des weiblichen Geschlechts.
Ich selbst erinnere mich noch gut an ein Mädchen, dass sich beim Laufen immer gleich fallen ließ, wenn es die Hand des Jägers auf der Schulter spürte. Es war wie Magie. Und Magie war es auch – liebes rheinisches Schiefergebirge – mit einem Schiefergriffel kreischend auf einer Schiefertafel zu schreiben. Auf-ab-auf-I-Pünktchen-drauf. Unsere Schreibgeräte mussten immer schön spitz sein. Dafür gab's eine Griffel-Feile – ein schmales Holzblöckchen mit zwei zueinander gekippten, geriefelten Eisenflächen. Und wenn man von einer Fingernagelfeile Fingernagelstaub wegblasen konnte, so war es bei einer Griffel-Feile eben rheinischer Schieferstaub.

Während der Schulstunde hatte ich meine zusätzlichen kleinen Räusche. Ich drückte die Nase in mein rotporöses nasses Tafelschwämmchen. Raum und Zeit verschwanden: Ich roch feuchten Waldboden. Auch vorn an der großen Tafel kam man nicht ohne Wasser aus. Dem vollgesogenen, wasserschweren Badeschwamm hatten die weißen Kreideschriftkolonnen nichts entgegenzusetzen.
Im ersten Lesebuch wirkte einiges fremd. Keiner von uns wäre auf den Gedanken gekommen, in einer Apotheke nach Haumichblau oder Mückenfett zu fragen. Dann wieder gab es Seiten, die ich häufig mit Behagen aufsuchte. Eine mit einem Holzschnitt von Ludwig Richter. Ein Häuschen, ein Berghang und eine friedliche, kleine Gesellschaft. Offensichtlich fühlten sich alle wohl: Die spielenden Kinder, die Lämmchen, der Alte mit der Pfeife, die junge Mutter mit ihrem Säugling. Schönwetterwölkchen trieben am hellen Himmel. Im Giebelbalken des Häuschens las man den Leitspruch des Bauherren: Mein Nest ist das best. Da hatte ich sie also für mich entdeckt, die deutsche Lust am gemütlichen Winkel, die ich später auch in den Werken von Dürer, Cranach, Elsheimer, Spitzweg und Menzel wiederfand.
Aus der Ferne kamen winterliche Klänge:

Kling Glöckchen Klingelingeling Kling Glöckchen kling…

Die Adventszeit begann für uns gegen alle kalendarischen Regeln bereits mit dem 1. November. Am Allerheiligentag besuchten wir abends den Rühle-Friedhof in Essen-Holsterhausen. Weihnachtlich glänzet der Wald. Freue Dich, Christkind kommt bald.
In der Adventszeit wirkte es wie Christbaumzauber, wenn ich eine Wunderkerze mit einem Streichholz entzündete und die allseits absprühenden Blitze des kleinen Feuerwerks beobachtete.

In den Schaufenstern der Bäckereien hatten sich um diese Zeit – wie auf eine allgemeine Verabredung – ganze Heerscharen von großen und kleinen goldgelb gebräunten Stutenkerlen mit Rosinenaugen und weißen Tonpfeifen versammelt. Die Stimmung kulminierte in mir zu einem einzigen Lied, vielleicht dem intensivsten Lied meiner Kindertage. Man brauchte es nur zu summen, um wieder in den adventlichen Sog zu kommen. Noch schöner war es, die Verse langsam bedächtig mit auskostendem Genuss zu singen:
Nikolaus komm in unser Haus,
pack die großen Taschen aus,
stell dein Schimmelchen untern Tisch,
dass es Heu und Hafer frisst.
dass es Heu und Hafer frisst.

Der heilige Mann war allgegenwärtig.

Ich saß mit meiner Schwester Lore in der Badewanne. Wir hatten wieder mal Streit. Von irgendwoher sprach eine Nikolausstimme zu uns, in der ich damals nicht die Stimme meines Vaters erkannte. Lore sagte zu mir: "Manfred, lieber Manfred, lässt du mich weiter hinten sitzen?" Ein andernmal hatten wir im Bett Streit miteinander. Diesmal sprach der Nikolaus hinter der Schlafzimmertüre. Wir sagten hinterher zu meiner Mutter: „Da war gerade ein anderer Nikolaus, der hatte genau deine Stimme."

Ja, ich habe sie erlebt, die schöne Zeit der Weihnachtsbäckerei. Wir standen abends vor dem bemehlten Küchentisch und hatten unseren Spaß daran, akkurate Figuren aus dem ausgerollten Teig herauszustanzen. Außerdem gab's Honigkuchen, Spritzgebäck & Teigmännchen mit Rosinenaugen. Was zu hell und zu dunkel geraten war, konnten wir gleich aufessen. Bei einer Übung, die mir besonders gefiel, drehte Trüdchen Teig durch einen leicht umgerüsteten Küchenwolf, und ich fing die dünnen, gerillten Teigstreifen, die vorne herauskamen, mit einem breiten Messer auf und legte sie auf ein Backblech. Dass sich mit Dr. Oetkers dünnen Backaromen-Fläschchen Schnokus treiben ließ, war Lore und mir schnell aufgefallen. Man konnte die Glasröhrchen ansaugen und dann standen sie von der Zunge ab. Draußen, in der dunklen Stadt, warteten neue Anziehungspunkte. Das waren die Schaufenster der großen Kaufhäuser, in denen Märchenfiguren, Zwerge und Bären mit ruhigen, wiegenden Bewegungen ihren Tätigkeiten nachgingen.

Die Theater-Plakate waren endlich auch für Kinder interessant. So viele Märchen wurden das ganze Jahr über nicht gespielt. In allen Geschäftsstraßen hörte man Weihnachtsmelodien. In meiner Kirche, der Stephanus-Kirche in Essen-Holsterhausen, ging mir ein Adventslied nicht mehr aus dem Kopf:

Tauet, Himmel, den Gerechten.
Wolken, regnet ihn herab.

Was wirklich in dem Text beschrieben wurde, habe ich damals gar nicht wahrgenommen. Aber ich fühlte die Erwartung in den Worten und den lang gezogenen, schweren Klängen.

Meist schneite es um diese Zeit noch nicht oder hatte schon mal kurz im November geschneit. Unser Adventskalender aber glänzte wie eine schneeige Mondnacht. Und Silberflimmer hatten wir manchmal auch an den Fingern. Überall auf den Straßen und Plätzen gab's jetzt Fichtenschonungen.

Wir sangen:

Leise rieselt der Schnee.
Still und starr liegt der See.
Weihnachtlich glänzet der Wald.
Freue dich, Christkind kommt bald.

Sehr gegenwärtig und doch fern wie im Märchen war uns auch ein Mädchen, das mit verschwörerischer Stimme erzählte:
Von drauß' vom Walde komm ich her.
Ich muss euch sagen:
Es weihnachtet sehr.

Tannennadeln verbrannten knisternd auf den heißen Ofenringen. Mit einer Füllung von Butter und Zucker schmorten und schmurgelten Bratäpfel im Ofen.
Die Stimmen sangen:
Morgen Kinder wird's was geben.
Morgen werdet ihr euch freuen.
Und dann schwang eine Ahnung von Glück durch den Raum. Die Stimmen sangen:
Einmal werdet ihr noch wach.
Heißa, dann ist Weihnachtstag.

Einen halben Tag vor der Bescherung gaben gewisse verstaubte Pappkartons aus den Kellerräumen ihre Schätze frei. Da waren sie wieder: Die Weihnachtssilberkugeln, die Silberglasvögel mit den Feenschwänzen, die silbernen Trompeten und Tannenzapfen und die silberne Pickelhaubenspitze des Baumes. Ausgepackt wurden auch die talgverkrusteten Kerzenhalter und die klumpig zusammengepressten Lamettabündel aus dem Vorjahr. Und schon stellte sich für die Baumschmückenden

die Frage: Sollte man die alten Lamettabündel auseinanderfieseln oder schon die schmalen Tüten mit dem neuen, frischsilbernen Lametta öffnen?
Am Nachmittag des Heiligabends warteten wir auf das Dunkel.
Der Opa väterlicherseits war Kaufmann. Er hatte sich aus kleinen Verhältnissen emporgearbeitet und besaß sechs Häuser. Von einem Grundstück habe ich später auch Geld geerbt. Er hatte die Angewohnheit, bei Festen Geld aufs Sparkonto zu überweisen. Das wurde 1948 bei der Währungsreform im Verhältnis eins zu zehn abgewertet. Der Opa mütterlicherseits wohnte auf der Margarethenhöhe. Der Gang dahin führte am Kruppschen Wald vorbei. Und dieser Gang war unser Horsd o'euvre. Denn zu Hause sollte es ja erst richtig losgehen. Wenn wir wieder nach Hause gingen, waren die Straßen voll vom melodischen Metall-Klang vieler Glocken. Als traditionelles Heiligabendessen gab's wie immer Räucheraal. Dann klingelte das Glöckchen.Wir gingen hinüber ins Wohnzimmer mit dem strahlenden Lichterbaum.

Im Halbdunkel

überall Geschenke.

Heiligabendstille.

Silberspiegelkugeln

und glitzernde Zweige.

Regenbogenkreise

leuchten aus der Dunkelheit.

Diamantstaub

glänzt

im flackernden Licht.

So flimmert

ein Tännchen

im rieselnden Schnee

einer Winternacht.

Wir sangen:

O du fröhliche

O du selige,

gnadenbringende

Weihnachtszeit!

Danach stand ich bereit.

Bill zündete

ein Blitzlicht an,

kam vom Baum zurückgerannt,

nahm mich

auf den Schoß

und

Wufff!

Das aktuelle Weihnachtsfoto war entstanden. Im Licht des Tannenbaumes begann die Suche nach den Geschenken.

Ich sah vor mir auf dem Weihnachtstisch das blaulackglänzende Schuco-Rennauto mit dem drehbaren Lenkrad und den abnehmbaren Gummireifen. Die wunderbaren Gefühle bei der Bescherung kann man nicht beschreiben.

Bei einem kleinen magischen Spiel lassen sie sich vielleicht erahnen. Es gab damals Glanzpapierhefte mit weißen, unregelmäßig aufgerauten Seiten. Rubbelte man mit einem Farbstift darüberhin, kamen plötzlich bunte Märchenfiguren aus dem Nichts heraus. So ungefähr war's.

In der frühesten Zeit bekam Bill immer die obligaten neuen Pantoffeln und eine Krawatte. Wir waren besser dran. Und nach den Genüssen des Abends wartete der Morgen des ersten Weihnachtstages als besondere Freude.

Das angenehm erwärmte Wohnzimmer roch nach Kerzentalg und Mandarinen. Die Geschenke waren ausgebreitet. Es gab Gebäck und Marzipankartoffeln. Zu meinen Späßen gehörte es später auch, eine Orangenschale in die Schraubzwinge von Daumen und Zeigefinger zu pressen.

Ins Licht einer Streichholzflamme gesprüht, knisterte das ätherische Orangenöl wie ein goldenes Feuerwerk auf.

Betäubend weiß waren die Schneemorgende. Wir hatten Schneeball-Pyramiden auf dem Schlitten. Und die Wildlederhandschuhe platzten von der Nässe in den Nähten auf.

Wir ließen den blütenweißen Schnee auf der Zunge zergehen oder traten mal kurz gegen einen Baum, dass die weiße Last auf den Nachbarn herabkam.

Einmal leckte ich an einem eisernen Türknauf. Und die Zunge fror fest. Schön war's, noch im Bett das morgendliche Scharren der Schneeschaufeln zu hören. Oder auf dem Schlitten durch den mondlichtflimmernden Schnee gezogen zu werden.

Kling – brach der Eiszapfen ab. Kalt war die Hand auf der Eisblumenscheibe. Ein gelbes „O" konnte man in den Schnee pinkeln. Einen schwarznarbigen Baumstamm konnte man mit weißen Schneeballtreffern als Zielobjekt markieren. Ich habe viele gelungene Schneedarstellungen in den bildenden Künsten und in der Literatur angetroffen und genossen. Den Schneezauber Hiroshiges, die schwarz-weiße Schneenacht Emil Orliks, den Schneemorgen der Gebrüder Limburg und den silberweißen Schneeabend des Cartoonisten Michael Sowa.

Aber in den Zeittunnel bin ich gefallen bei der

nächtlichen Schneeballschlacht in Cocteaus Roman „Les enfants terribles".

Das war das größte.

Hab ich diese Tage genügend genossen, fragte ich mich damals nach den Festtagen immer wieder. In den Schaufenstern hatte man schon mit Sektgläsern, Konfetti, Schornsteinfeger und Glücksschweinchen für Silvester umdekoriert. Kurz nach Mitternacht hockte ich am Neujahrsmorgen vor der Kloschüssel und erbrach mich. Das war jedes Jahr so. Wir feierten bei den Walters. Lagen schließlich allesamt in einem großen Bett. Meine Hände auf den Oberschenkeln von Liesel. Die Gänsehaut auf den Schenkeln habe ich nicht vergessen. Unter den Stoff ließ sie mich nicht. Für den Neujahrstag hatten Lore und ich einen Spruch:

Wie wir uns an diesem Tag verhalten, so wird das ganze Jahr sein. Wir wollten uns nicht streiten. Und taten es dann doch.

Die Heiligen Drei Könige hätten an ihrem Feiertag bei uns noch den geschmückten Baum gesehen. Dann wurde er entrümpelt und vom Balkon in den Garten geworfen. Da lag er, von Tannennadeln umgeben, mit wenigen Lamettafäden, und passte in seiner Trostlosigkeit zu einer Schneewiese, auf der ein Teppich ausgeklopft worden war. Den reinen Winter aber gab's bei den nächtlichen Rodelpartien in schwarzen Wäldern, wenn wir „Bruch!" riefen, während der Schlitten, mit den

Füßen gesteuert, in voller Fahrt über die glänzenden Eisbuckel ruckelte und fast außer Kontrolle geriet.

Die Worte haben einen seltsamen Sog. Und ich ahne noch unausgeschöpfte, sehr private Möglichkeiten, wenn sie mir über die Lippen kommen. Kalt-ganz kalt-warm-wärmer-heiß-ganz heiß! Die Ostermorgen-Straßen meiner Kindheit waren hell. Wer nur eifrig genug suchte, fand vor allem in den wulstigen Wurzelnestern der Buchen Ansammlungen von tiefroten, sattblauen und knallgelben Ostereiern.

Wie sie dahin kamen? Später ist mir alles erzählt worden. Unsere listigen Erzeuger hatten die von uns zu Hause aufgespürten Eier als Schmuggelgut wieder mit in den Wald genommen. Es ist mir bis heute schleierhaft, wie sie unsere Aufmerksamkeit bei ihren Versteckaktionen mit solcher Sicherheit ablenken könnten. Es muss da ein geschicktes Zusammenspiel gegeben haben. Wir kamen dauernd mit neuen Funden angelaufen. Der Wald hatte viele Nester. Irgendwie fühle ich mich heute auch an die Schelmenstreiche des Buxtehuder Igelpaares erinnert. Aber hier ging alles gut aus. Gut ging's auch noch Russlands letzten Zaren, als man ihn mit prächtigen Schmuckostereiern verwöhnte. Sie kamen aus der Werkstatt seines Hofjuweliers Fabergé. Und es waren Überraschungseier. Seine Majestät wollten erst am Festtag einen Blick auf die Pretiosen werfen.

Einmal fand er im Inneren des kostbaren Schmuckstücks ein Miniatur-Modell der transsibirischen Eisenbahn. Nikolaus II. schätzte den Kick, das Unerwartete und die aktuelle Anspielung. Für einen Augenblick muss er sich jedes Mal wie Alice in Wonderland gefühlt haben. Auch auf unserem Ostertisch gab's Rieseneier. Manche schimmerten mit gekräuseltem farbigen Stanniolpapier, andere waren mit Blumenmotiven, Spitzenzierrat und Osterbildern geschmückt. Bei den einen bestand die Hülle aus Pappe, bei den anderen aus knuspriger Schokolade. Und das Schönste: die straußeneiergroßen Prachtgebilde waren randvoll mit Pralinen gefüllt.

Heute ist es natürlich leicht, Gelassenheit gegenüber den bunten Gardereihen schmuck eingewickelter Ostereier zu demonstrieren, wenn ich – nach Ostern – zu Geschenkzwecken die im Preis herabgesetzten Confiserie-Eier en gros einkaufe. Aber ganz anders sieht das alles aus, sobald die Schneidezähne so ein schokoladenschaliges Ei zierlich aufgeklappt haben und die Zunge mit dem Rumtrüffel-Marzipan zu spielen beginnt, während die Schmelzwasser fließen.

Unter Verwandten schenkte man sich an den Ostertagen auch farbige, hartgekochte Eier...

Ich hatte eins von meiner jungen Tante Gerda bekommen und trug es den ganzen Nachmittag – mit zerknitterter Schale – in meiner Hosentasche herum. Wie gesagt: Es war hart gekocht. Auch die

Nachbarschaft eines Schweizer Armeemessers mit Schraubenzieher, Feile, Säge, Korkenzieher und Büchsenöffner hat es ohne Quetschungen überstanden.

Am nächsten Tag saß ich vor dem gelben Sandhaufen einer Baustelle am Ende der Jansenstraße. Neben mir saß Heinz K. Messerchenspiele standen auf dem Programm. Hier waren die Klingen schmaler als beim Schweizer Armeemesser. Man legte das Taschenmesser auf die ausgestreckte Hand. Mal auf den Handrücken. Mal auf den Handteller. Und eine ganze Kür von Handbewegungen war nötig, um das Messer – nach den verschiedensten Flugbahnen – in den Bausand zu befördern. Saltos nicht zu vergessen.

An einem schönen hellen Novembermorgen machte die Familie van Well einen Spaziergang in den benachbarten vornehmen Stadtteil Essen-Rüttenscheid. Bill hatte nicht ohne Grund diese Richtung gewählt. Da war etwas über Nacht geschehen. In dem weiträumigen Gelände zwischen den Krankenanstalten und dem Landgericht sahen einige Villen aus, als wären sie von Bränden heimgesucht worden. Über den Fensteröffnungen sah man schwarze Rußspuren. Sessel und Stühle lagen in den Vorgärten. Man hatte sie offenbar durch die Fenster gekippt.

Viele Leute waren unterwegs. Keiner sagt etwas Erklärendes. Heute erscheint mir alles wie ein Vorgeschmack auf die Zeit der Luftangriffe. Wir lasen damals viele Geschichten. Auch pädagogische, die unser Verhalten bestimmen sollten. Bei einer Fabel ging es um einen Wolf und einen Fuchs. Aber in Wirklichkeit ging's ja um uns. Das machte die Sache so prickelnd. Die beiden waren durch eine Luke in die Vorratskammer eines Bauern gesprungen. Sie sahen die Würste und Schinken und rissen und bissen und schlangen und schlemmten. Der schlaue Fuchs lief immer mal wieder zur Luke hin, um zu prüfen, ob er noch glatt hindurchschlüpfen konnte. Sein Kollege aber fraß und fraß, ohne an die wachsende Leibesfülle zu denken.

Als der Bauer mit dem Knüppel kam, war der Fuchs entwischt. Der Wolf aber blieb stecken. Und der Landwirt schlug ihn tot. Der Bauer hatte was gegen Gefräßige. Der Fabeldichter auch. Eine lehrreiche Story gegen genusssüchtige Badefreunde gab's dagegen nicht. Einmal pro Woche ging's bei uns ins Pullefaß. Das heiße Wasser lief schon in die Wanne ein. Der Hahn für das kalte Wasser musste aufgedreht werden. Ich saß nackt auf dem äußeren Badewannenrand und stemmte die Füße gegen den gegenüberliegenden Wannenrand, bis die Temperatur in dem höhersteigenden Wasser erträglich wurde. Tief aufatmend stieg ich vorsichtig in den heißen See ein.

Die Knie ragten noch wie Vorgebirge aus dem Wasserspiegel hervor. Bimsstein, Schwamm und Holzbürste waren schon im Badewasser. Kämme

wurden hineingeworfen. Agamemnon-nebliges
Badezimmer. Eine orangegelbe Badetablette mit
Fichtennadelduft brodelte. Langsam wuchs ein Ge-
birge von Knistern im Schaum.

Durch aufgerissene Schaumschichten sah ich auf
die nackten Waden herunter, wie man aus dem
Flugzeug durch Wolkenlöcher auf das tiefliegende
Land sieht.

Das Wohlgefühl musste verlängert werden. Immer
wieder ließ ich heißes Wasser nachlaufen. Trüdchen seifte mir den Rücken ab. Mein Kopf war ein
Turmbau von weißem Schaum. Seifiges kam bren-
nend in die Augen. Die Finger waren rubbelig. Die
Fingerkuppen porös. Das kam von der vielen
Knabberei, bildete sich aber wieder zurück.

Wer eine Katze hat, der weiß, dass sich der sam-
tige Stubentiger in der Wohnung und im Garten
immer neue Lieblingsplätze sucht. Kinder tun das
auch.

Eines Tages saßen Lore und ich oben auf dem Ei-
chenschrank im Kinderschlafzimmer. Wir hatten
Kissen dabei und fühlten uns behaglich. Um größere Höhenunterschiede zum Essener Terrain
ging's in der Sommerfrische im Sauerland.

Im Treppenhaus unserer Gastwirtschaft im Dorf in
Fischelbach knackte es bei jedem Schritt. Im Ba-
dewannen-Zimmer stand ich weiß und nackt und
prüfte, ob jemand durchs Schlüsselloch sah. Im
Bett ging meine rechte Hand unten an der Bettlade
entlang. Ein anderer war schon vor mir auf die

Idee gekommen. Es fühlte sich ein bisschen an, als ginge man mit dem Finger über getrocknete Kerzentränen.

Fischelbach hatte zarteste Himbeeren. Wir suchten sie an den Waldrändern. Damals noch ohne Angst vor dem Fuchsbandwurm. Es galt als edel, dem anderen eine Hand voll selbstgepflückter, sonnenheißer Himbeeren zu bieten. Auf einer Zeichnung stellte ich den Ort mit vielen kleinen Tannen und vielen Häuschen da. Es war ein Gefühl, als würde ich das Dorf besitzen. Der Zauber der verkleinerten Welt reizte mich seit jeher. Es waren ja nicht nur die Marzipanfrüchte, die winzigen Münzen, die kleinen Porzellanfigürchen und die Puppenbadewannen. Wenn der Zauber darüber hinwegwischte, verfielen ganze Landschaften mit Gebirgen, Städtchen, Häfen und Schiffen in diese zierliche Starre.

Im Sauerland wurde ich zum Sammler von Stocknägeln. Den silbernen und goldenen, gewölbten Metallschildchen, die man sich auf den Wanderstab hämmern ließ.

Feingeprägt sah man auf diesen kleinen Kunstwerken dächerwimmelnde Ortschaften, Kirchen und Wälderberge, zusammen mit dem Namen des Städtchens. Oft gab es auch Hirschköpfe, deren Geweih sich mit vielen Sprossen um den Wanderstab schlang. In Essen war noch eine weitere Miniaturwelt entstanden. Die Truppe der Elastolin-Krieger wuchs von Weihnachten zu Weihnachten und von Geburtstag zu Geburtstag. Meist lagen die lebensgetreuen Figürchen in einem großen Pappkarton. Feldgraue Stahlhelmträger und Tommys mit Tellerhelmen. Ritter mit Wappen, Schwertern und Streithämmern. Ich hatte einen englischen Colonel, dessen angewinkelter rechter Arm sich im Schultergelenk bewegen ließ. Den ausgestreckten Arm des parteibraunen Diktators konnte man zum „Deutschen Gruß" hochdrehen. Es war angenehm, so einen schönen kleinen silbernen Ritter in den Händen zu halten.

Auch mein Panzerwagen war ein prächtiges Produkt der Spielwarenindustrie. Er hatte abnehmbare Gummiketten und rollte – Feuerstein-Blitze versprühend – durch das Esszimmer. Noch heute erinnert mich der Feuersteingeruch an diese Augenblicke. Die Spielzeugburg verschwand bei einem Bombenangriff.

Mit dem Gedanken an Neuschwanstein aber kann ich sie mir jederzeit wieder vor Augen rufen, obwohl meine Ritterburg nur einen Turm hatte. Das mächtige Alpenschloss verbindet sich für mich auch mit einer kleinen Anekdote, die vom Weltruhm des Bayernkönigs und von der unmittelbaren Anschauungskraft einer großen Touristennation berichtet: Als ich den steilen Burgweg herunterkam, trat ein Amerikaner auf mich zu und verblüffte mich mit der Frage: Is Ludwig here?

Große Burgen.

Kleine Burgen.

Die Kriege setzten sich im Alltag fort. Wir warfen Lehmklumpen aus unseren Laufgräben. Erzeugten mit Stoppenknäckern barbarischen Lärm. Und luden unsere schwarzgelackten Blechpistolen mit himbeerroten, schwarzgenoppten Knallpatrönchenstreifen auf. (Köstlich, die kleinen, grünen, runden Pappdöschen, in denen die aufgerollten Streifen lagen.)

Zu unserer Grundausrüstung gehörten auch Haselnussbögen, mit denen man Schilfrohrpfeile in große Höhen befördern konnte.

Fletscher (Steinschleuder oder Zwille) waren für uns per se nur Prestigeobjekte wie die Zierdolche der Offiziere.

Ich ging – als katholischer Jungchrist – natürlich regelmäßig in die Kirche. Vieles Schwelgerische gefiel mir.

Wie frühlingshaft leuchteten die brokatenen Messgewänder. Wie verführerisch weich lagen die saffianledergepolsterten, goldschnittblitzenden Gebets- und Gesangsbücher in meinen Händen.

Wie zärtlich wurden die Finger, wenn sie ein lila Seidenbändchen zwischen die hauchzarten Seidenpapierseiten einzufügen hatten. Wie selbstverständlich atmeten wir die Weihrauchdüfte des Orients ein. Dann setzten uns die Lieder in Trance.

Wie eingelullt vom Wiegegang eines langsam voranziehenden Prozessionszuges sangen wir:

Tochter Zions, freue Dich!

So richtig aussingen konnte man sich bei einer

Liebeserklärung:
O Kindlein von Herzen
will ich dich lieben sehr.
In Freuden und in Schmerzen,
je länger mehr und mehr.
Wie sanft das klang. Doch um das Kindelein
machten wir uns eigentlich keine Sorgen. Wir sangen in lang angehaltenen dunklen Tönen:
O Haupt voll Blut und Wunden.

Und hatten dabei prächtig blühende Purpurfarben
vor Augen.
Das nächste Lied forderte ein entschiedenes Bekenntnis.
Die Orgel dröhnte. Unsere Stimmen dröhnten
auch:
Ich will die Kirche hören.
Sie soll mich allzeit gläubig sehn und folgsam ihren Lehren.

Und doch war der Kopf nur darauf konzentriert,
die Tonfolgen genau wiederzugeben.
Wir murmelten wie Büßer:
O Herr, ich bin nicht würdig,
dass du eingehst unter mein Dach.

Das klang mir zu demütig. Die nächsten Sätze
sprangen leicht wie Rehe durch den Raum. Viele
Jahre später entdeckte ich, wie klar sie Zusammenhänge beschrieben:
Aber sag nur ein Wort,

dann wird meine Seele gesund.
Das war auch eine nützliche Kunstdefinition. Die
Ägypter schätzten Bücher als Heilmittel für die
Seele. Ich denke an die Kirche meiner Kindheit
mit angenehmen Empfindungen zurück.

„Sankt Stephanus" hieß das Gotteshaus. Der Rund-
bau lag auf einer Anhöhe über einem kleinen
Wäldchen, das für uns auch Spielgelände wahr. Ich
weiß noch, dass ich nach einer Beichte, frisch at-
mend und wie von einer Last befreit, auf den Vor-
platz hinaustrat.
Wir hatten auch Spiele für den Kirchenraum ent-
wickelt. Eines bestand darin, den ersten Platz einer
Kirchenbank – direkt am Mittelgang – zu besetzen.
Das war dann die eigene Reihe. Und man zählte
die Kirchgänger, die sich auf dieser Bank nieder-
ließen.
Nach der Kommunion gab's die üblichen Schwierigkeiten, wenn die Oblate sich nicht vom Gaumen
löste und man nicht auf den Leib des Herrn beißen
wollte. Beim Katechismus-Unterricht hatten wir
einen freundlichen, glattwangigen Kaplan. Äußer-
lich ein ganz anderer Typ als der Pfarrherr der Kirche, der auf der Kanzel schnoberte und schäumte,
im Gespräch mit Trüdchen aber auch charmante
Seiten zeigte.
Ich war ein eifriger Schüler. Konnte von den wunderbaren Oblatenbildchen gar nicht genug bekommen. Und die Zweifelsfragen: „Kannst du Dir ei-

nen Anfang der Zeit und ein Ende des Raums vorstellen?", kannte ich noch nicht.

Eines Tages versorgte uns unser sympathischer Religionsausbilder mit Verhaltenstipps. Wir sollten uns einen direkten, klaren Blick angewöhnen, sagte er, und dem Gegenüber ohne Scheu in die Augen sehen. Für mich ein Signal, ihn in der nächsten halben Stunde mit Blicken zu verfolgen und von seinem Gesicht nicht abzulassen, bis er dann endlich fragte und ich ein aufklärendes, lächelndes Wort sagen konnte. Der spätere Eulenspiegel kündigte sich schon an.

Einen der größten Genüsse aber erlebte ich bei einer Prozession.

Man hat mich nicht den Reihen der Mädchen und Jungen zugeordnet.

Ich ging in der Mitte.

Mit gelassenem Schritt.

Wie der Pfarrer.

Aber ohne Golddach.

Und dachte unablässig:

Man hat's erkannt!

Man hat's erkannt!

Was Bill erkannt hatte, wusste ich damals noch nicht. Es war jedenfalls etwas, das ihn zwang, mich dauernd in die Zange zu nehmen. Mich auf jede Weise kleinzuhalten. Mich zu zwiebeln und zu triezen.

Warum wollte er mir an den Pelz? Warum wurde

ich zum bevorzugten Gegenstand seiner väterlichen Schikanen? Warum ging er – wenn ich schlief – mit der Hand über meinen Augen hin und her, bis ich durch die Licht- und Schattenspiele aufwachte? Warum irritierte er mich bei Liegestützübungen durch falsches mitzählen? Warum fragte er ein Mädchen in meiner Gegenwart: „Würdest du einen Rotfuchs heiraten?" (Und ich hatte rotes Haar.) Manches ist ihm sicher wie ein Scherz vorgekommen. „Das eine will ich dir sagen", sagte er mit drohend erhobener Stimme und fuhr – nach einer Pause – gemütlich fort: „Und das andere sag ich dir morgen." Zu seinen Spielen gehörte es auch, dass er den anderen – während ich sprach – hinter vorgehaltener Hand zuflüsterte: „Nichts anmerken lassen!" Als sei ich plemplem. Aber dann war es kein Spiel mehr. Bei einem Wutausbruch sagte er mir direkt auf den Kopf zu, ich sei ja zu d… einen Nagel gerade in die Wand zu schlagen.

Ein Satz, der sich – in wechselnden Variationen vorgetragen – in meinem Gedächtnis festgesetzt hat, wie ein Fluch weiterlebt und mir bei entsprechenden Gelegenheiten hemmend in die Gelenke fährt. Ein Psychologe hat mir klargemacht: das ganze Arsenal meiner Zwangsneurosen hat in diesen – in früher Jugend erlebten – Misstrauenskundgebungen und Negativ-Botschaften seinen Anfang und Ursprung.

Bei bestimmten Beschäftigungen in meiner Wohnung und beim Verlassen der Wohnung erinnern mich wiederkehrende Ängste an meine unsichere Wahrnehmung.

Um meine Zweifel loszuwerden, überprüfe ich Wasserhähne, Elektrostecker, Lampen, Heizungskörper, die Wohnungstür und den Hausbriefkasten. Ich durchblättere Bücher, die ich verschenken will, auf der Suche nach verdächtigen Einschiebseln, vergewissere mich, dass der getippte Briefbogen auch wirklich im Kuvert ist und greife in der Innentasche mehrfach nach dem Schlüsselbund, wenn das Kleidungsstück schon hinten im Wagen liegt. Im Hamburger Kellinghusenbad gilt mein besonderes Augenmerk den geflochtenen Kunststoffbändern, die am Handgelenk zu tragen sind und der restlos freigeräumten Kabine, wenn ich den Umkleideort wieder verlasse. Auch Briefkästen, Wagentüren und Wasserhähne auf fremden Toiletten sind Gegenstände peinlicher Visitation. Denn ich will ja keinesfalls bei Anderen Überschwemmungen auslösen. Die Rituale werden mal strenger, mal weitläufiger interpretiert. Aber sie allzu lässig zu nehmen, würde Kontrollgedanken – wie immerwache graue Katzen – auf den Plan rufen. Die Folge wären neue Prüfungen.

Da waren kleine flüsternde Stimmen, die mich noch im Türrahmen erreichten: Hast du an den Abfluss gedacht? Ist das mittlere Fenster im Wohnzimmer zu? (Sonst hätte ich von der Straße aus nochmal hinaufblicken müssen.) Was macht das Nirosta-Becken in der Küche? Ist der Stecker auch wirklich aus der Steckdose? Schöne Kontrollgänge. Zumal wenn sie wiederholt und verdreifacht werden und mich zum Irrläufer in der eigenen Wohnung machen. Ich kenne den Rhythmus bestimmter Strophen:

Rot-Null

Rot-Null

Rot-Null

Rot-Null

Rot-Null

Sag ich beim Blick auf die Knöpfe des Elektroherdes.

Schmerzend zu!

Schmerzend zu!

Wird im Badezimmer geflüstert, während meine Hände die Hähne der Wanne unerbittlich zudrücken. (Ich denk dabei immer an einen Löwen, der mit seinem Kiefer das Maul eines Wasserbüffels zusammenpresst.)

Offen. Acht Löcher. Links nichts. Rechts nichts.

Lautet der Bannspruch, der dem Wasserbecken gilt.

Eins dunkel.

Zwei dunkel.

Drei Dunkel.

Damit sind die Lampen des Schlafzimmers gemeint. Haken zu. Eins. Zwei. Drei. Bei diesen

Worten hängt der Wohnungsbesitzer mit der linken Hand an einem Fensterknauf und erinnert mit seiner gespannten Haltung an einen der stilisierten steinzeitlichen Bogenschützen auf den Felsbildern in einer ostspanischen Whitewater Schlucht.

Sie sehen, die Fantasie hat üppig eingegriffen bei den Vergleichen, aber es geht eben auch weiter mit den Zwangsritualen. Nur weiter, immer weiter, singt Udo Lindenberg. In einer Endlosschleife gewissermaßen. Sie können sich wenigstens noch loslösen, sagte mir Rechtsanwalt T.

Jaja, aber im Treppenhaus wandert der Blick noch mal zum Türknauf der Wohnungstür zurück.
(Und augenblicklich seh ich mich dabei in der Pose, in der mein Sternzeichen-Nachbar J.W.v.G. im Oktober 1830 von William Thackeray gezeichnet worden ist.)

Natürlich hatte ich den Türknauf schon mehrfach gedrückt. Das heißt aber nicht, dass man ihn nicht noch mal drücken könnte. Doch trotz aller Drei- und Vierfachhandlungen lass ich mir als Schalk, der ich nun einmal bin und bleibe, nicht die Lust nehmen, Jux zu inszenieren.

Eins ist sicher: Der Kakadu vom Hamburger Ausflugsrestaurant „Mellingburger Schleuse" spielt mit.

Und so nähere ich mich denn bei gelegentlichen Besuchen seinem kuppelförmigen Käfig im Foyer des Hauses, schiebe den rechten Zeigefinger in den

Mund und lass ihn mit leichtem Druck auf die Backeninnenwand aus der linken Mundecke flutschen.

Das erzeugt ein allen Weintrinkern vertrautes, lautes „PLOCK!",

das den lautnachahmenden, australischen Papagei prompt dazu bringt, mir mit einem kleinen, deutlichen „Plöck!" zu antworten. Alles schön und gut. Aber was ist, wenn ich am Silvesterabend kurz vor Mitternacht einen Sektkorken unter Aufbietung aller Kräfte nicht aus dem Flaschenhals bekomme, weil der sich wie die Midgardschlange am Erdmittelpunkt festzuhalten scheint. Dann umschwirren mich wieder Bills Verneinungssprüche, wie nächtliches Fluggesindel Goyas Schläfer bedrängt.

Ja, er stand auch der fäkalischen Ursprache freundlich gegenüber, der schwere Mann, in dem sich westfälisches und niederländisches Blut mischten. Wenn ich ihm mal – nur so zum Spaß – die Hand schütteln sollte, erklärte er mir, das sei das erste Stück Scheiße, dass er heute in der Hand hätte. Auch seine Begriffsbestimmung des Haushaltsvorstands ließ an Deutlichkeit nichts zu wünschen übrig. Er war nach seinen Worten derjenige, der „die Familie am Scheißen hielt". Mit so einem Satz mussten wir leben. Allerdings war kaum anzunehmen, das Bill uns nun insgesamt als defäkierende Silvester-Scherzfigürchen ansah. Aber wie sah er uns denn? Trüdchen glaubte es zu wissen. Sie zeigte mir eine prächtige Illustration auf einer Versicherungsbroschüre. Da war ein Mann offenbar von einer Reise zurückgekehrt. Alles sprang an ihm hoch. Kinder, Frau und Hund. Unter dem Bild stand: An ihm hängt alles. Das möchte er sein, sagte Trüdchen. „Fabelhafter Kerl!", schwärmte Bill eines Abends. Um wen ging's? Welcher ungewöhnliche Vogel war gemeint? Die Sache klärte sich rasch auf. Es war ein Kunde, von dem er drei Aufträge bekommen hatte. Ich besaß ein fingerlanges Spielzeug aus silbernem Metall. Ein Äffchen, das zwischen seinen beiden ausgestreckten Armen ein bewegliches ovales Schildchen hielt. Auf beiden Seiten der Plakette waren einzelne Buchstaben- reste. Brachte man das ovale Ding mit einem Finger in Schwung, erschien im Drehnebel des Metalls Goethes populärster Ausspruch.

Wenn Bill auf das bekannte Zitat anspielen wollte, verschlüsselte er gelegentlich seine Absichten. Man hörte eine rätselhafte Formulierung: Denk wie Goldschmieds Jung! (Denn der dachte offenbar wie der berühmte Ritter mit der eisernen Hand.) Mit einem erweiterten Götz-Zitat konnte ich damals nichts anfangen. Da sagte wieder mal jemand: Mit jedem Tag erhöht sich für mich zwangsläufig die Zahl derer, die mich … können. Für einen Youngster, der die Welt so hinnimmt, wie sie ist, ein unverständlicher Satz. Heute weiß ich, dass man bei vielen Gelegenheiten auf der Hut sein muss, um nicht unter die Räder zu kommen.

Heute versteh ich den Satz.

Doch nun zurück zu Bill und seiner noblen Umschreibung des Goetheschen Zitats. Solche Worte gingen unserem Familienvorstand gut über die Lippen, wenn er nicht durch irgendeinen Umstand jede Contenance verlor und mich zum Zielpunkt seiner Angriffe machte. Dann pfiff der Höllenwind durch Höllentürchen und wirbelte mir den Unrat um die Ohren. Ich sei zu …, um mit 'ner Sau zu tanzen, sagte er. Dabei ist mein Ehrgeiz nie in diese Richtung gegangen.

Dass es gerade eben Stunk gegeben hatte, zeigt auch ein Foto aus dem Jahr 1942.

Da sitz ich mit verstörtem Gesicht auf dem Sofa im Wohnzimmer.

Neben mir sitzt Trüdchen. Sie hatte noch schnell mit feuchtem Finger eine Haarsträhne unter meiner Baskenmütze hervorgeholt und sie zur Seite gestrichen, um meinem Aussehen etwas Legeres zu geben.

Wir sollten fotografiert werden. Das Bild einer Zwangssituation. Die Schikane des Jahres war vorausgegangen. Trüdchen hatte mit Lore den Urlaub in Bad Suderode verbracht. Ich musste zu Verwandten nach Quakenbrück. Bill teilte mir diese Entscheidung an einem Sonntag mit, nachdem ich mich mit Lore gezankt hatte.

Ich weiß es noch genau. Es war im Kruppschen Wald, wo wir sonst Bucheckern suchten und wo zu Ostern die bunten Eier versteckt wurden. Bill tat so, als wäre er durch unseren Streit auf den Gedanken gekommen. Ich hab nie den wahren Grund erfahren. Vermute aber manchmal, dass es meine Angewohnheit war, in den Ferien zehn Meter hinter der Truppe herzuzockeln.

Einige Jahre nach dem Reisediktat von Quakenbrück gab's eine Szene, die auf den Verständigungswillen meines Erzeugers ein neues Licht warf. Machte sie doch deutlich, dass er sich mit jeder ausführlicheren Äußerung eine Blöße gegeben hätte. An dem bewussten Tag gab er sich diese Blöße.

Ich ging damals auf die Obersekunda und berichtete ihm – ich weiß nicht, warum – von den Abstammungslehren Darwins und Lamarcks. Zuerst war ich erstaunt, dass er ohne Kommentar so lange zuhörte. Dann kam ein Satz, wie ich ihn nicht für möglich gehalten hätte. Bill sagte: Nachdem alles gedroschen worden war, kamen die Esel und trugen das Stroh weg. Da war nun der große Luftraum zwischen uns. Wie eine Schlucht. Und trotzdem änderte sich nicht viel an den täglichen Vorgängen. Denn zu Bills stärksten Eigenschaften gehörte – nach wie vor – seine ungewöhnliche Großzügigkeit.

Er genoss den Rausch, üppig zu schenken. Trüdchen wurde mit ganzen Kollektionen von Schuhen verwöhnt. Lore und ich kamen auch nicht schlecht weg. Ich denke an den Glencheckanzug den damals außer Gary Cooper und Kronprinz Akihito nicht allzu viele trugen. Aber ich bekam ihn. Genauso wie den Ledermantel, den Dufflecoat und die Silberbrokat-Krawatten. Von den Bescherungen am Heiligabend ganz zu schweigen.

Einmal wartete draußen im Flur – blitzblank – mein erstes Fahrrad. Ein andernmal standen kantige Skischuhe – damals wirkliche Raritäten – unter dem Weihnachtsbaum, und ich machte am nächsten Morgen ein Schaulaufen in den Straßen von Essen-Steele.

Es war fast so als gingen die Schuhe – mit mir als Inhalt – spazieren.

Als Bill erfuhr, dass ich mich für die germanische Frühgeschichte interessierte, lagen auf dem Weihnachtstisch auch kapitale Bücher mit zahlreichen Fotos von Ausgrabungsfunden. Die von ihm mit Bildern aus der Kunstgeschichte beklebten Sammelbände von Reemtsma waren für mich durch die Jahre hin ein wichtiges Anschauungsmaterial.

Ich hab es bereits erwähnt: Bill war ein Lustmolch. Schon in den ersten Tagen der Ehe wurde Trüdchen klar, dass er sich nicht mit den monogamen Grenzen zufrieden geben würde. Sie hat mir später alles erzählt.

Die Stimme des Dienstmädchens war aus dem Nachbarzimmer zu hören. „Frau van Well, gucken Sie mal, was ihr Mann mit mir macht." Trüdchen sah nach und sah die Bescherung. Bill hatte die Junge wohl zu dem Ruf animiert. Wollte Zuschauer haben. Viele Jahre später, als Trüdchen,

Lore und ich während des Krieges für eine Weile in Schwaben waren, schlug die große Stunde des sanften Dienstmädchens Lotte. Trüdchen war genau informiert gewesen.

So erfuhr sie auch von einer Geschäftsfrau, die mit Bill einen Schluck Wein genommen hatte. Ein Weinglas kippte um. Das Kleid musste ausgezogen werden. Ein Fall für Bill. Heiße Essener Sommer. Heiße Sommer am Baldeney-See und in der großen ruhrländischen Gartenausstellung, die bis zum heutigen Tag als GRUGA bekannt ist. Baldeneysee – das waren ganze Tage in dröhnender Hitze und Erfrischungen in den Schwimm-Bassins.

Die Haut pellte sich und konnte mit spitzen Fingern vom himbeergeröteten Verbrennungsrücken abgezogen werden. (Ich war noch weit entfernt vom bewussten Verhalten des Weißhäuters, der sich leicht zurückgezogen von den anderen, im Schatten von Badekörben, Uferbäumen und Küstenfelsen, seinen Lese- und Schreibfreuden hingibt.)

Baldeneysee – das war Hitze als Droge. Sommerheiße Badefreaks drängten sich am Abend in die überfüllten Züge, um wieder in die City zu kommen. Ob's den Kids in der Ruhrgebietsgroßstadt Essen heute noch so geht, weiß ich nicht. Aber für uns war die GRUGA mit ihrer großen Ausdehnung, den Blumenfeldern, Zoogehegen, Spielplätzen, Wasserbecken, Pavillons und Gaststätten ein wichtiger Anlaufpunkt. Ich kannte ein verschwiegenes Loch im Maschendrahtzaun und konnte für lau reinschlüpfen. Hatte später aber auch eine Jahreskarte. Wohin die Mini-Besucher zuerst wollten, war natürlich klar: Es ging Richtung Aussichtsturm.

Denn ganz in seiner Nähe waren die Sitzreihen fürs Kasperletheater. Natürlich schrieen sie alle, wenn Kasperle mit der großen Hakennase im fröhlichen Schnitzgesicht so ganz und gar nicht merkte, dass hinter ihm ein Lacoste-Krokodil seinen roten Rachen öffnete. Er war zuerst wie schwerhörig. Und dann endlich hörte er ja doch. Wir alle freuten uns, wenn er mit der Pritsche auf den Unhold einrückte, bis der schlapp über der Brüstung hing. Wir mochten natürlich auch Kasperles Oma, die immer so schöne Napfkuchen auf den Tisch brachte. Und Gretel. Die war ja so lieb. Dass man Glück empfinden kann vor einem wiegenden roten Tulpenfeld, ist mir in der GRUGA zum ersten Mal bewusst geworden. Lange vor den Besuchen im niederländischen Keukenhof. Prächtige Dahlien gab's en masse in der amphitheatralischen Dahlien-Arena. Die Gänseblümchen, Butterblumen und Pusteblumen der fernen Wiesen-Eroberungszeit waren längst außer Sicht gekommen. Obwohl die Löwenzahnmilch gut gegen Sommersprossen sein sollte. Das war für Lore interessant. Und für Trüdchen auch. Mag man immer sagen

„anspruchslose Allerweltspflanzen", doch sie bescheren mir regelmäßig angenehm nostalgische Empfindungen, die Goldruten und die kleinen „Sommer adé-Astern" mit ihren blassblauen Blättchen und den gelben Blütengründen. Bei unseren Tretrollerausflügen in andere Stadtteile begegneten wir ihnen überall auf Ödfeldern, verlassenen Grundstücken und hinter Bretterzäunen. Zurück zur GRUGA. Vom Eingang Rüttenscheiderstraße ging eine Papageienallee aus.

Da schaukelten die gelb-blauen und roten Aras auf ihren Sitzstangen, bunt wie die Farben der Faber-Malkästen.

Ich saß gern in einem Pavillon und sah durch Guckaugen auf weiße afrikanische Dörfer und rotbraun ausgedörrtes Land, hörte ab und zu das Klacken, wenn ein neues Dia sich einschob. Eines Tages stand ein Bub in unserer Waschküche in der Menzelstraße 26 und machte Reklame für ein Kinderschützenfest. Brüllend heißen Kakao und brühheiße Fleischwurst gäbe es dort. Er wollte eine Anzahlung, hatte aber kein bestätigendes Papier. Wieso sollte Trüdchen ihm Geld geben?

„Wir haben einen König und eine Königin!", sangen sie dann später beim Umzug. Es gleißten die goldenen Pappmaché-Diademe über den roten Krepppapier-Umhängen. Bänke standen im Freien. Ein mehlbestäubter dummer August kam aus dem Zelt. Wie der Sommer schmeckte? Ich kann nur sagen: Nach eiskalter Vanillepudding-Suppe mit

Erdbeeren.
Ein großer Kochtopf mit dieser sommerlichen
Schlampamperei stand in der Badewanne auf einem dicken Eisblock, den wir von Brauereifahrern
geholt hatten. Ich darf hier nicht unterschlagen,
dass eiskalter Schokoladenpudding mit Vanillesoße auch eine Labsal war. Bei der Puddingherstellung bekam gewöhnlich einer von uns beiden
einen Klacks auf dem Teller, der andere durfte den
Topf leerkratzen. Und hier ein Rat unter Freunden:
Der Topf war natürlich erheblich ergiebiger.
Bei der Eisdiele nebenan waren wir häufige Kunden. Von Stracciatella, Eierlikör, Tiramisu und
Krokanteis ahnte man damals noch nichts. Aber
auch so hatte Bill seine Portion Vanilleeis, Himbeereis und Schokoladeneis schneller verputzt als
Trüdchen und bekam immer noch etwas von ihr
ab. Gab es noch Steigerungen des Sommers? Ja,
die Urlaubswochen in der brennenden Hitze der
Nordsee-Inseln Baltrum und Spiekeroog. Am
schönsten war der morgendliche Gang zu den Dünen. Über Ziegelwege, die schon halb vom Sand
überweht waren. Am Strandpavillon vorbei. Dann
kam das Strandgras. Und schließlich das blaue
Meer. Wir sammelten Muscheln in einem Karton
und schmückten unsere Sandburg damit.
FUCHSSTALL hatten wir in großen Buchstaben
mit Muscheln auf den Rundwall geschrieben. Weil
Trüdchen, Lore und ich rote Haare hatten.
Aber Bill sagte: Füchse wohnen in Höhlen. Am

nächsten Tag stand FUCHSHÖHLE auf unserer Burg.

Wieder zu Hause, hängte Trüdchen in der großen Sommerhitze nasse Betttücher vor die Fenster. Und Bill stellte, wenn er abends nach Hause kam, seine Füße in einen Eimer mit kaltem Wasser.

In der Woche darauf waren wir im Grünen. Mitten im gleißenden Mittagslicht stand der Opel P4, Baujahr 1935, zweitürig. Milchkaffeefarben, kantig mit abgerundeten Ecken. Bevor ich die Tür erreichte, knallte es. Eine Mineralwasserflasche war explodiert. Ich habe seit dieser Zeit nie mehr eine gefüllte Mineralwasserflasche an einen sonnigen Platz gestellt. Sie waren schon knallheiß, die Sommer meiner Kindheit. An die große Freiheit der Sommersonntage erinnern mich vor allem zwei Lieder. Zum einen gehört ein lichterfülltes Morgenzimmer. Ich sang:

Ich freue mich, dass wieder Sonntag ist – das ist ein Tag, so recht für mich gemacht.

Bei dem anderen ging's um die satte Schönheit der späten Sommersonntagnachmittage, wenn alles farbig aufglühte. Auch wenn ich heute mit dem Rad durch das Licht-Schatten-Geflimmer der Spätnachmittagswälder nach Hause fahre und vor mir eine anmutig strampelnde, vertraute Radlerin sehe, meldet sich das Lied mit stiller Selbstverständlichkeit: Und wieder geht ein schöner Tag zu Ende. Lore und ich kamen gelegentlich überein, einen

Kanon zu singen. Wir kannten nur einen einzigen.
Und den gut. Der Text war sehr einprägsam.
Er lautete:
Oh wie wohl ist mir am Abend, wenn zur Ruh die
Glocken läuten. Bimm, bamm, bimm, bamm.
Einer von uns setzte ein. Und wenn er dann sein
„O wie wohl" gesungen hatte, legte auch der an-
dere los.
Das hielten wir eine Weile durch, obwohl die Irri-
tation durch die andere Stimme groß war. Aber
nach einer bestimmten Zeit endete das ganze in ei-
nem großen Klang-Tohuwabohu, das nur noch ent-
fernt an Glockenläuten erinnerte. Frieden und fei-
erliche Stille gingen dagegen von einem damals
sehr populären Nachtlied aus. Wir sangen:
Schöne Abendstunde.
Der Himmel glänzt wie ein Diamant.
Unsere Tage waren voller Musik.
Von überall her kamen Stimmen.
Doch was sollte eigentlich die weibliche Bemer-
kung: Dreimal drei ist neune. Du weißt ja, wie
ich's meine.
Frei heraus gesagt: Ich wusste es nicht.
Irritiert hat mich auch immer ein frisches Sommer-
lied. Gegen den Anfang war nichts einzuwenden:
Jetzt kommen die lustigen Tage. Schätzel, ade,
ade.
Doch dann ließ der junge Bursche den Hund raus.
Er sang:
Und dass ich es dir gleich sage,

es tut mir gar nicht weh.

Dir nicht, du Flockenbeutel, dachte ich damals.

Wir aber schüttelten die Jahreszeiten aus den Bäumen und rupften sie aus den Sträuchern. Von sommerheißen Himbeeren ging's zu nusskernigen Bucheckern. Mahagoniglänzende Kastanien lagen wie kleine Geschenke auf dem Bürgersteig. Eicheln zerknackten unter unserem Tritt. Wir rupften Wollbüschel aus den Distelblüten und deponierten kitzelnde Platanensamen in den Hemdausschnitten derer, die wir ein bisschen besser kannten. Es war eine Freude, mit Pastellkreide das rote Weinlaub zu malen, durch Blätterberge zu rascheln und in Blätterberge zu springen.

Unserem Haus, Menzelstraße 26, gegenüber, gab es eine Gastwirtschaft. Man hörte das Rollen der Kugeln auf der Kegelbahn und das Kladdern der durcheinanderfallenden Kegel. Eines Tages stand ich selbst am Ende der Kegelbahn wie ein Schaffner auf einem kleinen Podest. Die Kugel rollte.

Die Kegel polterten.

Ich stellte sie wieder auf.

Es gab 1,50 Mark für den Vormittag.

Das erste selbstverdiente Geld.

Davon kaufte ich in einem kleinen behaglichen Gemischtwarengeschäft auf der Gemarkenstraße zwei Stück „Indische Blumenseife", von denen ein starker Speikseifenduft ausging.

Auf dem Deckblatt der Verpackung sah man ein

wilhelminisches Bübchen, das mit gewandten Gebärden einem braunen Indianerkind seine parfümierten Produkte anpries. Entzückende Verwechslung der Kontinente wie zu Kolumbus' Tagen. Weiter unten auf dieser Holsterhausener Geschäftsstraße waren wir regelmäßig Kunde in einem gekachelten Nordsee-Fischladen. Eine großzügige Gebärde des Verkaufspersonals ist mir gut in Erinnerung geblieben. Als Zugabe erhielten Lore und ich goldene Sprotten, die man in einem Stück samt Schwanz und Kopf wegknabberte.

Mit anderen Leckereien lockte die benachbarte Savignystraße. Dort, in der herrschaftlichen Wohnung der alten Dame, meiner Großmutter, gab's für Lore und mich Johannisbeerlikör in kleinen Gläschen. Die sind aber schön butterig, sagte ich einmal beim Genuss knuspriger Gebäckstücke und lud förmlich zu der Frage ein: Willst du noch eins? Ich konnte das guten Gewissens bejahen. Am Ende der Gemarkenstraße hatte das Woolworth-Kaufhaus seinen speziellen Sog. Vor der gleißend erleuchteten Schmuckabteilung war ich lichtsüchtig wie ein Nachtinsekt.

Heute kann ich diese Freuden beliebig vor zwei Schaufenstern in der Hamburger City abrufen. Einen Herbstabend in Essen-Holsterhausen werde ich nicht vergessen. Ich hatte meinen Tretroller an einen Unbekannten ausgeliehen und hielt den Hammer in der Hand, den mir der Fremde als Gegengabe überlassen hatte. Ich wartete und wartete.

Keiner kam. Wir hatten ja die Ecke Menzel-
straße/Jansenstraße als Treffpunkt ausgemacht.
Langsam wuchs meine Skepsis. Ich fühlte die
Nacht und die Unzuverlässigkeit des anderen. Wie
lange ich noch gewartet habe, weiß ich nicht.
Aber ich weiß, dass ein neues Nachtgefühl mir
seitdem vertraut ist. Eine mit der Dunkelheit wachsende Unruhe, die sich ausdehnt wie der Geist aus
der Flasche. So war's in der Gymnasialzeit an den
Abenden vor Mathematikarbeiten. Irgendwann be-
zeichnete ich meine Empfindungen als „Katastro-
phengefühl".
Heute gehört die Dunkel-Depression genauso zu
meinem Leben wie die Licht-Euphorie des Morgens. Bei schönem Wetter ist – vor der Ankunft
der Finsternis – noch mit einem Lichtgeschenk zu
rechnen. Ich genieße – von meinem Arbeitssessel
aus – den Blick auf das Bellotto-Gold der Eppen-
dorfer Häusergiebel. Später dann wird eine silberne Schornsteinspitze jenseits der Isestraße zu
einem blitzenden Strich, der mich an den Turm der
Admiralität in Petersburg erinnert. Ganz ruhig
kommt das Grau
und dann
die
Nacht.
Wie werden sie sein, die langen Stunden, in denen
alle Geräusche größer und beängstigender erscheinen?

Vielleicht erdröhnt mein Schlafzimmer zur besten Ruhezeit von einem Schlag, dass ich aus dem Bett in die Schluffen fahre, die Treppen hochstürme und die Tür der Youngster mit Faustschlägen bombardiere.

Vielleicht überfliegt mich der Eishauch der Mitternachtsverzweiflung an der Schreibmaschine. Meist jedoch geht's friedlicher ab. Wie wundervoll ist es, zu hören, wenn die Schritte der jungen Polterer im Treppenhaus verhallen. Wie erfreuen mich Rieus Walzerräusche, wenn ich mir, im Bett liegend, voller Behagen das Kinn wie einen ägyptischen Königsbart umfasse.

Und wie heiß fließt die Lava aus meiner Schreibmaschine, sobald mich ein Übereinstimmungswort angestachelt hat.

Doch plötzlich kann alles kippen. Ein einziges Fehlerwort frisst sich rasend schnell vor. Mein Selbstvertrauen steht auf irrsinnigen hohen Beinen wie ein Space-Elephant Salvador Dalis.

Ich liege auf dem Bett ausgestreckt wie Pilotys Wallenstein. Alle Ängste werden wach und hocken auf mir wie Füßlis Kobolde. Jetzt ist ihre Zeit gekommen. Jetzt dürfen sie mich triezen und zwiebeln. Litaipe besoff sich. Munchs Brücken-Mädchen schrie. Novalis schwamm in erotischen Träumen. Lichtjahrnacht. Zwei- dreimal muss ich raus. (Ich setz' mich immer auf die Brille, dann kann nichts danebengehen, sagte W.S.)

Vor jedem neuen Einschlafen ist zappen angesagt.

Ich hüpfe durch die Fernsehprogramme auf der Suche nach einem leckeren Happen und denke unwillkürlich an meine Cousine Doris, die an Schlaflosigkeit leidet und nachts bügelt. Irgendwann öffne ich die Lieder im Licht. Die Sonne geht durch die Räume. Ich sitz im Rattansessel, nuckel beißend heißen Cappuccino aus der dickwandigen Großtasse und beobachte, wie die Gegenstände im Zimmer in dem voranschreitenden Licht aufglühen.

Nach dem Frühstück bin ich wieder auf der Reise. Ich hab die Schreibmaschine vor mir und denk an die frühen Jahre der Menzelstraße 26. Kaffeeduftend mit Rodonkuchen, marmoriertem Kuchen und Buttercremetorte, fanden im Eßzimmer unsere Geburtstagsfeiern statt.

Immer gab's am ausziehbaren Tisch viele Damen und nie einen Schulkameraden oder Freund. Manche Sätze habe ich als Tanten-Redensarten in Erinnerung.

Da hörte man ein wichtiges „Es wird einem nichts geschenkt!", ein ironisches „Du hast es schwer!" und einen markantes „Für den muss noch eine Frau gebacken werden!"

Zuweilen verteilte ich Witzbücher.

Wenn Liesel und Ernst uns besuchten, zog sich Trüdchen mit Fanny ins Wohnzimmer zum Kaffeeplausch zurück, während wir im dunklen, langen Flur unsere Körpererkundungsspiele betrieben. Liesel und Ernst waren älter als ich, akzeptierten

aber meine Rolle als Maitre de plaisir. Und so eröffnete ich die intimen Spiele mit den Worten:
Fertig zum Knutschkampf! Es war dunkel-dunkel-dunkel.

Die Hände suchten.

Ich mengte mit.

Eine Traum-Situation:

Das Durcheinander im Schwarz.

Und eine Hand, die kroch.

Und eine Hand, die stoppte.

Keine feuchte Nabe. Dafür aber am nächsten Tag im einsamen Badezimmer der lackglatte, oben abgerundete Bleistift, der einsame Wege ging.

Braune Spuren. Später braune Fingernagelränder.

Und im gleichen Sommer noch, in einem Bett in der Menzelstraße 26 zwei junge nackte Pos, die sich berührten.

Einer – Sie verstehen schon – war meiner. Während unserer Ferien im sauerländischen Dörfchen Fischelbach erzählte mir eine kleine Blondzopfige von der Gesundheitsvorsorge ihres Vaters. Er gab all seinen Mädchen regelmäßig Klistiere. Sie fands spannend. Ich auch. Berichtet werden darf auch, dass ich schon vor meiner Einschulung als I-Männchen sehr konkrete Vorstellungen hatte.

Ich erfuhr damals, dass alle Mädchen vor Schulanfang vom Schularzt nackt untersucht werden sollten. Prompte Folge: Ich beschloss sofort, Arzt zu werden. Das wollte ich mir nun nicht entgehen lassen. In dieser Zeit wünschte ich mir, älter zu sein.

Und ich dachte mir, alle Mädchen, die ich an Jahren überragte, könnte ich auch haben. Noch stand das Haus Menzelstraße 26 unzerbombt.

Noch wuchs kein Unkraut auf den Ruinen. Und wir spielten unsere ahnungslosen Spiele. Deutschland erklärt den Krieg an England! rief einer von uns. Der Angreifer versuchte dann, lang auf dem Trottoir ausgestreckt, von seinem, mit Kreide bezeichneten Feld aus, einen Fuß des weggesprungenen Gegners zu erreichen. Und es kam die Zeit, dann machten die Engländer sich wirklich auf, uns zu besuchen. Nachts trafen sich Männer, Frauen und Kinder im Treppenhaus. Es ging hinunter in den kleinen, weiß getünchten Luftschutzkeller. Ein Beil stand vor der dünnen Durchbruchswand zum nächsten Haus. Decken hatten alle. Wilma F. mit den roten Lidern. Ein Ehepaar in Pantoffeln.

Lore und ich – müde. Es war die Zeit der ersten Luftangriffe. Ich erinnere mich nicht an die Trümmer in der Nähe. Und irgendwie und irgendwann heulten die Sirenen wieder auf. Entwarnung. Später, nach dem Krieg, wenn in der Stadt ein Probealarm ausgelöst wurde, war die Vergangenheit wieder Gegenwart. Aber neu war das Wissen um das, was damals geschehen war. Ich schrieb über die Sirenen:

Und dann ist der Metallton da, dehnt sich raumfüllend und ohrenschmerzend zu einer anonymen Blase von Gewalt über der Stadt und läuft in einen

Trompetenton aus, schwillt wieder an zu neuer, bedrohlicher Gegenwart der Angst.

Und die Wagen fahren unter diesem Metallton weiter und die Kinder rufen und die Bäume rauschen und erneut erhebt sich die Vision eines nächtlichen Kriegshimmels, erfüllt vom Dröhnen der Bombergeschwadermotoren, unter denen die Städte wie rote Ofenglut liegen. Und der Ton bleibt und hallt im Ohr und versinkt in einem langen Stöhnen, das in einen Basston ausläuft. Und die Bäume rauschen und die Kinder rufen.

Die Nacht und der Morgen.

Wir hatten noch nicht das Grauen der großen Zerstörungsnächte erlebt. Die Straßen lagen wie sonst in der Morgenhelle da. Und es gab ein neues Spiel. Wir gingen auf die Suche. Und dann: Weihnachten und Ostern zugleich! Im Frühlicht glitzerte auf dem Kopfsteinpflaster der Jansenstraße ein großer silberrissiger Granatsplitter. Ich habe mich später immer wieder gefragt: Werde ich so ein seltsames Glücksgefühl jemals wiederhaben? Und dann hatte ich es.

In Hamburg.

60 Jahre später.

Diesmal ging's um ein Souvenir von der Expo 2000 in Hannover. Es war eine Spielkarte.

Mit türkisblauen
und silbernen Perlen
blinzelnd wie ein südlicher Himmel.

Ich trug sie immer in meiner rechten Hosentasche.

Sie war meine Begleiterin.

Meine Handschmeichlerin.

Eines Mittags in der City suchte ich sie vergeblich. Sie war in keiner Hosentasche. Und auch in keiner Jackettasche. Am Morgen hatte ich sie noch gehabt. Und in der Zwischenzeit war ich nur in einem Straßenrestaurant vor dem Abaton-Kino gewesen. Eine halbe Stunde später traf ich meinen Kellner vom Vormittag wieder.

War an der Theke eine Kette abgegeben worden? Er wusste von nichts.

Ich ging an meinen Tisch und hob einen Gartenstuhl hoch. Da lag sie und glänzte. Heute glimmern goldene Pyrit-Kristalle vor mir auf dem Schreibtisch. Sie erinnern mich an die Erkundungsgänge im Frühlicht.

In jenen Tagen inspirierte der Krieg die Spielwarenindustrie, die Verlage und Buchhändler. Wir Youngster bekamen reichlich Futter. Es gab auch ein Papier-Falt-Spiel, auf dem karikierte Soldaten aus England, Frankreich, Russland und Amerika zu sehen waren. Legte man die Köpfe in der richtigen Weise zusammen, entstand ein deutscher Stahlhelmträger mit markanten, ehrlichen Gesichtszügen.

Kürzlich entdeckte ich in einem Antiquariat ein Pendant aus dem Ersten Weltkrieg. Auf dem uniformbunten Blatt waren aus den Vertretern der fremden Armeen reine Trottel geworden.

Heute wächst meine Wohnung mit Büchern zu. In

der Menzelstraße 26 stapelten sich Kriegshefte, Kolonialhefte und Sagenhefte wie eine wabernde Menge von Abenteuern. Ich besaß aber auch viele kleinformatige Führer zu den verschiedensten Wissensgebieten. Und diese kleinen Bücher hatten's in sich. Sie waren Glücklichmacher. Ich hab mein Leben lang gebündelte Informationen geschätzt. Ob's um Chaucers Prolog zu den „Canterbury Tales", um Vergils „Georgica" oder um den Eingangsmonolog Richard des Dritten ging.
Kurz. Kürzer. Am Kürzesten.
Die Herausforderung, Stoffe zu verdichten, ist für mich ein immer neuer Arbeitsantrieb.
Der Bücher- und Zeitschriftenberg, der sich links neben mir im Bett erhebt, ist mein Digger-Terrain. Ich picke mir mal hier, mal dort was Gedrucktes heraus und lese so lange darin, bis ich auf eine eigene Erfahrung stoße. Immer eine magnetische Sache. Mit diesem Sound mache ich mich dann auf den Weg zur Dusche und murmel wie ein repetierender Schauspieler:
THE GLORY OF THE MOMENT.
THE GLORY OF THE MOMENT.
THE GLORY OF THE MOMENT.
Undsoweiter.
Undsoweiter.
Undsoweiter.

Das war Jeff.
Jeff Koons.

Einer der opulentesten Erotiker der Moderne. Er schuf einen Cunnilingus für Gourmets. Hier hat er den Jubel des Augenblicks beschrieben. Händel und Turner in einem. Butterweich flutscht mir auch ein Marlboro-Werbetext über die Zunge:
COME TO WHERE THE FLAVOUR IS.
Ein absoluter Satz. Überall anwendbar. The flavour – das sind alle angenehmen Dinge der Welt. Und daraus folgt ein anderer Satz, den der Springer Auslandsdienst (SAD) gefunden hat: Freunden sie sich mit fröhlichen Menschen an. Miesepeter sorgen für Stress.

Zugegeben: Ich lebe in einem Papierchaos. Bücher und Zeitschriften machen meine Liegefläche auf dem breiten Pariser Bett immer kleiner. Hochgerechnet, müssen dreitausend gebundene und kartonierte Schriften mein Schreibzimmer und mein Schlafzimmer bevölkern. Die sieben vollgestopften hohen und breiten Regale sind Bollwerke in der Papierflut.

Ich spüre, wie sehr Zauberlehrlinge allerorten mit solchen Problemen kämpfen. Doch es gibt auch Überraschungen.

Ein Papiersturz geht nieder. Und vor mir liegt ein alter Bekannter. Ein griffiges Sommergedicht von Hesiod:
Trinke feurigen Wein,
Gelagert im Schatten,
das Gesicht
dem wehenden Zephyr zugewandt.

Vor 2700 Jahren hat er es geschrieben. Mich bringt's nun – im heißen Sommer des Jahres 2003 – dazu, das Gesicht noch bewusster in die lauen Lüftchen zu halten. Barock zirpt es herauf. Ein Prinz fragt: Wo sind wir?

Und Carlo Gozzis Truffaldino antwortet: Immer in 1000 Ängsten.

Wahrheiten kann man flüstern und in Kinderreimen erzählen. Sie werden einen immer erreichen. Das wusste auch H.C. Hartman, als er über die Kunst sprach:

Krauchen
solls
durch Blut
und Bein
bis ins
Herzens
Kämmerlein.

Aber Feldforschung ist nötig. Deshalb hat Ludwig Wittgenstein jedem schreibenden Laokoon zugerufen: Denke nicht, schaue!

Bücherlandschaft neben mir im Bett. Ich greife hinein. Und zieh einen Stephen King-Wälzer heraus. Kurzes Blättern. Und da ist sie schon: Eine frische Lebensmaxime. King hatte sie aus der Beobachtung eines Surfboarders gewonnen. Ihm war aufgefallen, dass der Bursche so anmutig durchs Gelände swingte, weil er keine Angst hatte.

Once upon a time, damals in Essen-Holsterhausen,

machten mich flexible kleine Büchlein mit Fotos und knappen Angaben über Kriegsflugzeuge und Kriegsschiffe heiß.

Betrachte ich jetzt in Meyers großem Handlexikon Miniatur-Fotos des Sturzkampfbombers JU 87 und des Jagdflugzeugs Me 109, dann ist dieser ferne Kick wieder da.

Erwähnt werden muss, dass uns Englands Jagdflugzeuge, die schnellen Spitfires und Hurricanes mit ihrer acht Maschinengewehr-Bestückung nicht unterschlagen wurden. Wir hatten ein Idealbild: Oberst Mölders im Cockpit seiner Me109.

Der Richthofen des Zweiten Weltkriegs. Und für Deutschlands Youngster das, was Britanniens Kids in den Spitfire Piloten J.E. Johnson und Douglas R.-S. Bader fanden.

Zu unseren bevorzugten Sammelobjekten gehörten Kunstpostkarten mit Ritterkreuzträgern.

Mölders musste auf jeden Fall dabei sein. Und von der Marine Kapitänleutnant Prien, der Held von Scapa Flow. Er hatte sich mit seinem U-Boot Unterwasser zu dem englischen Flottenstützpunkt durchgemogelt und ein Schlachtschiff versenkt. Er war der Weddigen des Zweiten Weltkriegs. Heute besitz ich ein paar schön gebundene Jahrgänge von Weyers Taschenbuch der Kriegsflotten. Es ist schon ein Genuss, in den handlichen Bänden herumzuschnuppern.

Great Britains legendäre alte Garde taucht wieder auf:

Die „Dreadnought", die „Invincible" und die „Inflexible". Die „Rodney" reckt ihr gewaltiges Vorschiff mit den 40,6-kalibrigen Drillingstürmen ins Bild.

Wir kannten als Schüler bei der Deutschen Marine die ganze Stufenleiter der Schiffstypen. Vom Schnellboot über das Unterseeboot, das Torpedoboot, den Zerstörer, den leichten Kreuzer und den schweren Kreuzer bis hin zum Panzerschiff „Admiral Graf Spee" und zu den vier Schlachtschiffen „Scharnhorst", „Gneisenau", „Tirpitz" und „Bismarck".

Später, viel später erfuhr man dann, dass man bei den gewaltigen Seekolossen mit den Tonnage-Angaben geschummelt hatte. Meine Lust an den heranstampfenden Stahlgebirgen wurde dadurch eher noch gesteigert.

Koste ich dann auch ein Glanzwerk wie „Jane's Kriegsschiffe des zwanzigsten Jahrhunderts" richtig aus? Jawohl, das tue ich. Das prächtige Buch liegt – weit aufgeschlagen – auf meinen Knien. Ich halte die Doppelseiten mit beiden Händen nieder, um die langgestreckten Schlachtschiffe in ihrer ganzen Ausdehnung zu genießen. Die smarte „Von der Tann", die schöne „Richelieu" und die ihr im Profil verwandte gewaltige „Yamato".

Irgendwann las ich in „Weyers Taschenbuch der Kriegsflotten 1905", dass ein kleines Schiff wie das 1878 gebaute Panzerkanonenboot „Crocodill" auf seinem 1100 Tonnen Körper eine 30,5 kalibrige Kanone trug.

30,5 Kaliber.

Sie haben richtig gelesen.

Bei einer solchen Zahl denkt man an die ausländischen Großkampfschiffe Anfang des 20. Jahrhunderts.

Was hatte der stählerne Winzling mit seiner kolossalen Feuerkraft so alles ausrichten können. Ich hatte da meine Vorstellungen, bis mir ein Reprint des 1901 erschienenen Standardwerks „Die deutsche Flotte" in die Hände fiel und mein Bild korrigierte.

Wenn der wackere Taschen-Herkules mit seiner uralten Kanone in hohen Wellengang geriet, ließ die Zielgenauigkeit erheblich nach.

Außerdem hatten seine Granaten weniger Durchschlagskraft als die damals modernen 24er-Kaliber der deutschen Linienschiffe.

Bei der Hafenverteidigung hätte das monströse Mini-Kriegsschiff vielleicht noch Furore machen können, aber ein hochseetüchtiger „Fürchtenichts" war es eben nicht. Doch so ein staunenswertes See-Ereignis wär' nach meinem Gusto gewesen. Ich schätze den „Pekari-Effekt".

Dem Nabelschwein, das mit seinen Reißzähnen auch Raubtiere verletzen kann, hat immer meine Sympathie gegolten.

Kein Wunder, dass mir die kleinen Panzerschiffe

aufgefallen waren, die im amerikanischen Bürger-
krieg auf dem Mississippi (Ich buchstabiere Emm-
ai-es-es-ai-es-es-ai-pi-pi-ai) eingesetzt wurden.
Skurrile Schiffe allesamt. Abenteuerliche Silhouet-
ten. Die „Lexington" nur halb so groß wie das
Panzerkanonenboot „Crocodill". Aber mit Meri-
ten.
Sie bewahrte – im Verein mit anderen Panzerschif-
fen – die Nordstaatler bei Shiloh vor einer Nieder-
lage.
Der umgebaute Passagierdampfer trug zu meinem
Entzücken vier 20,3 cm-Kanonen. Leicht vorstellbar, dass mich die 8,8 cm-Bordgeschütze der deutschen U-Boote im letzten Weltkrieg nicht sonder-
lich begeisterten.
War es nicht möglich…?
Ja es war möglich.
Wie ich später erfuhr, hatte die deutsche See-
kriegsführung schon im Ersten Weltkrieg U-Boot
Kreuzer bauen lassen. Zur Bewaffnung gehörten
auch zwei 15 cm-Kanonen, das war fürs erste nicht
schlecht. Doch die rasanten Konturen, die meinem
Auge wohltaten, entstanden erst, als die britische
Admiralität nachzog und selbst Super-U-Boote in
Auftrag gab. Bei der M1 wuchs aus dem Komman-
doturm der Panzerturm mit einem 30,5 Zentimeter
Geschütz hervor.
Eingesetzt wurde der 1946-Tonner nie.
Das gilt – god shave the queen – auch für die sechs
russischen Unterwassergiganten der „Typhoon"-

Klasse, die Flugkörper mit Atomsprengköpfen verschießen können.

Sie verdrängen ungeheuerliche 26.500 Tonnen und sind damit größer als die britischen Schlachtkreuzer, die in der Seeschlacht bei den Falklandinseln am 8. Dezember 1914 die deutschen Panzerkreuzer „Scharnhorst" und „Gneisenau" versenkten. Dabei blieb den Deutschen mit ihren 20,8-Kaliber gegen die 30,4-kalibrigen Geschütztürme der Engländer keine Chance.

Wabernder Orangeschein der feuernden Schiffsgeschütze.

Der Gedanke an die Kriegsflotten, die sich am 31. Mai 1916 vor dem Skagerrak gegenüberstanden, hat mich nie losgelassen. Viele Jahrzehnte später wurden mir in einem Wachtraum fast parodistische Bilder geliefert. Ich notierte:

Fünfunddreißig Bügeleisen
In Kiellinie:
Die britische Hochseeflotte.
Fast ebensoviel Bügeleisen
eine Strecke entfernt:
Die deutsche Flotte.
Rauch quillt
aus imaginären Schornsteinen.
Eine gewaltige Macht
ist gegeneinander aufgefahren.
Werftarbeit von Jahrzehnten
steht sich gegenüber.
Man sollte nicht leichtfertig

über diese Machtprobe sprechen.

Der große Sog ging für mich immer von den breit-hingelagerten Metall-Festungen, den Groß-Kampf-schiffen aus.

Ein Genuss, diese Giganten zu sehen und sich – in einem strategischen Rechenexempel – ihre Kampf-kraft vorzustellen. Die Kids von 1680 mögen ähn-liche Gedanken gehabt haben, wenn vor ihnen – auf der Elbe – die hochbordigen, goldbordierten Konvoischiffe „Wappen von Hamburg" und „Leo-poldus Primus" mit den Doppelreihen ihrer Ge-schützpforten Macht demonstrierten.

Schönheit und Macht gehen immer wieder Verbin-dungen ein. Seit jeher haben sich Krieger prächtig ausstaffiert. Je höher der Rang, desto größer der Glanz. Pracht der Parade. Kitzel für Frauenaugen.

Die Psycho-Taktiker des Dritten Reichs zogen mit. Die Uniformschneider hatten alle Hände voll zu tun, und wir Youngster wurden in kleinen, handli-chen Büchlein mit dem bunten Bekleidungs-Zier-rat der verschiedenen Waffengattungen vertraut gemacht. Die Kragenspiegel und Achselstücke der großdeutschen Offiziere waren Augenfänger:

Das Gelb der Luftwaffe.

Das Rot der Artillerie.

Das Rosa des Ingenieurs-Korps.

Silberne Eichenblätter waren gut – ein silberner Eichenlaubkranz war besser.

Dass Farbe und Befehlsgewalt etwas miteinander

zu tun hatten, wurde uns schon als zehnjährigen Pimpfen im Jungvolk der Hitlerjugend eingeimpft. Der Jungenschaftsführer trug ein rot-weißes kleines Schnürchen. Welche Macht hatte er? Er hatte zehn Mann unter sich. Der Jungzugführer trug eine grüne Kordel. Ihm gehorchten dreißig Mann. Der Fähnleinführer war mit einer grün-weißen Kordel zu sehen. Vor ihm standen 150 Mann still. Der Stammführer trug den Nimbus einer weißen Kordel. Er konnte die Aufstellung der angetretenen 600 Mann abnehmen. Der Bannführer trug eine rote Kordel. Man munkelt von 6000 Mann, die er befehligte. Was mich aber damals kitzelte, war die grün-schwarze Kordel, Die der Hauptjungzugführer trug. Er war der Stellvertreter des Fähnleinführers und dieser Zwischenrang machte mich schwach. Ähnlich wie der Offiziersrang des Oberstleutnants. Eine Stellung zwischen Major und Oberst. Für mich so irritierend wie der Glanz eines von rosigen Feuern schimmernden, milchigen Opals.

So spricht ein Farbsüchtiger. Und ein Farbsüchtiger freut sich natürlich auch, dass man der Herrschaftsmagie der Farben in vielen Kulturen auf die Spur kommt. Die Regierenden haben und hatten da immer ein probates Mittel, Stellungen in der Führungspyramide für alle deutlich zu machen. Es verrät schon Raffinement, johannisbeerfarbene Schnüre auf schwarzen Mützen zu tragen. Das aber durften am wilhelminischen Kaiserhof nur die

Offiziere des Generalstabs. Wie der Vorleser der Kaiserin Augusta, der französische Dichter Jules Laforgue berichtet.

Neunhundert Jahre vorher schwärmte die japanische Hofdame Sei Shonagon in ihrem „Kopfkissenbuch", dass ihr die kaiserlichen Beamten des sechsten Rangs wegen der violetten Gewänder so gut gefielen.

Von intensiven Hierarchie-Farben erzählt im achten Jahrhundert auch der chinesische Dichter Bo Djü-I in seiner Satire auf die besseren Herren. Er schrieb:

Die im Zinnoberrock sind aus der Staatskanzlei.

Die mit Purpurschnüren Generäle.

Ich muss an die rote Kordel meines Bannführers denken.

Und ganz in der Tiefe der Zeit benutzte man Schmuck-Kordeln, die wiederum an meinen Fähnlein-Führer erinnern.

Aus Chinas klassischem Liederbuch „Shi-King" erfährt man, wie die Angelschnur des Kaisers aussah. Sie war aus Grün und Gold gedreht. Zweieinhalbtausend Jahre ist das her. Die Spiele mit den Machtfarben haben nie aufgehört. Unsere Urgroßväter wussten als Schüler wilhelminischer Gymnasien, dass sie nach der Versetzung eine Mütze mit einer anderen Farbe tragen durften. Und so wurde der Stolz angestachelt, im neuen Schuljahr einen höheren Rang einzunehmen. Mit roter

Tinte waren die Zeilen unter meinen Aufsätzen geschrieben worden. Ein irritierendes Rot.

Wenn leitende Angestellte eines westdeutschen Konzerns Notizen in brauner Kugelschreiberschrift unter ihren Schriftstücken entdeckten, muss ihnen manchmal seltsam zumute gewesen sein. Diese Farbe benutzte nur der Generalbevollmächtigte. Der ferne Machthaber löste Befangenheit aus. Der hoch zu Ross herantänzelnde kaiserliche Rittmeister des Neunten Husarenregiments demonstrierte optische Überlegenheit. Himmelblaue Uniform. Goldene Bordüren.

Man kann sich mit dem Sommerhimmel verbünden. Die Flaggenschneider friderizianischer Regimenter habens gemacht.

Die jungen Dynamiker unserer Tage tun's auch. Mit leuchtend blauen Oberhemden und gelben Krawatten. Zauber der geflochtenen Farbkordeln. Für die kleinsten Pimpfe gab's Abenteuerspiele im Wald. Einer hatte was ausgefressen. Die HJ-Führer unterhielten sich. Überlass ihn mir, sagte der eine. Plötzlich war Ekel da. Und Würgereiz.

Damals kursierte das Wort „Hordenkeile". Man sprach von Schlägen mit dem Lederkoppel. Übelkeit überkam mich auch bei einem alten Soldatenlied. Wir sangen:

Ich habe Lust, im weiten Feld zu streiten mit dem Feind,
wohl als ein tapferer Kriegesheld,
der's treu und redlich meint.

Das Lied stammte aus dem Film „Kadetten".

Da stand einer der zum friderizianischen Militär eingezogenen Buben auf einem Fass und sollte gehenkt werden. Als er dann doch noch davongekommen war, berührte er mit der Hand immer wieder seine Kehle. Und das Grauen war für mich auf das Lied übergegangen.

Wir zogen in jener Zeit immer wieder in den Kruppschen Wald und trainierten Lieder ein. Morgenfrisch mit schönem Klang:

Und die Fahne flattert uns voran!

Aber das Ganze lief in einen dunklen Ton aus:

Denn die Fahne ist mehr als der Tod.

Wir sangen das, wie man die Glaubensformeln eines Gebets nachspricht. Wie hätten wir denn ahnen können, dass man uns bereits als künftiges Kanonenfutter präparieren wollte. Eingeübt wurde auch ein heiteres Morgenlied aus längst vergangenen Zeiten: Die blauen Dragoner, sie reiten mit klingendem Spiel vor das Tor.

Und dann hoben wir die Stimme noch einmal an und schmetterten aus voller Kehle:

Fanfaren sie begleiten

hell zu den Hügeln empor...

Mehr rumpelig-bumpelig war ein Jux-Lied, dass sich gut in unseren Marschrhythmus einfügte:

Klotz am Bein, Klavier vorm Bauch. Wie lang ist die Chauseee?

Schneller Griff in das Bücherregal am Bett: Ein

farbiger, flexibler, flatschiger Brocken liegt in meiner Hand. Der deutsche Briefmarken-Katalog 1995 mit zahlreichen köstlichen Faksimile-Drucken von miniaturhafter Präzision. Ich blätterte. Und bin schon wieder auf der Reise. Ja, ich besaß einmal ein kapitales Briefmarken-Album. Aber schon vorher hatten mich schwarze Pappen mit durchsichtigen Falzen auf den Geschmack gebracht. Es war ein Genuss, die bunten Informationen der in Reihen einsortierten Briefmarken mit einem Blick zu überfliegen.

Und natürlich wurde man immer wieder gereizt, sich Schau-Packungen zu kaufen, die mit prächtigen Marken unter dem Klarsichtfenster lockten. Obwohl man genau wusste, dass sich unter den Paradestücken nichts Nennenswertes mehr befand. Die Hitler-Dauerserie überschwemmte mit vielen Werten in Millionenauflage den Markt. Überall auf Postkarten, Briefen und Paketen pappten die Mini-Porträts in Olivgrün, Blauviolett, Zinnober, Karminrot, Braunlila und Purpur.

Zwei gestochen scharfe, rosige Sondermarken mit Bildern im Bild sind mir über die Jahrzehnte am lebhaftesten in Erinnerung geblieben. Eine Geburtstagsmarke mit einem kleinen gratulierenden Mädchen und die Doppelbildnis-Marke mit Italiens Duce.

Von farbkompakter Schönheit und Dramatik waren die dreizehn Marken der zweiten Waffengattungs-Serie. Alle Tönungen gedämpft.

Und doch wischte ein Regenbogen drüber hin. Wo das aber geschieht, häng ich fest.

Denn ich bin ein Spektralfarben-Fan.

Liebe das Brilliant-Licht der Kristalllüster. Das Knallblau und das tiefe Rot der Ostereier. Die eingefärbten Wollbündel. Die lichtdurchstrahlten Fensterrosen. Die bunt lackierten Fischerboote von Albufera und die zweiunddreißig Röllchen Gütermanns Nähseide.

Irgendwann schnupperte ich an geöffneten Ölfarbentuben. Der Geruch war köstlich. Der von Leinöl auch. Ich wurde kein Maler – aber ein Freund der schönen Farbnamen. Zitronengelb, Siennagebrannt, Preußischblau und Scharlachrot, das ging ja noch.

Aber dann gab's da auch Indischrot, Krapprot, Magenta, Englischrot und Caput Mortuum. Von Neapelgelb und Veronesergrün ganz zu schweigen. Dabei hatte ich zu diesem Zeitpunkt von Ochsengalle, Hookersgrün, Vandyckbraun und Terra Pozzuli noch gar nichts gehört.

Rausch der Namen.

Rausch der Farben.

Essen-Holsterhausen.

Menzelstrasse 26.

Erste Etage.

Ecksitz auf dem Ecksofa des Wohnzimmers. Ich drehte die Kurbel des Grammophons wie ein Lei-

erkastenmann und setzte den Tonarm mit der Nadel sachte auf der kreisenden Schelllackplatte ab. Und da war sie wieder, die schmeichelnde Jungmännerstimme, die in der Vorahnung des kommenden oder im Nachgenuss des vollendeten Glücks sang:
Liebling, du bist so zauberhaft!

Alles war schmelzend. So schmelzend wie das Bad in der weiblichen Zustimmung, das der nächste Sänger sich wohl erst erträumte. Jodelt froh, in der Tonlage dem Gebirgsprofil seiner Heimat angepasst, machte der Alpenländler für ein entlegenes Liebesnest Reklame. Er schwärmte:
Hoch droben
auf dem Berg
wohl unter
den funkelnden Sternen,
dort weiß ich ein Haus,
das wartet auf dich,
mein Schatz!

Ich drehte noch einmal die Kurbel und legte eine neue Platte auf. Eine Platte mit einem Superstar. Die Sängerin war die Vertraute der ganzen Familie. Wenn ich schwedische Kathedralen-Stimme sage, wissen Leute meines Jahrgangs, um wen es geht. Zarah Leander schmachtete mit vielen rollenden „Rs“:
Du kannst das alles garrr nicht wissen…

Gemeint war das Kind, dem sie in dem Film „La Habanera" den Zauber des nordischen Winters beschrieb. Aber sie rollte auch den Mantel der Verführerin aus:

Man nennt mich Miss Jane,
Die berühmte, bekannte,
yes, Sir.
Die nicht sehr beliebte
bei Onkel und Tante,
no Sir.
Man fürchtet,
ich könnt die behüteten Neffen
im Himmelbett
oder im Spielsalon treffen.
Ich könnte sie verführen
mit tausenden Listen,
die sie vielleicht selbst noch nicht wüssten.

Das war für uns damals eine Stimme, die man wie selbstverständlich um sich fühlte. Von Bill wussten wir, dass er für die sanfte, geschmeidige Tänzerin La Jana aus dem Film „Stern von Rio" schwärmte. Aber eben auch für Zarah Leander.
Nächste Platte. Vorbei die üppige Luft von Sündenhaftigkeit und gebrochenen Tabus. Aus den Salons ging's in neblige Herbststraßen. Es wurde nordisch, karg und ernst. Lale Andersen zog die Zuhörer in ihre Ballade von der Soldatenbraut:
Vor der Kaserne

vor dem großen Tor,
stand eine Laterne
und steht sie noch davor.

Wehmut kam auf. Postenrufe drohten. Aber Lales
Geständnis erschöpfte sich nicht in weiblicher Be-
harrlichkeit und Wetterfestigkeit. Das Paar, das
sich zu später Stunde und unter unwirtlichen Bedingungen zusammenfand, fand sich wirklich zusammen. Lale sang:
Unsere beiden Schatten
sah'n wie einer aus.
Dass wir so lieb uns hatten,
das sah man gleich daraus.

Die vier Zeilen mussten einem großdeutschen Cartoonisten den schöpferischen Kick gegeben haben.
Der Passus „Vor dem großen Tor stand eine Laterne" hatte vielleicht eine gewisse Detailverses-
senheit begünstigt.
Dann sah man – deutlich wie auf einem japani-
schen Shunga-Holzschnitt – dass bei dem braven
Landser und seiner langbeinigen Freundin eins
zum anderen kam. Ich fand die pikante Scherz-
postkarte später bei Bill, dem alten Schalk. Besonders gefielen mir die tief geschwärzten Augenlider
der Schönen.
Nächste Platte.
Wieder eine Sängerin.
Eine Soldatenbraut wie Lili Marleen. Aber noch

opferbereiter und demütiger. Eine Stimme, die einen traurig machte:
Ich will deine Kameradin sein.
Mache, was du willst mit mir.
Du brauchst nie zu fragen,
Ich sage nie Nein.
Ich bleibe immer bei dir.

Vom Ernst zum Schmerz.
Es war einmal… heißt es im Märchen.
Es war einmal ein Lehrer, der seinen Schülern eine Aufgabe stellte. Er sagte: Geht auf die Kirmes, notiert alles, was ihr an Ausrufen hört und macht einen langen Satz daraus.
Die Burschen schwirrten ab. Am nächsten Tag lasen alle ihre Produkte vor. Der Keckste der Klasse erhielt den meisten Beifall. Er musste noch einmal nach vorn kommen und krähte wie ein kleiner Jahrmarkts-Ausrufer:
Wer hat noch nicht
wer will noch mal
für dreißig Pfennig
fünfzig Mal
die Tochter
des Motorradfürsten
von hinten
und von vorne
bürsten?

Teufel eins! Das war die ganze Kirmes! Es erschien uns absolut plausibel, dass da ein Verkäufer Bürsten mit zwei Borstenflächen unters Volk bringen wollte. Von der erotischen Tellermine in dem Wort „bürsten" ahnten wir nichts.

Das alte Lied: knallige Gags zogen an. Nisteten sich im Gedächtnis ein. Auch bei Kriegswitzen. Einmal verlegte ich in Gedanken die Handlung auf die große Steinbrücke, die zum Stadtteil Essen-Margarethenhöhe führt. Eine junge Frau trug einen frischgebackenen Kuchen über eine Brücke. Sie tänzelte. Sie freute sich auf den Kaffeenachmittag. Und da geschah das Unheil. Der Kuchen rutschte ihr vom Blech und verschwand in der Tiefe. „Er ist gefallen!", rief sie. „Er ist gefallen!"

Ein Geistlicher, der eben des Weges kam, mischte sich ein, obwohl er gar nicht wusste, um was es ging. „Sie werden irgendwann wieder einen anderen bekommen", sagte er. Die junge Frau schüttelte den Kopf und rief: „Aber keinen mit sechs Eiern!"

„Sechs Eier!", hörten wir. Was für ein schönes Bild: sechs Eier! Das war rund, klar und gut zu erzählen. An Herren, die sich mit einem solchen Klötenpaket abschleppten, haben wir mit Sicherheit nicht gedacht. Wir zelebrierten andere Überlegenheitsgefühle – sagten: das ist nichts für Vater. Oder: lass das Vater mal beschnarchen. Sprachen im Geist der neuen Zeit: das ist für mich ein dreifacher, innerer Vorbeimarsch. Oder machten den

Sprachfix: ich sage farbelhaft mit weichem „r" wie in Tomarte. Mit Salz und Pfeffer gewürzte Tomatenscheiben auf gebuttertem Schwarzbrot waren nicht zu unterschätzen. An den Sonntagen, wenn Schnittchenteller ans Bett serviert wurden, übernahmen Tomatenviertel zusammen mit Gewürzgurkenstreifen zunächst dekorative Aufgaben. Natürlich nicht lange. Denn während wir gebutterte Brötchenhälften mit Kalbsleberwurst, Zungenwurst, oder Schwartemagen zermalmten, avancierten sie zur saftigen Zutat. Heißer Milchkaffee wurde nachgeschenkt. Für diesen Sonntagmorgen-Service waren abwechselnd Bill und Trüdchen zuständig.

Zu Würstchen jeder Art hatten wir ein entspanntes Verhältnis. Das war kein Wunder. Denn Bill verfügte als Vertreter verschiedener großer westfälischer Wurstfabriken immer über einen Vorrat an Probe-Würsten. Seine luftgetrocknete westfälische Mettwurst galt als Renner. Aber ich bin auch mit Schinkenwürstchen, kolossaler Cervelatwurst und zarten Knackwürstchen groß geworden. Ein saftiges Vergnügen war's, die Kuppe einer entpellten Fleischwurst mit scharfem Senf zu bestreichen und der Wurst dann einen so tiefen Biss zu versetzen, dass man die Konturen eines kretischen Stier-Denkmals vor Augen hatte.

Wenn wir in der Metzgerei gemischten Aufschnitt einkauften, hatte der Fleischermeister die Gelegenheit zu einem schönen Auftritt. Fast so leicht wie

jemand, der Karten austeilt, flippte er mit der Gabel Wurst- und Schinkenscheiben aus den verschiedenen Stapeln auf das bereitgehaltene Papier.
Dann zeigte sich so richtig, was der Laden hergab.
Ich hab's später beim Zusammenstellen von Überraschungs-Blumensträußen ähnlich gehalten. Das
Bukett sollte ein Blumenladen im kleinen sein.
Wir kauften oft auch einen Kringel einfache Blutwurst ein. Im Volksmund „Negerpimmel" genannt.
Besonders lecker mit scharfem Senf.
Hatten wir abends Gäste, änderte sich das Schnittchen-Programm. Dann wurden die Brötchenhälften
mit Ölsardinen, Krabbensalat, rohem Schinken und
Eierscheiben belegt. Und auf den Eierscheiben lagen Sardellenfilets.
Von niederländischen Küchen-Stilleben konnte
man im van Wellschen Haushalt nicht reden, obwohl gelegentlich ein Hase oder ein Fasan auf dem
Speiseplan auftauchte. Aber was bei uns durch die
Jahre hin zum unbestrittenen Höhepunkt der Mahlzeiten-Hierarchie wurde, war seine Majestät der
Spargel. Mit heißer, goldgelber Butter übergossener Spargel – läuft einem bei diesen Worten nicht
schon das Wasser im Munde zusammen?
Ich genieße heute dicke, lutschbare, schnullerbare
Spargelstangen aus Griechenland, Deutschland
und Ungarn, Spargelcremesuppe, asparaginweiches Spargelkochwasser, aufsteigende, strenge
Spargelgerüche und das verschämte, erfahrene,

weibliche Lächeln vor einer stämmigen Spargel-
stange. Dabei sind mir Spargelbündel lieber als
Liktorenbündel. In Hamburg begegne ich immer
wieder den Gerichten meiner Kindheit. Und da
kann der Spargel ein Wunder sein, wie in einem
Waldrestaurant in Poppenbüttel, oder alle Aromen
verloren haben, wie in einem kleinen Gasthaus auf
der Hoheluftchaussee.
Ein Wunder ist auch dicker, süßer, heißer Reisbrei.
Ich hab ihn gerade wieder bei Safeway genossen.
Zuckerknirschende Zähne.
Weiches Geschlucke.
Wohliges Herabgleiten.
A RETURN TO MY CHILDHOOD.
Mit wässriger Reispampe gelingt allerdings kein
Nostalgie-Trip. Mit flappigen Waffeln auch nicht.
Die dürfen nicht an Dalis schlaffe Raum-Zeit-Uh-
ren erinnern. Sie müssen schön knusprig sein!
Erinnerungs-Reisen kann man mit Mahlzeiten und
Melodien unternehmen. Taucht die Schöpfkelle
tief in die köstlich mit Speck und Gewürzen abge-
schmeckte, dicke Linsensuppe herab und holt sie
noch viele Knackwurst-Scheiben mit herauf, dann
ist er wieder da: der magische Augenblick. Wie bei
den Königsberger Klopsen. Mit den pikanten Kapern. Ein historisches Festessen vor Augen, geriet
ich auf einer Lüneburger Speisekarte in den Sog
des ostpreußischen Namens und folgte ihm so be-
sinnungslos wie ein Insekt, das eine Kannen-
pflanze ansteuert.

Was die Kapern für die Klöpse sind, ist die Muskatnuss für den Kohlrabi. Zwei Hasen knabberten vor dem Essen an frischsaftigen Kohlrabischeiben. Die Hasen hießen Lore und Manfred.

Bei uns wurden alle Kohlsorten durchgespielt. Von den niedlichen Rosenköhlchen, die ich oft mit der Gabel zermanschte über den mit Rostbröselbutter begossenen Blumenkohl bis zu den saftigen Weißkohlblättern der Rouladen und dem fettglänzenden, mit Apfel gewürzten, Rotkohl.

In Erinnerung an Trüdchens Küchentaten läuft mir das Wasser unter der Zunge zusammen. Wie schmorig-würzig waren die Rinder-Rolladen. Wie üppig häuften wir den, in Gemeinschaftsarbeit hergestellten, Gewürzgurken-Fleischsalat auf knackige Brötchenhälften. Zu den schönen Sonntags-Gepflogenheiten gehörte es auch, nach der Rindfleischsuppe mit der Gabel saftige Duos aus Rindfleischbrocken und Gewürzgurkenscheiben vom Teller aufzuspießen. Ein Vergnügen, das ich seit Jahrzehnten nicht mehr erlebt habe. Wenn ich bei Shakespeare von Rindfleisch mit Senf las, wurde ich daran erinnert. Spinat mit Spiegelei kam bei uns häufiger auf den Tisch. Vielleicht hab ich manchmal leicht drömelig mit der Gabel Wege durch den Spinat gezogen. Aber es war ein Genuss, das gelbglänzende Eidotter als Ganzes wegzuschlubbern und es waren viele kleine Genüsse, gebratene Leberstücke mit Püree zu bestreichen und dabei schon zu spüren, wie Gaumen, Zunge

und Zähne auf die Köstlichkeiten warteten.
Inzwischen ist ein verfeinertes Hamburger See-
mannsgericht für mich fast zur heimatlichen
Speise geworden. Ein Wunder ist das nicht. Denn
die Labskaus-Köche greifen auf viele Zutaten zurück, die ich aus Essener Küchentagen schätze.
Zwei Städte verbünden sich, wenn ich den mit
Corned Beef zusammengekochten, saftigen Kar-
toffelbrei mit kleinen Stückchen der Matjesfilets,
der Gewürzgurke, der Rote Beete Scheiben und
des Spiegeleis kombiniere. Baut man vor mir auf
dem Tisch das Teller- und Schälchenensemble auf,
das zum Labskaus gehört – etwa in einem Restaurant in Övelgönne oder in Blankenese – so ist das,
als würde man mich zum Spielen auffordern.
Und nun mal eine ganz andere Frage: Hab ich in
meiner Jugend eigentlich auch goldgelbe, knusp-
rige Apfelpfannkuchen, Blaubeerpfannkuchen und
Speckpfannkuchen kennengelernt?
Die Antwort muss lauten: ja!
Trüdchen war als Pfannkuchen-Bäckerin eine
Wucht. Leicht zu verstehen, dass mir die Mär vom
dicken, fetten Pfannkuchen nicht mehr aus dem
Kopf geht. Besagter Pfannkuchen rollte – katamper, katamper – einen Berg herab. Und alle wollten
ihn haben. Er aber sprang einem armen Kind in
den Schoß. Es war eben – in jeder Hinsicht – ein
guter Pfannkuchen.
Vielleicht wollen einige wissen: Gibt's bei den van
Wells zum Thema „Essen" auch Anekdotisches?

Ich will mal so sagen: Es gibt Schmunzelstück-
chen. Eine Story rankt sich um Trüdchens berühm-
ten Sauerbraten auf rheinische Art. Übrigens ein
Leibgericht der Familie. Mürbe das Fleisch. Die
Soße pikant. Und die Quantitäten gewaltig. Das
Ganze begab sich in den mittleren fünfziger Jahren
des vorigen Jahrhunderts. Der junge Architekt
Heinz Erich H., Lores späterer Ehemann, machte
seinen Antrittsbesuch im Haus der künftigen
Schwiegereltern. Der Kandidat kam aus einem Be-
amtenhaushalt und musste sich hier dem Sauerbra-
ten-Test einer Gourmand-Familie stellen. Die van
Wells schlugen zu. Heinz Erich hielt mit. Der
Schweiß brach ihm aus. Er knüpfte sich den Gürtel
auf und aß weiter. Ein wackerer Mann. Und ein
Verhandlungstaktiker dazu. Als Lore und er einmal Streit hatten und Lore auf den Balkon gegangen war, beschwichtigte er sie vom Küchenfenster
aus. Auch zu seinem künftigen Schwager, also zu
mir, konnte er ein gutes Verhältnis aufbauen. Ich
erinnere mich noch genau an sein wunderbares
Wort über Mattiellis Plastik „Pluto raubt Prosper-
tina". „Er stülpt sie über die Genusswurzel", hatte
er gesagt. Fantastisch. Heinz Erich war mit von der
Partie, als wir eines Tages in Bills Mercedes ins
Teutoburger Land fuhren. „Henry" – wie ich ihn
später nannte – würde einmal zur Familie gehören,
aber er gehörte – offiziell – noch nicht zur Familie. Offenbar bestimmte dieser Umstand Trüdchen

und Bill, dem künftigen Schwiegersohn ein eigenes Hotelzimmer zuzuweisen.

Lore schlief mit Trüdchen. Ich mit Bill. Ich wusste, dass der 230-Pfund-Mann Schnarcher war. Aber ich wusste es nicht so genau wie Trüdchen. So lag ich erstmal wach. Irgendwann fiel mir auf, das sein Schnarchen einem bestimmten Rhythmus folgte. Dabei wurden seine Schnarchzüge immer länger. Und die Luft wurde ihm immer knapper. Schließlich jappste der schwere Mann. Er warf sich herum, schlug mit einem Arm auf das Oberbett und drehte sich auf die Seite. Dann ging alles wieder von vorne los. Seltsam, seltsam, als ich den Rhythmus erkannt hatte, konnte ich einschlafen. Und heute schnarche ich selbst. Eine Urlaubsbegleiterin sagte es mir zum ersten Mal. Der Forschung und dem Selbstversuch verpflichtet, stellte ich ein Magnetophonband an und zog einen Wecker auf. Dann schlief ich ein. Nach einer halben Stunde, klingelte der Wecker. Das Band wurde zurückgespult. Druck auf die Abspieltaste.

Stille.

Lange Zeit Stille.

Ich wollte schon abstellen, da kamen die ersten zarten Schnarcher. Die wurden stark und regelmäßig und erinnerten an Bills Schnarchtöne. Ich stand also in der Tradition. Ob Schwager Heinz Erich schnarcht, weiß ich nicht. Wie Lore ihn ins Fangnetz ihrer Lüste zog, weiß ich. Sie hat's mir selbst einmal erzählt. Wenn ihr nach einer Begegnung

zumute war, machte sie sich als erste auf den Weg.
Machte sich Heinz Erich dann auf den Weg, sah
er, dass sie sich freigestrampelt hatte. An dieser
nackten Wirklichkeit kam er nicht vorbei. Die spätere vierfache Mutter war eine deftige Lebensge-
nießerin. Und eine Kämpferin war sie auch. Wer
sie angriff, bekam was zurück. Mit Garantie. Und
meistens sofort. Einmal hielt sie mir beim Spülen
ein klingenstarrendes Messerbündel hin. Einmal
biss sie in meine Hand. Ich drückte die Hand in ihren Mund. Und sie schrie. Einmal tupfte sie, als
ich schlief und sie sich vorher über mich geärgert
hatte, ein Tröpfchen Wundflüssigkeit auf meine
Haut und freute sich, als später was daraus entstand. Wenn du schläfst, siehst du aus wie ein To-
ter, sagte sie.
(Das hatte der Autor des Gilgamesch-Epos – 3500
Jahre vor meiner Schwester – ähnlich knapp for-
muliert. Er schrieb: Der Schlafende und der Tote,
wie gleichen sie einander.)
Mit Mitteilungen über das eigene Befinden hielt
Lore sich zurück – wie Bill. Als Kotelett-Benage-
rin stellte sie uns alle in den Schatten. Und eine
Poetin war sie auch. Das zeigten ihre Briefe. Die
vielen Papierschnipsel mit Einfällen, die sie in der
Küchentischschublade sammelte, hab ich nie gesehen. Der Brief, den sie mir nach Erscheinen meines ersten Buches schrieb, ist von monumentaler
Kraft. Ich denke manchmal, ich hätte eine Mitteilung

aus mesopotamischen Zeiten erhalten.

Hören Sie selbst:

Mein lieber Bruder,

das Herz Deiner Schwester freut sich, dass Dein Gehirn – so überall gespeist – sich nun ergießen kann zum Labetrunk der Menschheit.

Deine Schwester

Größer geht es nicht. Liebevoller auch nicht. Das ist Lörchen.

Sie war auch bei der kleinen Truppe, die in einer tiefschwarzen Sommernacht des Jahres 1942 über die Gemarkenstraße in Essen-Holsterhausen zog. Alle Teilnehmer der Expedition trugen Stapel von Büropapier. Und wie gesagt: Ringsum tiefste Schwärze. Ein Mensch lag im Weg. Meine Wenigkeit. Einer stürzte. Dann stürzten alle. Überall war das Papier verteilt. Es war – Gott sei Dank – nur ausgedientes Büropapier. Papier, mit dem wir spielen konnten. Aber erstmal musste es eingesammelt werden. Wahrlich, es war eine Zeit der Experimente. Spannte sich da nicht ein Silberdraht, gegen den die Hausschneiderin lief? Flogen nicht Knallerbsen in ein Wartezimmer? Spritzte nicht der Wasserstrahl eines Gummischlauchs aus der Waschkellerluke und ließ den Verkehr auf dem Bürgersteig stocken? Nutzte ich nicht den Spalt zwischen meinen oberen Schneidezähnen, um fremde Mädchen mit dünnen Fontänen anzusprühen? Lehnte ich mich nicht im Sessel sitzend mit dem Kopf so nach hinten hinüber, dass Lore in das Gesicht eines Orang-Utans blickte?

Alles, was ein bisschen aus der Norm flippte, zog mich an. Ich weiß noch, das ich Bill bei einem Spaziergang mit kuriosen Geschichten unterhielt. Bei dem mazedonischen Bauern, dem Erde in die Ohren gekommen war, aus der dann später ein grünes Blättchen spross, sagte er noch nichts. Aber die Sache mit dem türkischen Schnellläufer nahm er mir nicht ab. Der im Kurierdienst eingesetzte Mann hatte sich silberne Hufbeschläge unter seine hornigen Hacken nageln lassen. Bill weigert sich, das zu glauben. Ich wollte ihm die entsprechende Stelle in einem wilhelminischen Zeitschriftensammelband zeigen. Bill ging nicht darauf ein.

Es war ein heißer Tag. Wenig später lag ich in der mit eiskaltem Wasser gefühlten Badewanne auf dem Grund, hielt mir mit der rechten Hand die Nase zu und spielte U-Boot. Interessant auch, dass man die Kälte erst bei der Bewegung spürte. Eine Einzelerfahrung übrigens. Denn ich bin eigentlich Heißwasser-Freak, schätze die Rituale des Dampfbads. Vor allem in der kalten Jahreszeit.

Wufff!

Mit einem donnernden Aufstand der in Reih und Glied angetretenen, blauen Gasflämmchen begann das abendliche Schauspiel. Durch die offene Badezimmertür hörte man das vertraute Geräusch des einstrudelnden Wassers. Dann war es soweit. Ich zog mich nackt aus.

Setzte mich auf den runden Rand der weißen
Wanne. Zu heiß! Das Wasser war viel zu heiß! Die
Füße verbrühten ja fast.

Wurden kochendrot zurückgezogen. Wieder stru-
delte Wasser ein. Kaltes Wasser. Die schwim-
mende Holzbürste näherte sich dem herabstürzen-
den Wasserstrahl, wurde von dem Strudel angezo-
gen und von dem Strahl unter Wasser gedrückt –
so wie ein schwarzer Schwan sein Weibchen be-
gleitet. Die Bürste kam frei. Nein, sie lernte es
nicht. Sie lernte es nicht. Sie näherte sich wieder
Poes Mahlstrom. Kämme wurden in das Wasser
geworfen. Mit Haarfett zwischen den Zinken.

Wenn Trüdchen kam, um mir den Rücken abzusei-
fen und abzuschrubben, war gewöhnlich auch ein
Bimsstein mit von der Partie. Ich ließ heißes Wasser nachlaufen. Verlängerte den Genuss. Es gab
später noch Zeiten, in denen ich morgens stunden-
lang im Wasser geblieben bin.

Großer Schwamm.

Griechischer Schwamm.

Vollgesogener, schwerer Schwamm.

Mit zwei Händen presste ich ihn zusammen. Er
wurde wieder leicht. Es blubberte. Wie es heute in
der Hamburger Kellinghusenbad-Therme am
Rückgrat entlang quabbelig hinter mir aufsteigt.

Jetzt wartet in mir ein Witz wie ein zurückgehalte-
ner Darmwind. Er passt genau zur Situation und ist
zweisprachig. Soll ich ihn rauslassen? Ja oder
nein? Sie meinen ja? Also gut, hier ist er: Seine

Lordschaft sitzen im Badewasser. Seine Lordschaft nehmen sich eine gewisse Freiheit heraus.
Es blubbert. Der Diener John kommt und bringt
auf dem Tablett eine Flasche Mineralwasser. „Ich
hatte sie doch gar nicht gerufen, John", sagte der
Blubberer. Da antwortet John (mit schneller, blub-
bernder Zunge): „Meinte ich doch, ich hätte gehört: a bottle of sodawater please!"
(Der Satz muss wirklich mit großem Geblubber
herauskommen.)
Aber ob unter Wasser oder über Wasser, mit Blubbern oder ohne Blubbern, man hat als Bläh-Boy
viele Möglichkeiten. Man kann müffeln, pupen, einen ziehen lassen und einen abreißen. Man kann
über Pfürze lachen oder Pfürze mit Mahlzeiten
provozieren. Man kann Pfürze auf Band nehmen
oder aus der Luft wegriechen.
Pfürze beschreiben das Maß an Vertraulichkeit.
Sie können zudringlich sein, lieblich, urgewaltig,
hell wie Posaunen und ratternd wie Sachs-Moto-
ren.
Aber eine alte Streitfrage ist geblieben: Brennen
Pfürze mit grüner Flamme?

Eines Tages stellte ich eine alte Hustensirupflasche
auf den Tisch. Drinnen im trüben Wasser
schwamm eine metallischglänzende Schmeiß-
fliege, zusammen mit allerlei Grünzeug.
Damals für mich ein Kosmos in Bewegung. Fliegen waren harmlos. Reizten zu Experimenten.
Spinnen machten sich über die quäkenden Opfer

her. Stubenfliegen sollten zur Kopulation genötigt
werden, als wenn man auch hier einen Faden in ein
Ohr einfädeln könnte. An Leimruten hingen ge-
kreuzigte Gefangene.
Glühende Ofenringe stanken nach verbrannten
Fliegen. Fliegen wurden auf den Boden geworfen
und zertreten.
Es war ein Sport, die muldenförmige Hand hinter
einer Fliege anzusetzen und das Insekt mit einem
blitzschnellen Zug zu fangen. Ich weiß noch, dass
man den kleinen weichen Körper zwischen Daumen und Zeigefinger hielt. Wie ein Henker, der
sich noch Zeit ließ. Mit Bienen und Wespen spaßte
man nicht – die stachen.
Irgendwann kam ein Wandel. Aus dem Insekten-
Saulus wurde ein Insekten-Paulus. Nasse Fliegen
kletterten am Zeigefinger aus irgendeiner Brühe in
die Freiheit. Schmetterlinge wurden mit einem
Zuck an den zusammengeklappten Flügeln gefasst
und – trotz großer Zappelei – am offenen Fenster
an die Luft gesetzt. Es kam zur Erfindung der In-
sekten-Rettungsdose. Fallenschnell stülpte ich ein
Zündholzschachtelkästchen über einen Brummer
oder eine Wespe. Anschließend schob ich die kantige Schachtelhülle vorsichtig über das Kästchen.
Das Tier war gefangen.
Wenn sich dann am offenen Fenster das Verlies
öffnete, erinnerte mich das Verhalten der Inhaftier-
ten oft an die Auswilderung von Zootieren. Mancher Brummer blieb noch eine Weile nachdenklich

auf dem Kästchenrand sitzen. Dann war er weg. Plötzlich verschwunden in der großen Helligkeit. Endloser Raum. Endlose Zeit. Bei einem Schlossbesuch knibbelte ich roten Lack von einem Ritterschild ab. (Was wäre, wenn alle das machen würden, sagte unser Lateinlehrer.)

Ich stieg über die Trümmer der Isenburg auf südliche Anhöhen, las von der „Hexentaufe" in Essen-Rellinghausen und sah die Bilder der Kimbern und Teutonen in einem kapitalen wilhelminischen Zeitschriften-Sammelband, den Trüdchen auf einem Kaufhaus-Grabbeltisch gefunden hatte. Damals fühlte ich zum ersten Mal den Sog der Geschichte. Die Jahreszahlen-Tabellen in den Schülerkalendern führten wie Stufen in die Tiefe.

In den Chroniken rührten mich Berichte mit einem genauen Datum besonders an. Je weiter sich der Fahrstuhl in die Jahrhunderte senkte, desto abenteuerlicher wurde die Fahrt. Es schien mir, als ob sich hinter dem Anfangsjahr unserer Zeitrechnung der Raum unendlich öffnete. Wie undinenhafte Klänge hörte ich die Worte „Illyrer" und „Kelten". Tänzerisch drehen sich die Luren der Bronzezeit. In dem flexiblen Büchlein, das uns mit dem Globus geliefert wurde, gab's einen affenähnlichen Waldgänger, der vorgebeugt, breitschultrig, schrägstirnig und ausgerüstet mit einem Knüppel, durchs Gelände pirschte. Er hatte 120.000 Jahre, bevor meine Heimatstadt Essen gegründet wurde,

in nicht allzu großer Entfernung von meinem Ge-
burtsort gelebt: der Neandertaler. Aber näher, viel
näher waren mir die schwertwütigen Recken aus
Hans Friedrich Bluncks „Deutschen Heldensagen".
Der Illustrator des schönen Leinenbands hieß nicht
umsonst Arthur Kampf. Bei ihm ging's wuchtig zu.
Unter den Hieben der alten Kämpen platzten die
Schuppenpanzerrüstungen borkig auf.

Über einem knienden Herrschers wartete – hoch
erhoben – ein gleißendes Schwert wie das Messer
einer Guillotine.

Nächtlich kroch der Unhold Grendel mit Schein-
werferaugen aus der Meereshöhe heran, um einen
Schlafsaal heimzusuchen. Er hatte – wie der Zyk-
lop der homerischen Sage und der Rotenburger
Rippchen-Griller aus dem Jahre 2002 – Appetit auf
Menschenfleisch. Aber Beowulf stand bereit. Er
würde dem Nacht-und-Nebel-Monster einen Arm
blutig aus dem Gelenk drehen.

Dem kampfsüchtigen Zeichner gelang auch das
Kunststück, seinen grauen Strandlandschaften einen Hauch von nordischer Wetterwehmut und
Wetterbedrängnis mitzugeben. Ungefähr zur gleichen Zeit kamen auch die Göttererzählungen der
Edda in Mode. An Ymir, den Nebel-Riesen, denke
ich auch heute noch, wenn die Sonne bis zum Mittag mit den Dünnsten um die Vormachtstellung
kämpft. Baldur war das reinste Licht, Loki das ver-
schwörerische Böse.

Odin wirkte auf mich später wie ein jüngerer, nordischer Odysseus. Wer sich für die germanische Vergangenheit interessierte, fand in den Buchhandlungen ein üppiges Material. Da ging's um zwei Eisenzeiten, die Bronzezeit, die in eine jüngere, mittlere und ältere Periode aufgeteilte Steinzeit und das riesige Gebiet der Eiszeit. Die griffigen Zeit-Einteilungen entzückten mich. Bis sich nach den großdeutschen Jahren die Grenzen öffneten und man den Blick auf die frühe Entwicklung anderer Kulturen werfen konnte.

Die Zeit-Einteilungen wurden weich wie Dalis Pfannkuchen-Uhren. Von der „Kupferzeit" hatte ich noch nie etwas gehört. Die ältesten Zeitformationen blähten sich auf wie Ameisenköniginnen. Der Neandertaler war ja ein Youngster neben dem „Pithecantropus erectus" (dem „aufrechtgehenden Affenmenschen").
Bis der „Australopithecus" (der „Südaffe") zum neuen Zauberwort wurde. Afrika war unser aller ferne Heimat. Ja, ich kenne einen „Australopithecus".
Auf der Hannoveraner Expo 2000 stand ich im äthiopischen Pavillon der ausgeschrumpften Affenlady Lucy gegenüber. Schöne Mädchen drängten sich um die Glasvitrine mit den gedörrten Überresten der fünf Millionen Jahre alten Savannenbewohnerin. Auf einer dünnen gegenwärtigen Kruste über dem Abgrund der Zeit zu leben, dieses Gefühl saß dem Youngster Manfred schon am

Weihnachtsabend des Jahres 1942 im Nacken.

Zu den Geschenken gehörte ein schmales Büchlein über einen Steinzeit-Buben. Der hatte vor 5000 Jahren mit seinem Steinbeil gegen einen Bären zu kämpfen. Ich sehe die Illustration noch vor mir. Der Bub saß auf einem starken Baumast, hielt sich mit dem linken Arm an einem anderen Ast fest und schlug mit dem Beil auf das Raubtier ein. Der Bär wich nicht aus.

Er nahm das Geprassel der Steinbeilschläge hin, bis die Schädeldecke einbrach.

Die Dorfbewohner staunten nicht schlecht, als der Junge sie zu dem toten Riesen führte. Eine suggestive Geschichte aus vorgeschichtlichen Tagen. Nachempfunden von einem Erzähler, dem vielleicht irgendwo ein Bärenskelett mit ungewöhnlichen Schädelverletzungen aufgefallen war. Viele Jahre später versuchte ich, mich in die Lage eines steinzeitlichen Handwerkers zu versetzen. Ich schrieb:

Er klopft mit einem Stein auf einen anderen Stein. Und winzige Facetten springen ab.

Das Ziel ist eine zartgeschweifte Form mit einer Linie brennender Schärfe.

Der Schweiß tropft auf das Fell.

Die Hand ruht aus und hält den Keil hoch in das Mittagslicht vor die schmerzenden Augen.

Der Bärtige lächelt über die reine Kontur.

Neben mir auf einem chaotisch überladenen Ablagetisch haben sich Stillleben aller Art gebildet. Die stumme Sprache dieser Gegenstände erzählt von meinen Lebenswelten und Lebensumständen. Das gilt übrigens für alle Wohnungen: Zeige mir, mit welchen Dingen du täglich umgehst, und ich sage dir, wer du bist.

Auf meinem Ablagetisch und nicht nur da gibt es amüsante Begegnungen. Fast treuherzig rührt die Spitze eines eleganten Feuersteins an die glatte, rote Bakelitwand einer Tesa-Film-Kapsel. Eine Annäherung über mehr als zehntausend Jahre hinweg. Der Feuerstein, der übrigens gut in der Hand liegt und 90 Gramm schwer ist, wurde von einem eiszeitlichen Künstler bearbeitet. Ein Vorgeschichtsforscher fand ihn im Elbsand bei Wittenberge. Mit Bohrer und Stößel sind zwei Tierprofile aus dem Stein herausgeholt worden. Großäugig, rentierhaft das eine, raffinierter im Gesichtsaufbau mit Stirnwulst und Nüstern, das äffische andere. Ich erlebe eine Art Zeit-Telegrafie. Jener ferne Künstler führt mir mit seinem tierischen Doppel-Porträt, man nennt solche Gebilde übrigens „Taschengötter", zwei Lebewesen von ganz unterschiedlicher Natur vor.

Er zeigt mir einen Teil seiner Welt und seiner Welterfassungskraft. Er versorgt mich aus ferner Vorzeit mit Nachrichten und spricht von seiner Existenz.

Ich sprech von meiner: Im Januar 1943 begann ein neuer Teil meines Lebens. Wir wurden evakuiert. Sollten aus der von englischen Bombern bedrohten

Industriestadt Essen für eine Weile ausgesiedelt werden. Die Zugreise ging in den Süden.

Ich weiß noch, dass wir nachts auf dem Bahnhof von Darmstadt Pappbecher mit heißer Milch bekamen. Am Morgen hatten wir den Zielort erreicht. Günzburg, eine alte Römersiedlung an der Donau, ein idyllisches kleines Städtchen, fünfundzwanzig Kilometer Eisenbahnstrecke von Ulm entfernt. Im großen Dachgeschoss einer efeubewachsenen Fabrikantenvilla sollten wir einziehen. Ein Haus mit Park und vielen Überraschungen.

Was gleich schon angenehm berührte: Wir wurden tätig empfangen. Die Ehefrau und die Schwägerin des Fabrikanten waren sympathische, handfeste Frauen, die in den Räumen herumwirbelten, um bewohnbare Zimmer zu schaffen. Sie packten wirklich zu und sind mir mit ihrer Entschlossenheit, die neue Situation zu bewältigen, gut im Gedächtnis geblieben.

Ein schwarz-weißer Wintermorgen. Am Bahnhof sah ich eine schöne Fremde. Ich folgte ihr und stapfte vor dem Haus in dem sie verschwand ein Herz in den Schnee.

Edith, die Cousine meiner Cousine wollte alles sehen. Oben auf dem Trockenboden versuchte ich, ihre suchenden Hände zurückzuhalten. Später – im Sommer – an der Donau, wo heute der Pestwurz seine rhabarberähnlichen Stauden ausbreitet, stand sie im hellen Licht.

Eines Morgens war ich auf der Landstraße nach

Lauingen mit dem Fahrrad unterwegs. Die dreizehn Kilometer waren für mich eine Reise ins Unbekannte. Das Mädchen, dem die Reise galt, war nicht zu Hause.

Neckische Spiele gab's in unserer neuen Wohnung. Ich hatte die Steinchensuche erfunden. Mädchenhände fingerten in meiner Hosentasche herum, um einen kleinen Kieselstein zu finden. Ich schloss mich immer wieder in der Toilette ein.

Zeit der Erfindungen.

Wie ein Töpfer eine Lehmwurst zwischen den Händen rollt massierte ich meinen Kleinen. Bis der schließlich ganz betäubt war. Später habe ich bei Rabelais gelesen, dass auch sein Gargantua diese Methode kannte. Einmal drehte ich ganz verträumt eine Flasche zwischen den Händen und ging wie in Trance gleich wieder zur Toilette.

Auf die Methode „Schirmausschütteln" oder „Posaunenmittelteilbewegen" kam ich erst viel, viel später.

Eine Story aus der Schulzeit eines guten Bekannten fällt mir ein: Wenn der Physikraum vor einer Filmvorführung abgedunkelt wurde, stiegen bald strenge Gerüche von den allseits tätigen Buben auf. Ich verstand jetzt auch den Satz: Du riechst so gut nach Bratensauce. Kleine drollige Geschichten gab es, die sich unsere Damen gerne erzählten. Einmal ging es um einen Nacktbadestrand. Da begegneten zwei junge Frauen einem Bekannten. Der hielt seinen Strohhut dauernd in Schoßhöhe. Man stand voreinander. Der Strandgänger schüttelte einer der Damen die Hand. Tante M. sagte lachend: „Und oh Wunder! Der Hut fiel nicht herunter". Bei mir wäre er auch nicht runtergefallen, da, alleine in der Toilette.

Wie lieblich war's, den gezeichneten schlanken Schulmädchen der Mode-Kataloge eifrig Übungen zu widmen. Auch in den Hochglanzkatalogen aus dem Haus der deutschen Kunst in München gab es für mich bestimmte Anlaufstellen. Eine schlanke Nackte lag auf einem Sofa. Eine alte Frau saß neben ihr. Und irgendwie wurde die Junge durch die Gegenwart der Alten noch nackter.

Blättern. Weiter.

Wieder die mit dem rasanten Profil und dem eingezogenen Bauch. Sie hatte ein Lächeln, als ob sie mehr wüsste als der Maler.

Einige Bilder hatte ich mir als Kunst-Postkarten gekauft. Arno Brekers „Du und ich" hab ich heute noch. Ein nacktes junges Paar. Sanft führte der römische Athlet den Arm des vollbusigen und schlanken Mädchens. Ich sah keinen Widerstand. Und dachte: Es wird weitergehen.

Im Sommer des Jahres 1944 fuhren Trüdchen, Lore und ich während der großen Ferien nach Essen. Wir sahen die Trümmer unseres Hauses Menzel Straße 26. Ein Badeboiler hing oben noch an einer geschwärzten Wand. Und im Kellergeschoss hatte man vergessen, einige Restbestände des Kolonialwarenladens wegzuräumen. Ein junger Einbrecher erzählte mir mal von seinen wunderbaren Gefühlen, als er nachts vor all den gefüllten Regalen in einem Supermarkt stand.

In Schwaben erlebte ich 1945, wie eine große, verlassene Fabrik von Bauern leergeräumt wurde. Sie transportierten mit ihren Fuhrwerken das Mobiliar ab.

In der Menzelstraße 26 hätte ich mich mit Waschpulver reichlich eindecken können. Aber das ist ungefähr so reizvoll wie das Unternehmen, sich auf Santorin den Koffer voll Bimsstein zu packen oder im Moseltal an den frei sprudelnden Mineralquellen Wasser in mitgebrachte Flaschen zu füllen. Über den Trümmerberg wurde nicht viel gesprochen. Es war heiß. Luftangriffe gab es nicht. Ich ging im Sog eines Lieds durch die Straßen.

Eine Männerstimme sang:

Die Stunde der Erfüllung hat geschlagen.

Das Tor zum Paradiese öffnet sich... und 100.000 mal möchte ich dir sagen, sagen:

Ich liebe dich, ich liebe dich.

Heute kann ich mir 1000 mal sagen, dass es weibliche Schenkel waren, die sich wie paradiesische Torflügel öffneten. Heute weiß ich, dass mit den 100.000 Beteuerungen unermüdliche Liebesbewegungen gemeint waren – damals aber schwamm ich in einem süßen Strom.

Bill führte uns auch in die Schule, in der R. und seine Kameraden vom Sicherheits- und Hilfsdienst während der Bombennächte auf den Einsatz warteten. Auf eine Schiefertafel war mit weißer Kreide eine Parklandschaft gezeichnet worden. Im Vordergrund stand ein Pfahl mit einem Schild. Darauf war zu lesen:

Das Füttern von Hunden und Vögeln im Park ist verboten!

Einer von den Sicherheitsdienst-Kollegen besuchte uns.
„Na Willi du alter Knallsack!", sagte er in einem für mich völlig neuen Ton. Bill protestierte nicht.
Die beiden Herren erzählten von ihren Einsätzen.
Bill hatte eine Made gesehen, die aus dem Nasenloch eines Bombenopfers kam und im anderen Nasenloch wieder verschwand.
Am nächsten Tag hatte Bill einen Termin beim Hautarzt an. Als er zurückkam, erfuhren wir von den dramatischen Ereignissen:
„Pritsch" hatte es gemacht und die Ladung war quer durch die Praxis gegangen.
An einem Nachmittag kam ich zu spät an den Kaffeetisch. Meine Tasse war schon voll. Ich nahm einen Schluck, stand auf und rannte los. Die übel schmeckende Brühe ging in den Spülstein. Bill hatte mit Salz gearbeitet.
Sein Verkaufsheuler war damals eine Wein-Marke mit dem Namen Rockstürmer.

An einem heißen Nachmittag war ich bei Bekannten in Essen. Nach und nach leerte sich die Wohnung. Ich war mit A. allein. Sie war ein Jahr jünger als ich. Schlief auf dem Sessel. Ich las. Und dann begann eine schlafwandlerische Geschichte, von der hinterher keiner von uns mehr sprach.

Meine Hand landete unendlich zart auf ihrem, über die Armlehne gelehnten Knie. Sie schrie nicht auf. Sie empörte sich nicht. Sie schlief weiter. Ich legte ihr die Hand auf den Schenkel. Verstärkte den Druck, um sicher zu sein, dass sie mitspielte. Sie rührte sich nicht. Große Stille. Meine Hand war unter ihrem Kleid. Ich ging soweit ich konnte. Mit duftendem, feuchtem, baderilligem Zeigefinger in der Hitze des Nachmittags. Ich hörte meinen Atem und fühlte sie. Irgendwann zog ich mich zurück. Wir sprachen nicht miteinander. Ihr Gesicht war gerötet, als die anderen kamen. Sie tat so, als wäre nichts geschehen. Ich sah sie suchend an. Sie sagte kein Wort. Am nächsten Tag fuhr ich mit Trüdchen und Lore nach Günzburg zurück.

Wir waren an der Günz. Wateten mit nackten Füßen durch das Wasser des kleinen Flusses. Bei einer Messe in der Frauenkirche stand die Schwester eines Schülers aus meinem Gymnasium schräg vor mir. Sie war blond. Das Licht lag auf ihr.

Die Kirchenbesucher sangen: Mutter, lass mich schauen in die Augen deinem Kind.

Wenn ich diese Zeilen summe, ist der Traum wieder da.

Eines Tages musste ich zum Friseur, mir die langen Haare auf HJ-Schnittmenge kappen lassen. Ich hab nachher auf der Straße geweint. Mein Haar wurde in einem großen Stoffbeutel gesammelt.
Wie die alten Schwarzweißfotos zeigen, begann alles bei mir mit langen Haaren. Immer schräg über die Stirn gekämmt. Als Zehnjähriger hatte ich schon mal kurzfristig einen Barbaren-Look getragen. Hinten stachelig. Vorne Haar. Glatze mit Vorgarten. Das Knäppchen gut für Kopfnüsse. Dann kam wieder die lange Mähne. Nach der Jungvolk-Barbarei hatte die Veilchenpomade ihren großen Auftritt. Schön, die dicke, duftende Fettstange im Blechrohr mit dem Daumen nach oben zu schieben. Fotos aus meinen zwanzigcr und frühen dreißiger Jahren zeigen mich mit einem kürzeren Haarschnitt. Irgendwann wuchsen die Koteletten zu einem schmalen Backenbart heran. Aber in Gedanken fühlbar und stärkend wie ein Rangabzeichen. Die Haare waren vom Spray hühnerfederhart. Man konnte zart dagegenklopfen.
In meinen vierziger Jahren entwickelte sich ein Puschelwuschelkopf mit Pony und Haaren bis in den Nacken. Wenn ich im weißen oder türkisgrünen Umhang auf dem Friseurstuhl saß, fiel immer viel Wolle auf den Boden. Denn ich kam in großen Abständen. An dieser Frisur hat sich nicht viel geändert.
Das Haar wurde dünner.
Aus Gold wurde Silber.

Es wuchs die Tonsur.

Als ich einmal in meinem China-Restaurant an der Ost-Weststraße vor einer Lampe saß, sah mich der Gastwirt von einer goldenen Aura umgeben. Ein halbes Jahrhundert vor diesem Strahlenwunder – Himmel, wie die Zeit vergeht – wollte ein Günzburger Mitschüler mit mir um die Wette fluchen. Er legte schon mal los. Ich machte nicht mit. Denn im Ruhrgebiet ist fluchen eigentlich kein Volkssport. Heute weiß ich, dass das Schwäblein ganz gut davongekommen ist. Denn Bills deftiges Sprachgut hatte ich damals nicht im Kopf. Jetzt sind die Sachen alle wieder da:

Du Peiaskopp!

Das war wie ein Schlag mit der Bratpfanne.

Du Dämlack! Das roch nach Verachtung.

Du Flabes! Das war auch keine Liebkosung.

Aber es gab noch härtere Granaten. Wie wäre den Burschen wohl zumute gewesen, wenn ich ihm ein entschlossenes „du Rotzlümmel!" oder ein gezischtes „du Scheißhammel!" an den Latz geknallt hätte.

Dagegen wäre ein kurzes, knackiges „du Flappmann!" schon fast eine Freundlichkeit gewesen. Und so ein schlappes Ding wie „du Schlaumeier!", hätte ich gar nicht erst hervorgefuddelt.

Der braune lockige Krauskopf hatte noch so einen Zünder drauf. Ich mit meinen roten Haaren würde sicher nur ein rothaariges Mädchen mitkriegen. Ein schönes, vielleicht 18-jähriges Mädchen stand sonntags immer in der Messe, als wäre sie auf einer Modenschau. Lore und ich nannten sie die Modedame. Auf der Straße verwickelte sie mich in ein Gespräch. Erkundigte sich nach der Schule. Spürte wohl, dass ich mich für sie interessierte. Aber der Hemmblock der Jahre lag zwischen uns.

An einem schönen Tag fuhr ich auf dem Rad die abschüssige Hauptstraße mit vollem Tempo herunter. Aus einer Straßeneinmündung rechts kam ein Fahrgeräusch. Ich zog nach links rüber. In diesem Augenblick bog aus einer Straße auf der linken Seite ein Lastwagen um die Ecke. Ich dachte, vor den Kühler willst du nicht und visierte die Ladeflächenecke an, wo sonst das Holzkohlen-Gasgerät angebracht war. Es knallte. Mein rechter Arm war angebrochen. Mein Lenker war verbogen. „Ist alles in Ordnung?", fragte der Fahrer.

„Ja", sagte ich.

Am Bahnhof von Günzburg blühten schwere, lilafarbene Fliederdolden. Ich sah, wie die Begleiterin eines immer gut frisierten Beaus mit der Hand in die Hosentasche ihres Freundes fuhr. Später brachte uns Frau Kremer bei, dass eine Kino-Tasche kein Hosenfutter hatte.

Um diese Zeit war ein Lied aus dem Film „Schrammeln" in der Luft. Ein Mann sang mit schmelzender Stimme:

Man ist einmal nur verliebt und verschenkt damit sein Leben.

Dann versuchte er, bei der spröden Schönen Neugier zu wecken: Du glaubst, dass du verzaubert bist. Nur wer verliebt ist, der weiß, wie das ist.
Ein Lied zum Träumen. Ganz anders als die Chansons der zwanziger Jahre. Da ging man zur Sache und visierte die heikelsten Punkte an.
Ein singender Voyeur schwärmte:
Ich hab das Fräulein Marleen baden sehen.
Das war schön! Und wenn sie ungeschickt sich mal bückt, oh, dann sieht man's ganz genau bei 'ner Frau, oh!
Damals vermittelten Telefonistinnen in der Zentrale die Gespräche. Und so kam es, wie es kommen musste: Ein Kunde verliebte sich in eine süße Klingelfee. Aber es lief nichts zwischen den beiden. So schickte der enttäuschte Kavalier ein Liedchen wie einen Stoßseufzer zum Himmel und beklagte sich über die Unbekannte:
Sie macht mir großen Kummer, ich komme zu keiner Nummer. Und wäre so gern verbunden auf Stunden mit ihr.
Vieles durfte beim Namen genannt werden in den populären Songs. Daran hält sich auch eine junge Dame, die beim engen Tanz dauernd die Kniekuppe ihres Kavaliers unterhalb der Herzgegend zu spüren bekam. Sie fragte: Was machst du mit dem Knie, lieber Hans, beim Tanz?
Diskreter näherte sich ein spendierfreudiger Draufgänger seinen Zielen. Er wollte mit einem hoch-

prozentigen Tröpfchen bei seiner Dame zweckdienliche Verwirrung stiften und lockte mit schmeichelnder Stimme: Komm mein Schatz, wir trinken ein Likörchen!

Ich hingegen erzählte der schönen Tante einen neuen Witz. Sie zog mit einem schnellen Rutsch die Unterhose herunter und strullte auf den Dielenboden. Bald darauf zeigte sich, dass auch die Harnblase ihrer Tochter allzu lebhaften Lach-Erschütterungen nicht gewachsen war.

Ich hatte meinen Witz im Keller kaum zu Ende gebracht, als meine Cousine schon in die Hocke ging, blank zog und auf den Boden strullte. Ähnlich wie es M. später in Essen-Bredeney auf den Waldboden rauschen ließ.

Hinein mit Sack und Flöte! riefen wir in der Klasse. Das war ein Angriffsruf der jungen Piloten. In Günzburgs Nachbarschaft gab es einen Fliegerhorst der Luftwaffe. Der Jargon färbte ab. Witze nahmen die aktuelle Situation auf. Da begegneten sich zwei junge Damen auf der Straße. Eine von ihnen trug kunstseidene Strümpfe. Du hast ja zwei Laufmaschen, sagte die eine. Keine Laufmaschen, sagte die andere, das sind Kondensstreifen. Ich hab heute Morgen schon zwei Einflüge gehabt.

Es gab auch eine Kurzformel, Bewunderung für eine Schöne auszudrücken. Wer „vier Kilometer" sagte, meinte damit die erstrebenswerte Strecke der aneinandergelegten Liebesbewegungen.

Auch über die Nazigrößen wurde Witze gemacht. Einmal ging es um einen Filmball. Man sprach über eine schöne Schauspielerin. Ich hab ihr einen Brillantring geschenkt, erzählte Hitler.

Meinen Rubinring trägt sie jeden Tag, sagte Göring. Und die Augenringe hat sie von mir, lächelte Goebbels.

In einem Waschkeller sprang eine junge Friseuse, die Freundin eines Luftwaffen-Soldaten, immer wieder von der Betonwanne auf den Boden, um die Menses wieder in Gang zu bringen.

Ich hatte meine morgendlichen Skrupel: Waren meine Leibschmerzen wirklich groß genug, um zu Hause zu bleiben? (Genauso wie ich mich später fragte: War ich auch würdig, den neuen Ledermantel zu tragen?) Wir verlegten die Chemie-Experimente in die Wohnung. Entfachten mit Salpeter und Schwefelblüte einen farbigen Feuerzauber über dem hölzernen Dielenboden.

Mein Onkel H. kam zu Besuch. Er war auf Fronturlaub. Litt an einer juckenden Hautentzündung. Nimm doch unsere gute Krätzesalbe, sagte ich. Trüdchen winkte ab. Ich dachte an die blutigen Löcher auf dem Schlüsselbein und auf dem rechten Oberschenkel. Das war noch nicht solange her.

Der Mann in der Leihbücherei protestierte. Er hatte in dem Buch, das ich zurückbrachte, einen kleinen Handspiegel als Lesezeichen gefunden. Zu Hause fiel mir ein Uhland-Vers aus dem Deutsch-Unterricht ein:

Bei einem Wirte wundermild, da war ich jüngst zu Gaste.
Ein goldener Apfel war sein Schild an einem langen Aste.

Wundermild – so schmeckten Äpfel. Ich suchte überall. Schließlich fand ich einen Schrumpfapfel auf dem Kleiderschrank und biss mit großem Genuss hinein.
Ein Mitschüler musste ein Gedicht von Adalbert von Chamisso aufsagen. Ich weiß nicht mehr, welches es war. Sagen wir mal das „Riesenspielzeug“. Er fing also an: „Das Riesenspielzeug von Adalbert von…"
Setzte noch mal an: „Das Riesenspielzeug von Adalbert von…"
Er zögerte wieder. Und dann brachte er es entschlossen heraus: „Das Riesenspielzeug von Adalbert von Chamollo".
Alle lachten.
Auch manch Heimliches begab sich in meinem schwäbischen Städchen. Da waren Szenen, die an Begebenheiten aus einem Alchimistenkeller erinnerten. In unserer gemeinsamen Toilette im Dachgeschoss der Günzburger Villa stand ein Glastopf, in dem meine schöne Tante etwas sehr Persönliches eingeweicht hatte. Ich entdeckte gewissermaßen den Fetischismus, als ich ihr Persönliches mit meinem Persönlichen berührte. Himbeerrot berührt Monatsrot. (Nein, deutlicher werde ich nicht.)

Was war schöner:
Das rasch ziehende grüne Wasser der Donau oder
das tiefgrüne Eis eines Waldsees, auf dem wir im
Winter mit frisch geschliffenen Schlittschuhkufen
unsere Kurven kratzten? Ich hab' über das geister-
hafte Leben auf dem nächtlichen Eis geschrieben:
Der hartgefrorene Teich
verlor sich in Dunkel und Schnee.
Dort zogen weiß verschneite Wälder
in den Abend.
Doch im Goldkörnchenlicht
der Straßenlaternen
kratzten die Kufen,
stäubte der Schnee.
Und weiter ab
im Dunkeln weißes Leuchten
dort zogen schwarze Paare
ihre Kreise.
Jungen jagten
goldkufenflitzig.
Und die am Rande des Teichs
konnten die Stiefel
nicht schnell genug schnüren
für das Abenteuer
dieser Winternacht.

Anfang 45 schlug in Günzburg die Abschieds-
stunde.
Wir machten noch schnell die von uns angelegte
eispolierte Schlinderbahn im Garten mit Viehsalz

unbrauchbar und fuhren aufs Land in das Straßen-
dorf Offingen. Zogen in ein Häuschen, das für die
Arbeiter der Wollfilzfabrik gebaut worden war.
Draußen vor dem Fenster war das verschneite
Land mit schwarzem Gesträuch und braungelben
Gehöften. Die Schülerinnen erschienen mir immer
wie Wärmeinseln im weichen Schnee.
Über uns wohnten Russen.
An den langen Winterabenden saßen Lore und ich
in unseren braunkohleüberhitzten Zimmern, hatten
Filzpantoffeln („Schloßschluffen") an den Füßen
und hörten die silberflimmernden Laute ihrer Bala-
leiken.
Als die Buben des Orts an den Fensterläden Scha-
bernack trieben, rannten die Russen hinter ihnen
her.
Irgendwann saß ich auf der Toilette neben einem
Plumpsklo. Es roch nach Leberwurst, und ich
dachte, wenn du dir jetzt noch ein Leberwurstbrot
schmierst, dann ist das Gefühl vollkommen. Und
das tat ich dann auch. Einige Duftnoten prägten
sich mir über die Jahre ein. So kann ich den süßen
Geruch, den ein Salatesser beim Defäzieren hinter-
lässt, mit großer Sicherheit von den barbarischen
Darmgasen eines Matjeshering-Genießers unter-
scheiden.
Eine so differenzierende Schnupperfreude kam natürlich nicht von ungefähr. Bill, der große Blä-
hungsmeister meiner Jugend, nahm in warmen
Räumen die Menses einer Gesprächspartnerin

wahr. Trüdchen ging mit prüfender Nase an ihren Unterhosenzwickeln entlang. Angeblich tat sie es nur, um festzustellen, ob das Teil schon in die Wäsche musste. Aber natürlich war sie wie ich ein Duftfreak mit einem speziellen Nerv für urogenitale Gerüche. Ja, ich bin ein bekennender Schnüffler. Nehm' gerne eine Prise praeputialen Räucherlachsduft von der Daumenkuppe, erfrisch mich an der herben Zitronenmelisse und treib' auf der Woge karibischer Kokosöldüfte. Verwandte find' ich in allen Regionen: Die ägyptischen Lotos-Freunde, Mechmed II., den rosenschnuppernden Eroberer Konstantinopels und die duftversessene Zibet-Katze. Eine Garde kleiner Fläschchen mit aromatischen Ölen steht in Griffnähe auf meinem Beistelltisch, wenn ich schreibe. Und viele Orte meiner Vergangenheit sind mir durch Duft-Erfahrungen in Erinnerung:

Wer die Nase bläht, kann sich überall in die Kindheit zurückschnuppern und riecht dann wieder verbrannte Tannennadeln auf der glühenden Herdplatte, die Süße eines getrockneten Apfels, Kamillen auf dem Bahndamm, Waldpilze im Moos, teersonnenheiße Holzhäuser am Strand, frisch tapezierte Räume, die Öl- und Gummiwinde der Autoreparaturstätten, Messingdüfte an den Fingern, Holunder und Dill, zerriebene Lavendelblüten, Hirschleder, geschuppte Fische, salzgegerbte Felle, alte Bierfässer, Spargelurin, essigsaure Fotogra-

fien, Pfirsichstände, feuchtmodrige Bunker, holz-
kohlenüberhitzte Zimmer, verbranntes Gummi,
den Moschus weiblicher Unterwäsche, die Eichen-
lohe der Schusterläden, den Kartoffelkeimmief un-
gelüfteter Schlafzimmer, das Chlor der Schwimm-
bäder, den säuerlichen Schweiß der Boxhallen, den
Rost des Bluts, die Süße von verbranntem Papier,
die säuerliche Süße der Fresien, den Gestank der
Levkojen, stechenden Kot, den Hodengeruch alter
Handtücher, den Röstkaffeegeruch nikotingelber
Fingerspitzen, den Uringeruch des Jasmins, den
Limburger Gestank schweißharter Socken, die
Fichtennadeln im Achselschweiß, den brenzligen
Geruch nasser Straßen im Sommerregen und die
unglaubliche Süße einer einsam stehenden gelben
Prachtrose im Vorgarten.

Wir lebten nur ein paar Monate in Offingen. Ich
freundete mich nach und nach mit der Dorfjugend
an. Einmal kam ein Mädchen, das ich vom Sehen
her gut kannte, auf unser Einfamilienhaus zu. Und
es war wie ein Klang in der Luft.
Sie kam näher und näher.
Zwischen uns war ein magischer Raum. Würde sie
mich vielleicht grüßen? Wir hatten uns bei verschiedenen Gelegenheiten oft und lange angese-
hen. Ohne ein Wort zu sagen. Jetzt war sie an einer
Weggabelung. Nein – sie grüßte nicht. Sie bog
nach links zur Dorfmitte hin ab.
Stiller Abend.

Lauter Abend.

Ein anderes Windchen wehte schon, wenn wir Y-oungster uns Witze erzählten und ein Bub ein Mädchen fragte:

Weißt du noch vor 14 Tagen,
als wir aufeinander lagen,
hoch das Bein und hoch den Rock,
hinein mit dem Rhabarberstock.

Rhabarberstangen stupsten wir gern in Zucker und kauten sie aus. Das war üblich. Unüblich war es, Brennnesseln wie ein Gemüse zu kochen, wie Trüdchen es tat. Schmeckte gar nicht schlecht. Braune Hennen stakten im Garten herum. Die Wiesen standen unter Wasser. Bei einem Gang durch die Lagerhallen der Filzfabrik fand ich in einem Regal Dosen mit Kunstkakao. Wenn ich heute die Zungenspitze in Tchibos Cappuccino-Pulver stecke, werd' ich an den Offinger Kakao erinnert. Lutsch' ich einen Acerola-Vitamin-C-Drops, so hab' ich wieder den Geschmack von Frigeo-Brausepulver auf der Zunge. Schnuppere ich an einem Fläschchen mit dem Öl der Krauseminze, sehe ich Wrigley's platte Kaugummistreifen vor mir. Als der Frühling kam, spielte ich mit den Buben des Dorfs oft auf dem Fußballfeld. Wenn ein Flugzeuggeschwader am Himmel dröhnte, verkrümelte man sich in die Gräben.

Kaum anzunehmen, dass die von oben unser Manöver beobachtet hatten. Eines Tages fanden wir viele Lebensmittelkarten, die über ein weites Feld verstreut waren. Offenbar von Fliegern abgeworfen. Eine riskante Kiste!

Wir schickten einen Teil davon nach Essen. Das war die Zeit, in der ich an einem Preisausschreiben der BUNA-Werke teilnahm und ein Quartett als Geschenk bekam.

An einem schönen Nachmittag wollte ich, zusammen mit Trüdchen und Lore, mit der Bahn in einen Nachbarort fahren. Die anderen waren noch nicht fertig. Ich trat vor die Tür.

Ein Trecker tuckerte heran. Hinter ihm ein großer Anhänger. Ich kannte den Fahrer. Er hielt an. Ja, ich konnte mitfahren. Die lange Landstraße entlang bis zum Bahnhof. Dort hielt er bei laufendem Motor kurz an. Ich stieg vom Trecker herunter und blieb stehen. Der Trecker zog an. Ich erhielt einen Stoß in den Rücken und lag auf der Straße. Ein Rad des Anhängers fuhr über meine rechte Wade. Ich hatte beim Absteigen nicht an die vorragende Breite der Ladefläche gedacht. Aber der Anhänger war unbeladen. Und der Reifen Gott sei Dank nicht aus Hartgummi.

Mit verdreckter Hose humpelte ich die Landstraße zurück. Der Ausflug war für mich erst einmal zu Ende. Trüdchen und Lore kamen in Sicht. Die konnten lostuffen. Die hatten es gut.

Abends traf sich die Dorfjugend an der Molkerei. Kleine Buben gingen als Botschafter zwischen den Gruppen der Mädchen und Jungen hin und her.

Einige Jungen berichteten mir von einem anderen Treffpunkt. Sie hatten sich in einigen Metern Höhe ein Bretterhaus zwischen drei dicht nebeneinander stehenden Bäumen gezimmert. Das Haus besaß am Boden eine Tür mit einem Vorhängeschloss. Man stieg von unten ein.

Für heiße Stimmung sorgte Betti beim Kartoffeln-entkeimen. Das großäugige Mädchen trug frank und frei ein paar recht frische Takte vor. Sie sang nicht ganz so schelmisch wie später Helen Vita ein Lied mit kernigen Anspielungen.

Die erste Strophe lautete:

Sie ging mit ihm zum Ti-Ta-Tanze.
Sie spielt mit seinem schwi-schwa-
schwarzkarierten Taschentuch,
das er in der Hose trug.
Mausi komm her.

Aber sie konnte noch deftiger werden. In einer anderen Strophe hieß es:

Er legte sie auf den Ri-Ra-Rücken.
Sie sagt, er soll sie fi-fa-
Vogel flieg zum Fenster raus
so schnell wie eine Fledermaus. Mausi komm her.

Das klang wie ein Angebot. Aber keiner wagte was. Es geschah nichts. Ich erfuhr, dass Betti, zusammen mit einem Jungen, von dem man sagte, dass er den Größten hätte, im Grünen gesehen worden war.

Kabuff-kabuff-kabuff fuhr die Dampfeisenbahn

von Günzburg nach Offingen. Kohlenrußgeruch war in der Luft. Dann wurde der Bahnverkehr eingestellt. Die Front rückt näher. Es war soweit. Wir siedelten in den großen Keller der Offermann-Fabrik über. Ein Fronturlauber drückte mir seinen Karabiner in die Hand. Ich sollte ihn in einen Graben werfen. Auf der Treppe kam mir eine Frau entgegen und rief in echtem Kempowski-Ton: Junge, Junge, mach dich nicht unglücklich.

Wir saßen im Keller. Draußen schoss die Artillerie. Die Frauen beteten. Ein Haus im Hof brannte. Sie legten einen jungen Mann auf den Boden. In seinem Rücken klaffte ein blutiges Loch.

Wie wir später erfuhren, war der Schwager des Fabrikanten mit einer weißen Parlamentärsflagge den einrückenden Panzern vorangegangen. Gemunkelt wurde auch von Ausschreitungen in den Lazaretträumen der deutschen Soldaten.

Immer neue Panzer rollten die Dorfstraße entlang, drehten sich, walzten Zäune nieder. Bergungspanzer räumten eine Barrikade weg. Wir standen in den Häusereingängen, als der metallische Zug der Kolosse an uns vorüberrollte. Mit jenem quietschenden Geräusch, das man aus Bernhard Wickis Film „Die Brücke" kennt.

Nicht lange darauf hatten die Amerikaner schon einen Baseball-Platz eingerichtet. Schlugen den Ball mit der Keule und rannten los. An ihrem Küchen-Abfallplatz sahen sich die Dorfbewohner nach verwertbaren Resten um.

Eine Bäckerei des Orts versorgte alle Familien mit frischen, warmen Brotlaiben. Schokolade gab's, und Mädchen, die mit den neuen Soldaten in die Schilfwälder zogen. Dort fanden wir später deckengroße, plattgewalzte Schilfflächen.

So kursierten auch schon entsprechende Witze. Da fragte ein GI ein deutsches Mädchen mit rollenden Tonfall:

Wenn ich dir jetzt die Unschuld raube, bin ich dann ein Rauberer?

Sie antwortete keck mit parodierendem Zungenschlag:

Nein, dann wärst du ein Zauberer!

In unserem Haus verkehrten einige Amerikaner. Und so kamen wir bald in den Genuss ihrer wundervollen zigarettenkastengroßen, mit einer Talgschicht winterfest gemachten Breakfast-, Dinner- und Supperpakete. Es waren kleine Paradiese mit Schokolade, Keksen, ham and eggs, Chewing gums und Zigaretten. Ich lernte damals die Dreier-Packungen der Marken Camel, Philip Morris, Chesterfield und Lucky Strike kennen. In meiner Zigaretten-Laufbahn waren erst Asthma-Zigaretten, die den russischen Papirossi mit ihren langen, hohlen Papp-Mundstücken ähnelten, vorausgegangen. Außerdem kannten wir einen Strauch, dessen feinporige Zweige man rauchen konnte. Wir nannten ihn nach dem russischen Tabak Machorka. Mein Vater brachte später die Sondermischung mit. Im Ruhrgebiet rauchte ich die honiggelben, pflaumengesoßten Senior-Service- und Players-Navycut-Lullen der Engländer, die so akkurat gepresst waren.

Dann setzte eine Zigaretten-Schwemme ein. Finger hielten die platten Zigarettchen mit ägyptischem Tabak. Aus gutem Grund war Juno rund. Und dann natürlich Overstolz. Und kehlereizend französische Gauloises und Gitanes. Ich muss mich räuspern, wenn ich die Namen höre. Ähnlich wie das Wort „Gähnen" zum Gähnen reizt.

Einige Jahrzehnte lang gehörte Rauchen zu meinem Leben.

Es gab Pausen.

Und Mädchen, die mich mit Rauch-Küssen wieder bekehrten. Jahre hindurch protegierte ich mit einem Tagessatz von dreißig bis vierzig lohenden Stäbchen die Zigaretten-Industrie. Irgendwann kamen Schwierigkeiten beim Treppensteigen.

Ratzfatz!

Schluss!

Von einem Tag zum anderen.

Aber ich blieb nicht allein an der Schreibmaschine. Es meldeten sich Ersatzdrogen. Im Rauchen waren dreierlei Gnaden. Die Wärme, der Duft und das Feeling.

Jetzt kamen die neuen Wärme-, Duft-, Geschmacks- und Gefühlsreize. Der heiße Cappuccino, die kleinen Schnupperfläschchen mit Limonen- und Eukalyptus-Essenzen, dänische Salzlakritzen, griechische und türkische Spielketten und

Hamburger Flummis, farbige Vollgummibälle in den verschiedensten Größen.

Ja, ich kannte einmal den Schmacht auf Zigaretten. Wie die Buben, die an einem Silvesterabend der Schwarzmarktzeit hinter mir her drömelten. Als ich meine glühende Zigarettenkippe auf die Straße schnippte, setzte bei denen ein Wettlauf ein. Sie wollten alle an den qualmenden Stummel kommen.

Das ruft mir eine Begebenheit in Erinnerung, von der Jean Paul berichtet. In seiner Geschichte aus der Zarenzeit ging's um Wohlhabende, die sich Alkoholika mit dem rauscherzeugenden Fliegenpilzextrakt leisten konnten. Der Stoff war sehr begehrt. Wenn da ein Fliegenpilz-Trinker auf der Straße gegen eine Häuserwand püscherte, konnte es geschehen, dass Leute aus den ärmeren Schichten niederknieten, um das Rinnsal aufzuschlürfen.

Aus der Fliegenpilz-Zeit zurück in die Panzer-Zeit des Jahres 1945. Eines Tages entdeckten wir, dass die Amerikaner sich hinter dem Fabrikgelände der Offermans einen kleinen Bootshafen eingerichtet hatten. Der Plan war gefasst. Ein Boot hatten wir uns ausgeguckt. An einem stillen Nachmittag startete die Aktion. Die Krampen „unseres" Boots wurden gelockert. Wir trugen das Boot am Wehr vorbei und setzten es auf den Fluß.

Das waren schöne Stunden. Es gab eine matschige Insel. Manchmal fischten wir Bündel von Virginia-

Zigarren aus dem Wasser. In offenbarem Verpflegungsübermut waren sie einfach weggeworfen worden.

Unsere Anlegestelle lag nur eine Wiese weit von unserem Haus entfernt. Einmal pullten wir gerade in unserem Boot herum – ich schöpfte mit einer Konservendose Wasser aus dem Schiff – da sahen wir zwei wartende GIs. Nachdem wir an Land gekommen waren, sagte einer von ihnen: That's our boat! Die beiden schulterten das Boot, entfernten sich quer über die Wiese, und meine Matrosenzeit war erst mal vorbei.

Meine Abenteuerzeit nicht. Denn in den Wiesen und Wäldern konnte man noch Waffen finden. Wir hatten bestimmte Vorstellungen, trafen uns am frühen Nachmittag und verließen das Dorf. Viele fischten in jenen Tagen mit Eierhandgranaten. Man zog die Zündschnur und warf die Granate in den Fluss. Den Fischen platzte bei der Detonation die Luftblase. Sie trieben an die Oberfläche. Der schmurgelnde Rogen eines großen Fisches in der Pfanne zu Hause hatte uns Appetit gemacht.

Wir wussten allerdings auch, dass einem russischen Gastarbeiter, der beim Fischen eine abgezogene Eierhandgranate zu lang in der Hand gehalten hatte, ein Arm abgerissen worden war. Jetzt hielt ich auch so ein ananasartig genopptes Stahlei in der Hand.

Wir gingen an einer Flussböschung in Deckung. Ich zog die Zündschnur und warf die Handgranate

– ohne lange zu zählen – sofort in den Fluss. Verrückt – wenn ich heute daran denke – dass mir die Granate bei einer kleinen Verzögerung in der Hand explodiert wäre. So aber gab's ein Geräusch und eine Fontäne. Einige Landarbeiter blickten vom Feld herüber. Wir blieben in Deckung. Als wir uns wieder hochwagten, war kein treibender Fisch mehr zu sehen.

An anderer Stelle des Flüsschens stieg ein paar Tage später ein nackter Mann aus den Wassern und näherte sich einem Buben, der in silberner Seidensatinhose am Ufer saß. Der Bub war ich. Der Nackte wirkte in seinem ruhigen Auftreten auf mich vertrauenswürdig, obwohl ich zu jener Zeit noch keine Erfahrungen mit der Freikörperkultur gemacht hatte.

Er setzte sich neben mich, und alles in seinem Verhalten war sanft. Wie zufällig zog er im Gespräch den Gummizug meiner Hose nach vorn, griff hinein und begann sofort, die Vorhaut meines Gliedes sachte auf- und abzubewegen. Er tat das mit so großer Sicherheit und wie in dem Bewusstsein, dass mir solche Sanftheit nicht unangenehm sein konnte, dass ich ihn gewähren ließ.

Während seiner ruhigen Manipulationen stellten sich am Gegenstand seiner Begierde erhebliche Größenveränderungen ein. Er ließ sich in seinen Bemühungen nicht stören und bemerkte wie beiläufig: Du kannst ja schon eine Frau glücklich machen.

Er unterbrach das Spiel, als wir in der Ferne einen Amerikaner kommen sahen. Der Amerikaner kam und ging vorüber. Ich hab' den nackten Flussmenschen nie wieder gesehen. Aber er erschien mir in seiner freundlichen Sanftheit wie der vollendete Verführer.

Ein paar Tage später konnte ich, Thomas Wilders Dramentitel leicht abwandelnd, sagen: Ich bin noch einmal davongekommen. Wir brachten Geschoßhülsen, die mit Schwarzpulver gefüllt waren, an einem Maschendrahtzaun an. Das Spiel bestand darin, eine Zündschnur in die Hülse zu stecken und die dann anzuzünden. Es gab immer einen Knall. Und die Hülse flog eine Strecke weit. Als gerade wieder eine Zündschnur zischte, näherte sich auf der Straße ein Jeep mit einem Captain. Der Jeep war auf unserer Höhe, als es knallte. In einem eben besetzten Dorf war ein Anschlag denkbar. Und eine instinktschnelle Verteidigungsreaktion des Offiziers hätte man verstehen können. Doch er blieb cool, setzte den Jeep zurück und winkte mich heran: „Where is the pistol?"
„It's no pistol. It's a Knallpatron", sagte ich.
„No Pistol! No Knallpatron!", sagte er.
Der Captain fuhr davon. Offingen glitt zurück.
Wir saßen in Bills Opel Kadett, das umfangreiche Gepäck im Anhänger, und rollten via Essen. Mein Vater holte seine Familie heim. Zu Ansbach auf

der Höh' machten wir eine kurze Pause. Ein Mädchen blickte aus einem Fenster zu mir herunter und streckte mir die Zunge raus.

Im Westerwald hielt der dampfende Wagen nach einer langen Bergfahrt. Ein abgerissenes Subjekt trat auf meinen Vater zu, zuckte ein Monstrum von Pistole und verlangte Bills Armbanduhr. Ich sah meinen Vater schnell um den Wagen herumflitzen. Er fand einen Wagenheber und sprang auf den Unbekannten zu.

Der schoss.

Mein Vater stand.

Das Hemd rötete sich.

Wie der Arzt später feststellte, waren nur Blechstücke in die Wunde gekommen. Es war kein Hartgeschoss. Auch die Fettschicht, die Bill – als Lebensmittelvertreter – besaß, hatte abmildernd gewirkt. Was aber, wenn der Mann eine scharfe Waffe gehabt hätte? Was aber, wenn wir im Keller unseres Hauses Menzelstraße 26 gewesen wären, als die Bombe einschlug? Wir haben die Gedanken nicht weitergedacht.

Bill blutete. Aber er konnte sich ans Steuer setzen. In der nächsten Ortschaft erklärte ich dem Ortskommandanten in meinem Schul-Englisch, was geschehen war. Wir erhielten eine Nachtfahrt-Erlaubnis.

Bill der Berserker. So taucht er auch in meinen Schulaufsätzen auf. Ich hab den schweren Mann bewundert, wenn er – bei Aufräumungsarbeiten –

in einer Wolke von saurem Schweiß herumwirbelte, bis alles an seinem neuen Platz war. Manchmal scherte er sich den Deibel um öffentliche Proteste. Als ihm eines Tages ein großes Plakat auf der Straßenbahnfensterscheibe die Sicht nach draußen nahm, entfernte er das Ding einfach. Der Schaffner erfuhr etwas von den Rechten des Fahrgastes. Falls ihn jemand darauf aufmerksam machte, dass seine Arbeitshose an der Seite aufgerissen war, zog er den Riss noch weiter auseinander. Bill der Urwuchs. Mit blutigem Hemd steuerte er uns an jenem Tag nach Hause. Um Mitternacht waren wir am Ziel. Essen ist eine wahrhaft wellige Stadt. In unserer alten Wohnung im Stadtteil Holsterhauscn hatten wir hoch auf dem Berghang der Menzelstraße gelebt.

Die neue Wohnung in Essen-West erreichte man am Ende der kilometerweit abwärts führenden Berliner Straße. Diese Straße erhielt in den folgenden Jahren im mittleren Bereich ihre Turbulenzen. Da drängten sich die Geschäfte. Zur Eisenbahnbrücke hin wurde es immer friedlicher.

Hier, in der dritten Etage eines grauen, dreistöckigen Mietshauses wohnte ich zwei Jahrzehnte lang. Da oben hörte ich alles. Das Getrappel der Pferdefuhrwerke, mit denen der Milchmann, der Kartoffelhändler und der Klüngelskerl unterwegs waren. Das sonntägliche Schallplattengeläut der jenseits der Eisenbahnlinie liegenden Kirche. Das Raddammradamm der Züge unter der Brücke.

Und – einmal im Jahr – das Gesumme und Ge-
singe des goldenen Fronleichnamzugs. Bei meinem ersten Besuch in dem neuen Stadtteil waren
überall Trümmergelände zwischen den Häusern.
Trampelpfade führten, an stehengebliebenen Au-
ßenmauern vorbei, über ansteigende Geröllberge
zu Gärten mit großblättrigen Virginiastauden. Seitlich der sauber aufgeräumten Fahrbahn sah man
Schutthalden, Mietshäuser, Eisenschrott und auf-
geschichtete, säuberlich vom Putz freigeklopfte
Ziegelsteine. Dass es riskant war, eins der Trüm-
mergrundstücke als Müllablagefläche zu missbrau-
chen, erfuhr ich eines Morgens. Ich hatte kaum
meine Abfalleimer ausgekippt, da hörte ich eine
Stimme hinter mir: Alles wieder mitnehmen! New
Yorker Hundebesitzern wird es heute ähnlich erge-
hen, wenn sie die Hinterlassenschaft ihres Vierbei-
ners nicht beseitigt haben und ein Cop gerade des
Weges kommt. Eins ist sicher: Die Trümmerland-
schaft von damals hat sich in meinem Kopf erhalten und ist bis in meine Träume vorgedrungen.
Denn viele Jahre später, als ich eine Reihe von
Halluzinationen niederschrieb, tauchten Einzelhei-
ten aus dem zerbombten Essen-West auf. Zuerst
sah ich die üblichen Zerstörungen. Und dann wu-
cherte die Geschichte ins Phantastische weiter:
Das Haus war ist nach hinten abgestürzt und zeigt
den Passanten die Tapetenflächen der verschiedenen Räume. Aus der Höhe stürzt der Gießbach einer zerbrochenen Wasserleitung in die Tiefe.

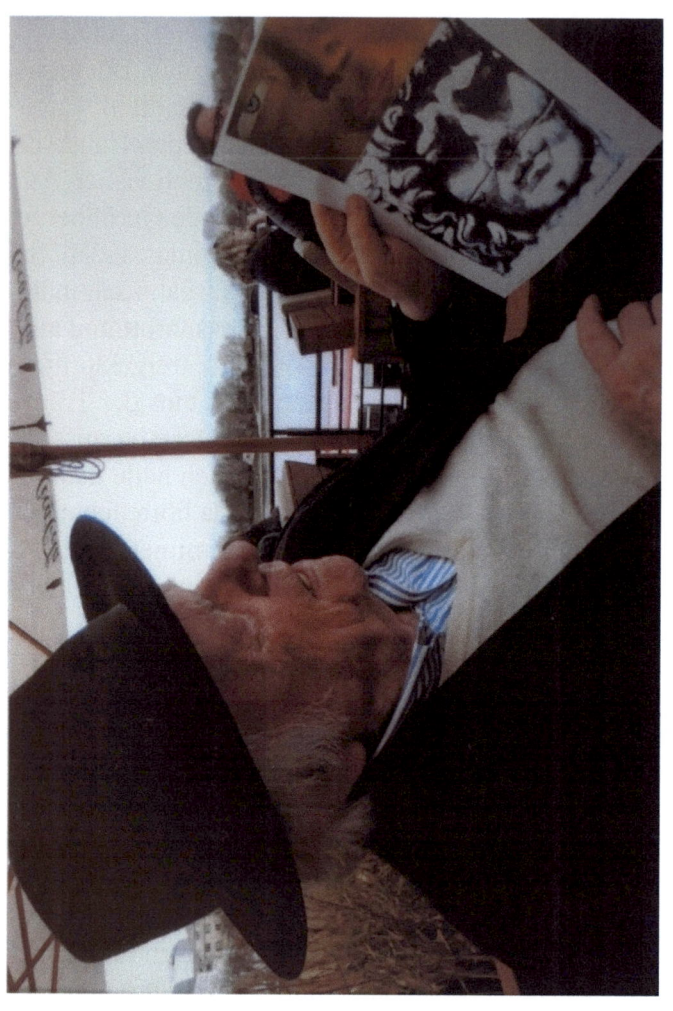

Der kleine Wasserspiegel steigt aus den Kellerge-
wölben und ergießt sich durch das Kellerloch auf
die Straße. Schon haben sich verschiedene Angler
eingefunden. Einer zieht einen zappelnden Riesen-
barsch aus dem Wasser. Wildes Gras und überhän-
gende Bäume sind über Nacht aus dem Boden gewachsen. Man gibt den Gang in die oberen Stock-
werke als Wanderweg frei. Vom Haus aus wuchert
das Grün in die Nebenstraßen hinein. Wo einst die
Straßenbahn fuhr, flimmert nun Waldeinsamkeit.
Und in der Nacht ist es unheimlich hier.
Bill hatte den Wiederaufbau des dritten Stock-
werks mitfinanziert und für den Einbau eines großen Klinkerofens gesorgt, der drei Zimmer und
den Flur mit Wärme versorgen konnte. Der Balkon
lag an der Rückseite des Hauses. Von da aus
konnte man weit in den großen, grünen Hinterhof
hinaussehen. An diesen Hof knüpfen sich einige
anekdotische Ereignisse. Das Schmunzeln nimmt
bei mir überhand, wenn ich an den bühnenreifen
Klagegesang einer brünetten Mittdreißigerin
denke. Sie, die Mutter eines zehnjährigen Mädchens, füllte den weiten, hallenden Raum mit Vor-
würfen, die einem nie in Erscheinung tretenden,
fernen männlichen Tunichtgut gelten mochten.
Die Klage wurde in bestimmten Abständen wiederholt. Der Stachel saß zu tief. Und so fragte sie
denn mit voller singender Kraft:
Warum hast du mich wachgeküsst?
Ich wusste nicht, was Liebe ist.

Ich war kein Weib.

Ich war ein Kind.

Und dann kam noch einmal – lange ausgehalten –
die Frage:

Warum hast du mich wachgeküsst?

Der Vorgang musste ja schon einige Zeit zurück-
liegen. Aber die Vorwürfe waren frisch wie am
ersten Tag. Und das ganze Karree bekam sie mit.
Überall in der Stadt scharrten in dieser Zeit die
Schaufeln der Trümmerarbeiter. Auch ich schippte
Schutt weg. Vor meiner alten Penne. Der Alfred-
Krupp-Oberrealschule. Einer der Mitschüler fragte
mich nach meinen sportlichen Ambitionen. Ich
sagte so obenhin, irgendwie interessieren mich alle
Sportarten. Unerwartete Folge: Als ich am nächsten Tag erschien, sagte der Vogel: Da kommt ja
„Alle Sportarten"! Der Spitzname hielt sich nur für
kurze Zeit.

Meinen ersten Beinamen muss ich als zweijähriger
Steppke bekommen haben. Das ist mir alles später
erzählt worden. Sie nannten mich „Mond extra".
Eine ungewöhnliche Bezeichnung. Aber erklärlich,
wenn ich die Fotos aus dieser Zeit betrachte. Auf
den Minibildchen sieht man immer wieder einen
weißgekleideten kleinen Bub mit großem Kopf
und etwas verkniffenen Augen.

Vierzig Jahre später hörte ich dann, wie jemand,
der meinen Namen nicht kannte, vom „Großkopfe-
ten" sprach.

Vergleiche sind nicht zufällig. Manchmal leisten

Sie auch gute Dienste.

Als ich vor einiger Zeit in einem Friseurspiegel entdeckte, dass mein Seitenhaar rechts und links zu üppig vorbauschte, machte ich dem Meister klar, es dürfe auf keinen Fall das Bild eines American Footballs entstehen.

Zu einem Spitznamen kommt man schnell. Das erfuhr auch Bill in seiner Jugend. Ihn nannten sie wegen seiner dünnen Beine „Storch im Salat".

Und mein junger Onkel Ernst, der alte Specht, Sproß aus der zweiten Ehe meines Großvaters mütterlicherseits, neckte mich, als ich vielleicht fünf Jahre alt war, mit dem Satz: Fittchen, Fittchen, streu nicht so!

Da waren zwei Kratzer. Zwei Attacken. Eine Verkleinerungssilbe. Und ein Synonym für „flunkern". Ernst, der alte Schlurch, wollte mich mundtot machen. Ich vermute mal, dass ich schnell sprach und mir allerhand einfiel.

Dass ich – wie Gerard de Nerval sagen würde – Onkel Ernst „durch meine besondere Beredsamkeit in Erstaunen setzte". Die Folgejahre weisen in diese Richtung. Und mit der Bemerkung „Ich bin nun kein Mann vieler Worte" ernte ich heute die sichersten Lacher.

Fittchen, Fittchen, streu nicht so!

Das hat mich schon gebrizzelt.

Aber – God shave the Queen – auch die Freuden der Selbstbenennung und Selbsterhöhung kommen über die Jahre.

Wie oft hab ich mir später einen Jux daraus gemacht, mit Namen und Rängen zu spielen und mich nach Belieben poetisch zu verwandeln.

Dieser Tage fiel mir ein Band mit Bismarcks „Gedanken und Erinnerungen" in die Hände. Uralter Bücherei-Bestand. Auf dem Vorsatzblatt fand ich in der schwungvollen Tintenschrift des fünfzehn- oder sechzehnjährigen Manfred die Eintragung: Dieses Buch gehört zur Bibliothek seiner Prinzlichen Eminenz. Dann folgte mein Name. Ganz offenbar war da der Wunsch, dem Begriff „Eminenz" noch einen steigernden Zusatz zu geben. Genauso wie man einer so hohen Kriegsauszeichnung wie dem „Eichenlaub" noch das „Eichenlaub mit Schwertern" und das „Eichenlaub mit Schwertern und Brillanten" folgen lassen konnte.

Glaukos, Glaukos, wer ist Glaukos? Mein erster Chefredakteur, der wunderbare Anton Müler-Engstfeld, rätselte. Unter meinem Artikel zum 300. Todestag von Diego Velasquez stand dieser wenig bekannte griechische Eigenname. Seine Umgebung klärte ihn auf. Es war der Neue.

Mir gefiel das Wort, das mit seinen Dunkelheiten dem Schicksal des antiken Helden entsprach. Und außerdem sollte das Pseudonym auch eine Tarnkappe sein. Kleine Anmerkung: Wenn ich's heute recht bedenke, meinte ich damals wohl „Palinurus", den Steuermann des Äneas, an den ich am 28. August 2002 im Hamburger Abendblatt

durch einen Bericht über das italienische Segel-
schulschiff „Palinuro" wieder erinnert wurde. In
den frühen sechziger Jahren des 20. Jahrhunderts
gab es in der Moerser Lokalredaktion der Neuen
Ruhr Zeitung einen Geoffrey und einen James.
Es wurde eine Glosse darüber geschrieben. Denn
die beiden Burschen hießen in Wirklichkeit ganz
anders. Aber was ist das alles gegen die Freude,
diese schönen Namen immer wieder zu gebrau-
chen.
Viel Lautmusik und analytische Klarheit verdanke
ich England, dem Lande, das den Herbst mit einem
sonoren Oboen-Ton ankündigt: Autumn!
Und das innere Entscheidungsprozesse klar vor
Augen führt:
I have made up my mind.
Die Wucht eines Wettervorgangs spürt man förm-
lich körperlich: A low is approaching the coast.
Die Entschlossenheit eines alleingelassenen Par-
tygängers macht eine Bemerkung plausibel:
I helped myself to a Martini.
Ja, er hatte sich selbst einen eingekippt. Ganz im
Sinne des norwegischen Sprichworts:
Ein wenig Hilfe will das Glück schon haben.
Once upon a time schrieb ich mal „se apple" an die
Schultafel. Das war in der Sexta. Heute ist es eine
reine Lust für mich, mit weichen Lippen zu mur-
meln: With overwhelming majority.
Oder das Geräusch fallenden Wassers mit einem
Wort zu imitieren:

Pleasure.

Nebel umgibt die Insel und kriecht an die Küsten von Cornwell hoch: It came from beneath the sea, sagt eine Stimme wie aus alten Beowulf-Tagen. Schiffe umschwimmen das große Eiland. Schiffe kehren in vielen Begriffen ein: membership, relationship, craftsmanship.

Viel Wucht ist auch in den Namen der Fußballvereine: Tottenham Hotspurs, Wolverhampton Wanderers und Manchester United. Auf der Bühne ergriff Marc Anton das Wort: Friends, Romans & Countrymen…

Das wurde in unserer Klasse zum geflügelten Wort. Ein Scherz machte damals die Runde. Ein Scherz, der mir auch heute noch einen runden Mund macht. (Ich darf nicht zu kräftig lachen, sonst platzt mir die Winternarbe in der Mitte der Unterlippe auf.) Wir belauschen also einen Dialog.

Do you speak Englisch? fragt der eine.

Hä? fragt der andere zurück.

Der erste wiederholt noch einmal:

Do you speak English?

Und wieder kommt ein fragendes: Hä?

Da entschließt sich der Neugierige zu einem kühnen Vorstoß.

Er fragt direkt: Sprechen Sie Englisch?

Jetzt ist der andere aber nicht mehr zu halten.

Jös! Jös! sagt er.

Die nächste Episode meiner Namens-Story bringe ich auch in einem irren Tempo über die Bühne:

Rheinhausen im Januar 1961.

Zwei Klänge sind in der Luft. Zwei Mädchenstimmen. Die am Nachmittag sagt „Manfred". Die am Abend sagt „Fred".

Das „Manfred"-Mädchen mochte nicht, dass ich meine rutschende Hose mit den beiden Unterarmen – wie ein Seemann – gleichzeitig vorn und hinten hochzog. Das Fred-Mädchen war mehrfach in der Lokalausgabe der NRZ zu sehen.

Seit einiger Zeit gibt es einen lächelnden Namen. Er entstand ganz zwanglos. Aber ganz zufällig entstand er nicht. Denn es ist nicht unüblich, dass ich mich im Flurspiegel betrachte und voller Überzeugung sage: Welch ein gütiger Kopf!

Oder mich aufs Bett werfe und ausrufe: Ach, du guter, guter Kerl!

Ich lach aus voller Kehle und spreche von mir in der dritten Person: Manfred dieser unerhört gute Kerl!

Weiter gehts in der Küche. Ich stemme mich – nach einem zu reichlichen Mahl – mit beiden Händen auf den Sessellehnen hoch und bin gewissermaßen mein eigener Pressesprecher, wenn ich sage: Manfred erhebt sich in seiner Güte!

Aus alldem zeigt sich: Ich sprech' nett zu mir. Und halte auch in Statements diesen Ton bei. Dann – irgendwann – wurde das Ganze öffentlich.

Besser gesagt: halböffentlich.

Noch besser: viertelöffentlich.

Denn nur ein kleiner Kreis erfuhr davon. Und eine

sprachliche Pikanterie war es, die neue Prägung von englischen Frauenlippen mit rollendem Unterton zu hören, das klang dann fast offiziell: Manfred der Gute.

Es ist angenehm zu spüren, wie eine lächelnde Verwandlung über mein Gesicht geht, wenn ich die milden Worte auch nur leise vor mich hin gemurmelt habe: Manfred der Gute! In Augenblicksschnelle werden meine Gesichtszüge weich. Heiterkeit breitet sich aus. Dass das Wort-Trio bei partnerschaftlichen Auseinandersetzungen pädagogische Qualitäten hat, dürfte niemanden verwundern.

Auch von einer Anekdotenbildung um die drei Goldworte darf hier berichtet werden. Zu den schönsten Geschichten gehört die von Willy S. Mein jahrzehntelanger Arbeitskollege mixte sie aus verschiedenen Mitteilungen zusammen. Es geht in dieser Mini-Erzählung um zwei ältere Herrschaften, die nach versteckten Geschenken suchen. Sie kriechen in einer bürgerlichen Wohnung auf einem großen Teppich herum und werden von meinen „Heiß-kalt-warm-wärmer-Hinweisen" zu den mir bekannten Zielorten geführt. Die Kamera geht auf mein Gesicht. Ich grüble. Und über meine Lippen stellt sich die Frage: Bin ich nun „Manfred der Gute" oder „Manfred der Gütige"? Das sind Dinge, die fein überlegt sein wollen. Nachdenklich hat mich auch eine Bitte der Stadtväter von Sankt-Peter-Ording gemacht. Soll der Badeort wirklich in

Sankt-Manfred-Ording umbenannt werden?

Ein Kuvert mit einer englischen Marke ist unter der Post. Amtlicher Aufdruck. Unerwartete Anfrage aus dem Weltzentrum der Baumwollindustrie. Dort will man sich meines Rufnamens bedienen. Aber Manni-Chester statt Manchester – würden die Briten damit zurecht kommen?

Ein Brief an den Dalai Lama ist schon raus. Das ‚Om Mani Padme Hum' ist mir ausgesprochen sympathisch. Schmunzeln musste ich über den Schlagertext „Money makes the world go round." Manfredonia werde ich demnächst besuchen.

Heute ahne ich, wie viel Mühe sich Trüdchen und Bill mit der Wahl meines Vornamens gemacht haben. Offenbar hatten sie bei der Prüfung der verschiedenen Klang-Kandidaten immer die Vokale des Familiennamens im Ohr. Manfred van Well. Das ging leicht über die Zunge. Kein Wunder, dass ich bei Vorstellungen gelegentlich bescheiden hinzufüge: uralter holländischer Adel.

Es macht Spaß, im kleinen Kreis die etymologische Kurzformel zu nennen: Manfred – der Mann, der den Frieden liebt.

Manfred.

Irgendwann kam die Erfahrung, dass mein Rufname in seinen zwei Silben meine Lebensphilosophie enthielt: die Vereinigung von Stärke und Milde.

Nicht als Philosoph, wohl aber als multikulturellen Scherzbold kennen mich die Damen und Herren meiner Hamburger Taxizentrale.

Beim Anruf melde ich mich regelmäßig mit dem sachdienlichen Hinweis van Well – holländisches „van", englisches „well". Der Spruch machte schnell die Runde. Heute kann es geschehen, dass ich meinen „van Well" ins Telefon sage und die Stimme am anderen Ende der Leitung fortfährt: holländisches „van", englisches „well".
Sollte meine internationale Darbietung mal nicht richtig rüber kommen, hab ich noch eine Zusatzinformation auf Lager: Van Well, kleines v, a, n, großes W, e, Doppel-L. Und das Spiel mit dem Namen geht weiter.
Vor einiger Zeit fiel mir die Lautverwandtschaft zwischen dem holländischen „van" und dem englischen „fun" auf. Und schon war eine humoristische Namenszeile geboren:
MANFRED FUN WELL. Da steht sie nun und zwinkert. Und ich zwinker mit.
Fern in der Tiefe der Zeit taucht ein blondes Mädchen auf. Sie sitzt am Bett ihrer Großmutter und ich sitze daneben: Essen im Spätsommer 1945.
Auf dem Gelände der Kruppschen Krankenanstalten in Holsterhausen hatte man im Krieg neue Räume für die Klinik in einen Hang hineingebaut. Auch die Besucher atmeten in den Krankenzimmern immer den feuchtmodrigen, kühlen Dunst

der Betonwände ein. Es wurde für mich ein nostalgischer Geruch, der mich heute sofort in jene Zeit zurückversetzt. Die Kranke war eine entfernte Verwandte mütterlicherseits. Gerda hatte ich auch hier kennengelernt. Später saßen wir im Kino in Essen-Steele und pressten die Köpfe aneinander, bis der Nacken schmerzte.

Gerda war achtzehn.

Ich vierzehn.

Ich onanierte, wenn ich allein in der Wohnung war.

War ich mit Gerda zusammen, geschah nichts. In den Fotoalben sehe ich heute, dass mein Gemächt in der kurzen, engen Hose als starke Ausdüllung wahrzunehmen war.

Auf der Straße fiel mir auf, wie oft der Blick von Frauen in eine bestimmte Richtung ging.

Stille Wohnung in Essen-Steele.

Wir beide allein.

Gerda saß am Klavier und sang:

In deinen Augen steht es geschrieben,

was mir dein Mund verborgen hält…

Was wusste ich?

Was ahnte ich?

An der Tür berührte ich mit meinem Mund schnell ihren Mund und sprang dann in großen Sätzen die Treppe herunter. Ich habe Gerda – 14 Jahre später – noch einmal wiedergesehen. Sie kam mit einer Gruppe von Leuten auf einem Feldweg vorüber.

Ich sah kurz das blonde Haar und das helle Gesicht, bis die Gehenden hinter einer Hügelsenke untertauchten.

War sie es wirklich?

Ich weiß es nicht.

Sicher aber weiß ich, dass der flüchtige Versuch von Essen-Steele mein erster bewusster Kuss war.

Ein Jahr später – im Buchenwald von Essen-Haarzopf – schlug ich einem jungen Mädchen vor, ein Buchenblatt zwischen die Lippen zu nehmen. Ich wollte dann mit meinen Zähnen nach und nach kleine Stückchen abreißen.

Das geschah auch.

Ich fühlte schließlich ihre weichen Lippen und gab ihr viele, kleine schmerzende Küsse. Mehr fiel mir nicht ein.

Sie aber erzählte mir eine Geschichte:

Ihre Freundin war während eines Waldspaziergangs von einem Buben zu Boden geworfen worden. Sie hatte sich dann erhoben und trotzig erklärt: Dann haben wir uns also nichts mehr zu sagen! Eine heikle Story.

Heute denke ich, dass mit der Erzählung verborgene Geister geweckt werden sollten. Denn immerhin war von resoluteren Formen der Annäherung die Rede. Irgendeine Form von Empörung über den Vorfall zeigte sie nicht.

Wie war es nun möglich, dass ich noch Jahre lang bei den sehr freimütigen Berichten von Mädchen und Frauen den einladenden Charakter der Mitteilungen glatt übersehen konnte.

Wieder ging ein Jahr ins Land. Bis ich endlich das Zungenspiel erlernte. Goldene Pfänderspiele. Goldener Fünf-Minuten-Kuss. Die Zunge der Freundin meines jungen Onkels Ernst fühlte sich beim Kuss in meinem Mund offenbar wie zu Hause. Und ich tat so, als hätte ich mein Leben lang nichts anderes gemacht. Kurz: Unsere Zungen tanzten einen Pas de Deux.

Ein paar Monate später wurde mein 16. Geburtstag in Essen-West gefeiert. Ganz im Bewusstsein meiner neuen Fähigkeiten, hängte ich ein großes Plakat auf, dass mich als Kuss-Lehrmeister zeigte. Von der Macht des Zungenkauens konnte ich damals allerdings noch nicht berichten. Ungefähr um diese Zeit muss ich Boccaccios hochbrisante Novellen-Sammlung „Decamerone" kennengelernt haben. Die Stories vom Nachtigallempfang und vom Teufel, der in die Hölle geschickt wird, nahm ich fest in mein Erzählrepertoire auf. Und nun – in einem Zeitsprung – wieder zurück zur Alfred-Krupp-Oberrealschule des Jahres 1945.

Mein Mathematiklehrer Reisinger zeigte sich überrascht. Er konnte nicht fassen, dass die Klasse mich zu ihrem Sprecher gewählt hatte. Der Grund seiner Verblüffung: Alle anderen waren während der letzten Kriegsjahre in einem Lager in der Tschechoslowakei gewesen. Ich kam aus Schwaben und hatte meine Mitschüler von 1943 erst bei den Aufräumungsarbeiten in Essen wieder getroffen. Ein Bild erscheint, bei dem sofort das Lächeln mitgeliefert wird. Ich blick' nach rechts und hab das liebe Gesicht von Manfred M. vor mir. Weißhäutig, knollennasig mit kräusliger Goldhaarfrisur. Der spielerisch-geschmeidige, hochgewachsene Klassenkamerad – heute Rechtsanwalt – hielt sich beflissen an meiner rechten Seite, einen halben Schritt zurück. Akkurat wie ein Adjutant. So gingen wir nach dem Pausenklingeln oft gemeinsam die große rundgeschwungene Steintreppe der Alfred-Krupp-Oberrealschule zum Schulhof hinunter. An Günzburg erinnerten mich unbestimmte lateinische Übelkeiten. Der Quälgeist in Essen war besagter Reisinger, ein schmaler Mann mit breitschultrigem Jackett und einem Repertoire ironischer Redensarten.

Die Abende vor den Mathematikarbeiten gehören für mich zu den Dunkelstunden meiner Schulzeit. Obwohl ich mich vorbereitet hatte, fühlte ich mich schuldig. Es war schwer, in den Schlaf zu kommen und bedrückend, aufzuwachen. Denn die mulmigen Gefühle warteten schon.

Auch am Morgen vor Antrittsbesuchen ist es mir später so ergangen. Damals schrieb ich:
Frühjahrsmorgenschauer
aus Grauen vor dem Tag
und das Gefühl, das beim Biegen des Penis entsteht.
Die Luft ist ahnungsfroh, mildfrisch und schmerzt.

Und Vogellaute bilden draußen eine Hecke.
Und alles ist wie einst am Schülermorgen.
Das Bett wie eine warme Zufluchtsstätte
und überall Verwicklungen und Schwierigkeiten.
Und alles ist wie vor dem ersten Koitus:
Aus dumpfer Schuld und Lust
mit Wärme drängt der Darm.
Im spitzen Kegel pflöckt's zum Hintertor.
Es bleibt nichts anderes:
Geh und steh.
Vielleicht zerteilt sich leichter so die Luft.
Der Morgen vor der Mathearbeit.
Eine Viertelstunde bis zur Alfred-Krupp-Oberreal-
schule.
Wie sagte der Henker in Goethes Drama zu Eg-
mont... „Herr, übereilet euch nicht"

Graue Straßen.
Graue Menschen.
Die Schule.
Das Klassenzimmer.
Die Tür wurde geschlossen.
Die Hefte wurden verteilt.
Die Zeit lief. Einige kritzeln schon los. Mir wurde
heiß. Es war, als stünde ich im allgemeinen Auf-
bruch noch auf der Stelle.
Ich zwang mich zur Ruhe. Blickte auf die Tafel
und die Aufgaben.
Füllte eine Seite.
Stoppte.

Eiskälte im Nacken.

Es war eine Sackgasse. Die Geräusche der Schreibenden ringsum. Die kursierenden Zettelchen. Ich schrieb mit hastigen Bewegungen. Fing noch mal an. Über eine Strecke hin mathematische Überlegungen zu zeigen, das wurde ja auch schon bewertet. Mitten in der quälenden Zeit schrillte die Klingel. Die Hefte wurden eingesammelt.

War alles vorbei, wenn man endlich diesen Ort der Unfreiheit verlassen konnte? Nein es war nicht alles vorbei. Denn an einem der folgenden Tage – bei der Rückgabe der Klassenarbeiten – erprobte Studienrat Reisinger an den schwachen und schwächeren Mathematikern die Instrumente seiner verbalen Folterkunst.

Er begann mit den von angstgequälten Mitschülern gefertigten Produkten, bei denen der Gott der Mathematik schamhaft zur Seite gesehen hatte.

Die armen Sünder in Sachen Rechenkunst warteten ergeben, bis der Donnerkeil der Magisterhäme auf sie niederfuhr. So ging es – über Treppen von triefenden Hohn – langsam aufwärts zu den befriedigenden und guten Leistungen.

Wann würde ich dran kommen?

Ich wusste es nicht.

Unter den besten konnte ich nicht sein. Unter den besseren kaum. So hielt denn der Meister meine Nerven mit den Nerven der anderen schwachbrüstigen Mathematikusse wie ein antiker Wagenlenker in der Hand.

Wenn er die Zone der schlechten und mäßigen Arbeiten verlassen hatte, hörten wir seinen Standard-Satz: Wo viel Schatten ist, ist auch viel Licht! Spätestens von da an konnte ich die Geschehnisse mit entspanntem Sinn verfolgen. Denn dann lag mein Heft längst vor mir.

Ich hatte zu Zahlen kein gestörtes Verhältnis. Manchmal rechnete ich schneller als die Verkäuferinnen im Laden. Aber die Mathematik an den Oberschulen interessierte mich nicht. Welch ein Zauber lag in den Päckchen aus fernen Volksschulzeiten:

$$1 + 1 = 2$$
$$1 + 2 = 3$$
$$1 + 3 = 4$$
$$1 + 4 = 5$$

Welche Ordnung.

Welche Übersicht.

Da machte das Rechnen noch Spaß. Und einen auf die Tafel gezeichneten Würfel mit so viel Mittellinien zu füllen, dass man schließlich acht kleine Würfelchen herauslösen konnte, das war schon eine Freude.

Heute weiß ich, dass die vielen Ängste und Übelkeiten während der Mathematikstunden bei mir für die Katz waren.

Ich hab auch in meinem späteren Leben nichts gehabt von all diesen Wurzeln und Logarithmen.

Schon das Zeichen Pi war mir unheimlich. Unwohlsein beschlich mich auch bei den Fächern Physik und Latein.

Helles, trockenes Sommerwetter aber herrschte in meinem Kopf, wenn ich auf dem Stundenplan so leuchtende Worte wie Deutsch, Geschichte, Kunstgeschichte und Religion entdeckte.

Der Erdkunde und der Biologie stand ich freundlich gegenüber. Dem Englischen und der Chemie abwartend. Dem Turnen skeptisch. Und der Musik – nach Beendigung der Notenleserei – sehr interessiert.

Ich habe immer kleine Stories geschätzt. Würzige Anekdoten und Witze. Möglichst mit ungewöhnlichen Pointen.

Die Miniatur-Geschichte „Saved by a spider" aus unserem Englisch-Unterricht hatte diese Qualitäten. Sie zählt nicht zu den weltweit verbreiteten Paradestücken der Literatur wie Frankreichs berühmte Fabel „Maître corbeau sur un arbre perché", aber der Einfall, der sie trägt, spannt sich wie ein Spinnennetz durch meine Erinnerung. Es ging um einen Freiheitskämpfer, der sich nachts in einer Höhle versteckt hatte. Zum Bauplan einer Spinne aber gehörte es, schon früh am Morgen vor dem Eingang der Höhle ein großes Radnetz zu weben.

Die Verfolger sahen das glitzernde Gebilde und sagten sich: das Netz ist nicht zerrissen worden. Da brauchen wir gar nicht erst nachzusehen.

Rasch trat er ins Bild.

Studienrat W.

Unser Englischlehrer.

Raustimmig.

Im hellen Sommeranzug.

Aus dem Stand konnte er den Lautfächer eines –
viele Gazetten ausrufenden – französischen Zei-
tungsverkäufers aufspreizen, dass man Hunger auf
Paris bekam. Wer „Grundstück" mit „reason-
piece" übersetzte, habe den Sinn der englischen
Sprache noch nicht verstanden, sagte er.

Elegant, mager, ramsesmumienköpfig residierte
unser Lateinlehrer Studienrat O. vorne hinter seinem Pult.

Er verschaffte uns manchmal Mini-Plätzchen von
Erholung, wenn es zwanzig Minuten vor Stunden-
schluss hieß, jetzt sei Zeit für allgemeine Themen.
O. entdeckte später auch die ersten Anflüge meines Schnurrbarts. Einmal war ich am Pult, weil er
einen Satz in meinem Heft nicht entziffert hatte.
Ich ging mit dem Heft zu einem Schüler in der ersten Reihe. Ob er das lesen könne.

O. fand das empörend.

Eines Tages besuchte ich das Uhrenhaus Deiter in
der Essener Altstadt. Man eröffnete gerade eine
Mineralien-Ausstellung. In einer Glasvitrine lag
ein großer Lapislazuli, schön wie das Meeresblau
auf dem „Bacchusfest" des Alma-Tadema. Ich
sagte zu einer Verkäuferin: Das Wort „Lapis" ist

mir klar. Aber warum heißt der Stein „Lapislazuli"?

Er heißt eben so, sagte die Verkäuferin.

Wenig später wandte eine alte Dame mir ihr feines Gesicht zu und sagte: Das Wort „Lapis" versteht sie nicht. Sie hatte keinen Lateinunterricht.

Oh lala!

Das war ja ein Scheinwerfer-Sätzchen.

Oder, um in der Sprache des Zweistromlandes zu reden: Alles durchdrang ihr Blick! Verborgenstes hat sie ergründet!

„Lazuli" bedeutet übrigens „blau". Der blaue Stein mit den goldenen Pyrit-Einsprengungen machte schon bei den mesopotamischen Hofdamen Furore.

Das Gold souveräner Handlungslenkung aber brachte Trüdchen, meine Mutter, in den Alltag ein.

Sie war eine Minimalistin reinsten Wassers.

Konnte bereits mit einer Andeutung ihre Wünsche ausdrücken.

Wenn sie die leeren Kohletöten mal kurz gegeneinander scheppern ließ, wusste ich ja, dass hier einem Versorgungsnotstand abgeholfen werden musste. Wenn sie mir den Zipfel eines Wäschestücks in die Hand drückte, sah ich mich – all of a sudden – durch ihre schnelle sichere Bewegung schon als Wäscherecker verpflichtet.

Heitere Luftgeister überzeugen und helfen mühelos.

Trüdchen brachte mir Notizpapier an die Badewanne, legte das mit Eiswasser getränkte Taschentuch auf die Stirn des Frühaufstehers und nötigte
ihn noch in der Tür, schnell einen Schluck heißen
Kaffee zu nehmen. („Damit du was Warmes im
Leib hast.")
Sie servierte Linsensuppe in dem neugebauten Un-
terstand und rüstete den Geburtstagsbesucher mit
kleinen Gaben aus. In E.T.A. Hoffmanns lichtsprü-
hendem „Goldenen Topf" lispeln feine Stimmen.
So war es auch bei Trüdchen. Wenn die Zeit
drängte und ich schon ausgehbereit wartete, gab
sie mir einen raschen Tipp: Steck den Schlüssel
schon mal von draußen rein!
Sollte noch etwas erledigt werden, und man saß
nichtsahnend in ihrer Nähe, konnte es durchaus geschehen, dass der reine Widerspruch – wie im
Märchen – ausgesprochen wurde. Sie sagte: „Du
stehst da gerade, kannst du mir noch die Kartoffeln
aus dem Keller mitbringen?"
Es war auch nicht ausgeschlossen, dass sie das
Spiel noch steigerte und mir mit den Worten,
„Wenn du schon mal unterwegs bist, denk doch
auch daran", einen Einkaufszettel in die Hand
drückte.
Dabei war ihre Verführungskunst von größter
Selbstverständlichkeit.
Wie Picasso konnte Trüdchen von sich sagen: Ich
suche nicht. Ich finde. Mit welcher Leichtigkeit
fand sie, was ich lange gesucht hatte.

Auf den Grabbeltischen eines Kaufhauses stöberte sie Bücher auf, die für ein Fest gedacht waren. Ich entdeckte die Bände hoch auf einem Schrank und erzählte ihr, im Traum hätte ich Büchertitel gesehen. Trüdchen war sehr verblüfft, weil es eben die Werke in ihrem Versteck waren.

Trüdchen war Kaffee-Freak. Ich bin es auch. Einmal kam Fanny, eine ihrer Freundinnen, zu Besuch, als gerade das Badewasser einlief. Beim Kaffeeplausch in der Küche fiel Trüdchen ein Glitzern am unteren Türrand auf. Badewasserglitzern.

Wenn die Damen zusammen waren und Bill setzte sich dazu, waren alle Frauengespräche zu Ende. Das werde ich nie vergessen. In einen Frauen-Talk gehört kein Mann.

Warum Trüdchen ihren Ehemann „Stümmel" nannte, weiß ich nicht. Der Name fiel mir übrigens wieder ein, als meine Apothekerin ihren ibizenkischen Jagdhund rief. Und der hieß „Krümel". Trüdchen nannte ich „Tornsümmler". Das war ein Spiel mit ihrem Geburtsnamen „Tornauer".

Wenn mich die Idee des schwerelosen Gehens heute so beherrscht, so war Trüdchen das schwerelose Vorbild.

Der Leichtigkeit ihres Auftritts entsprach auch ihr liebenswürdig-schnelles Profil. Der Scherenschnitt der frisch mit Bill verlobten „Tutti" lässt allerdings nicht ahnen, dass die kapriziöse junge Dame als Teenager grausam-herrscherliche Gedanken hatte. Sie sagte zu sich: Ich möchte so schön sein, dass alle, die mich sehen, tot umfallen.

Wir wohnten in Essen über den großen Buddelstädten des „schwarzen Goldes". Und ich schleppte die Kohlenlasten aus dem Keller in die dritte Etage unseres Mietshauses hoch. Besonders schwer war eine Kohlenwanne, die ich mit beiden Händen hoch vor der Brust trug. Wütende Flüche im Treppenhaus. Ironische Bemerkungen, wenn oben nicht gleich aufgemacht wurde. Ich trug auf einer rotglühenden Kohlenschaufel rotglühende Kohlen vom Küchenofen in den offenen Schlund des Kachelofens. Hatte eine Kehrschaufel untergehalten. Nicht auszudenken, wenn ich geniest hätte. Befriedigend war es immer, mit einer langen Eisenzange einen Aschenkorb aus der Glut herauszuholen. Und dann – wie wundervoll – lehnte man sich gegen die warmen Wände des großen Klinkerofens und genoss die heiße Luft, die durch die Eisengitter kam.

In die rote Kohlenglut des Küchenofens warf ich eines Tages das Kriegsverdienstkreuz meines Vaters. Es brannte mit grüner Flamme. Nach Bills Worten besaßen diese Auszeichnungen keinen Wert. Man hatte sie ihnen angeheftet, als alle beim Sicherheits- und Hilfsdienst schon mit den bronzebraunen Orden dekoriert worden waren. Auf der heißen Herdplatte brutzelte mein Samen wie das Eiweiß eines Spiegeleis.

Er war der Mittelpunkt der Wohnung: der Kohleofen mit der roten Glut und den Herdringen, die

man mühsam mit Stahlwolle blankscheuern
musste. In seiner Nähe sagte ich vor dem Frühstück lateinische Vokabeln auf. Occupare, in Besitz nehmen, occupare, in Besitz nehmen.
Angestrahlt von seiner Wärme, trocknete ich im
Gespräch Teller und Tassen ab. Ping (!) machte es,
als Tante E. das dritte Glas ins heiße Wasser
tauchte. Sonntags standen wir – wie auf dem Bild
von Uhde – um den Tisch herum und beteten:
Komm, Herr Jesus, sei unser Gast und segne, was
du uns bescheret hast! Oben auf den Schrank hattet
Trüdchen Steingutkannen mit Dickmilch gestellt.
Gezuckerte Johannisbeeren gab's in kleinen Glas-
schalen. In der Küche wurden Pakete ausgepackt
und Hühner ausgenommen. Ich las dort Briefe aus
Wuppertal, die mit „Deine Edith" unterzeichnet
waren und klebte Rabattmarken in Sammelhefte
ein. (Heute erinnern mich in meiner Hamburger
Küche bunte Felder von Braeburn-Apfeletiketten
daran. Sie kleben auf einer Kachelwand über der
Nirosta-Spüle.)
Eines Nachts hielten die Schaben, die wir vorher
nie gesehen hatten, unter dem Bodenbelag der Küche ihre Jahreshauptversammlung ab. Es waren an-
sehnliche große Käfer. Einen von ihnen sah ich am
nächsten Tag in einem leeren Marmeladenglas in-
mitten eines weißen, kristallinen Pulvers. Er wurde
nicht müde, seine langen Fühler, die immer wieder
die weiße Farbe annahmen, durch seine Mund-

werkzeuge zu ziehen. Was er da so arbeitsam ab-
leckte, war Gift.

In bestimmten Abständen wartete auf mich ein
Einsatz unter nächtlichen Bedingungen. Der
Kohle-Laster kam. Ich hob den Gitterrost aus dem
Kellerluke heraus. Man hörte ein großes Rauschen.
Der Laster entledigte sich des Kohlebergs über der
offenen Luke. Ich schaufelte und schuftete unten
im Keller im schwarzen Dunkel. Die Kohlemassen
mussten im Raum verteilt werden. Bis das Loch
der Luke hell wurde. Schließlich blieb nur ein
schwacher öliger schwarzer Fleck auf dem gefeg-
ten Trottoir zurück.

Waschkeller. Abenteuer der großen Waschtage.
Wir trugen alle schwere niederländische Klompen
auf unseren Wegen zwischen dem kochenden
Waschofen, der hoch gehievten, triefenden
Wäsche, der quietschenden Wringmangel, den
Wasserschläuchen und Wasserbottichen.

Dann die Reck-Rituale und das Aufhängen im Hof
oder bei schlechtem Wetter auf dem Boden.

Es gab den Kohlenkeller und den Keller mit der
großen Kartoffelkiste und den auf Regalen abge-
stellten Einmachgläsern.

Wenn die Kartoffelkiste für neue Kartoffeln leer
gemacht werden sollte, griff ich in die wuchern-
den, bleichen Kartoffelkeime hinein und hievte das
wirre Gestrüpp mit verschrumpften Mutterkartof-
feln und blanken Jungkartöffelchen empor wie
Thutmosis der Dritte – auf einem Relief in Karnak

– ein Bündel seiner Feinde an den Haarschöpfen in die Höhe hielt. Ein Hauch Schlemmerland kehrte im Keller ein, wenn Bill – der Handelsvertreter – Kartons mit Proben neuer Firmen anlandete.

Das war schon ein Gewimmel von Mini-Fläschchen mit grünem Pfefferminzlikör, rotem Creme de Cassis, Blue Curacao, Eierlikör, Benediktiner, Whisky, Gin, Wodka und Steinhäger. Alles so possierlich, als wäre es für die Regale eines Kinderkaufladen bestimmt. Dann wieder kamen exquisite Fischkonserven en masse.

Die Firma gibt es immer noch. Und ich bin heute ihr Kunde. Das ist schon ein wohliges Züngeln, wenn ich mir die Heringsfilets in verführerisch milder Meerettichsauce im Mund zergehen lassen. Dann aber kracht's. Die knusprigen Wasa-Crisp-Roggenbrotscheiben kommen einem eingefleischten Röstbrot-Zerbeißer wie mir gerade recht. Und schließlich sorgt kühlsahnige H-Milch dafür, dass es zu einer behaglichen Schluckerei kommt.

Wir sind wieder im Keller. Da hacke ich mit dem Beil aus Gemüsekisten Kleinholz für die Öfen. Ruth, die Tochter eines Nachbarn, stand eines Nachmittags mit weißen schwellenden Schenkeln im einteiligen schwarzen Badeanzug unerwartet vor mir. Sie war auf dem Weg zu einer Hinterhofwiese, wo einige von uns auf einer Decke saßen. An einem anderen Nachmittag kam Günther R.,

ein Freund und Rivale aus der Klasse, mit Boxhandschuhen vorbei. Er wollte im Keller ein Ge-
fecht austragen. Erst wurde ich getroffen. Dann
flog er gegen die stählernde Luftschutz-Tür. Und
schließlich zog er mit roter, stark verdickter Nase
und den Boxhandschuhen wieder ab.

Auch aus dem fußballfeldgroßen Rechteck des
Hofs gab's Geschichten. Im Mittelbereich, zu dem
man von den vielen Einzelwiesen der Häuser
durch Gartentüren gelangte, stolzierten muntere
braune Hennen herum. Der Familienvorstand war
ein prächtiger Hahn, der mich in seinem Verhalten
an das kapitale Exemplar in Bruno H. Bürgels
Bestseller „Die kleinen Freuden" erinncrte.

Wenn der stolze Vogel was Ergiebiges gefunden
hatte, rief er seine Hennen herbei. Stand eine in
günstiger Nähe, machte er eher lässig seinen Auf-
hüpfer. Immer easy, würde Udo Lindenberg sagen.
Warum die Besitzer der Federtiere einen zweiten
Gockel dazu holten, weiß ich nicht. Der hatte jedenfalls kein leichtes Leben. Denn immer, wenn er
einen Begattungssprung versuchte, kam der Alte in
vollem Sturmlauf und vertrieb ihn. Das ging so
eine ganze Weile.

Aber eines Tages war der alte Hahn weg. Ob man
ihn verkauft oder geschlachtet hatte, weiß ich
nicht. Dem Jungen gehörte das Terrain. Er war der
Herr des Harems. Ein zufriedener Herr war er

nicht. Man sah ihn aufspringen und auf den Hennen herumhacken. Nach und nach hatten alle hühnerkahle, rosige Stellen auf dem Rücken. Der Frust hatte den Haremsherrn zu einem perversen Liebhaber gemacht.

Ricke-Racke geht die Mühle mit Geknacke.

Aber nicht nur die Max-und-Moritz-Mühle machte diese Geräusche, auch wenn ich die Kurbel unserer Kaffeemühle drehte, knackte es bei dem verzweifelten Versuch der Bohnen, sich gegen das Räderwerk zu wehren. In Haushaltsgeschäften der nostalgischen Art – vor deren Türen im Winter die traditionellen Zweier-Schlitten hochkant stehen – erfreue ich mich immer an den Küchengeräten, deren Form mir aus meiner Jugendzeit vertraut ist.

Da waren die raulöchrigen Muskatnussreiben, wie frisch gestanzte Fallen für die Fingerkuppen, die Waffeleisen, die dem hochpuffenden Teig ihre Wabenmuster einbrannten und die Gugelhupfbackformen, derer sich die Küchen-Zauberer bedienten, um duftende, braune Napfkuchenberge zu schaffen.

Wie oft habe ich die Stahlseiten des Eierschneiders in die weichen Leiber der hartgekochten Eier gepresst.

Trüdchen hat mit dem „Küchenpitter", einem kleinen Küchenmesser, immer Käserinden für die

schwarzen Amseln im weißen Wintergarten zer-
schnitten.

Wie gut kenn' ich das zischende Zirpen, wenn der
rote Gummiring unter dem Deckel des Einmach-
glases hervorgezogen wurde.

Wie erinnert es mich an kleine Küsschen und an
das schmatzende Geräusch beim Auseinanderge-
hen, das verliebten, nackten Paaren vertraut ist.

Wenn die Wohnung renoviert wurde, veränderte
sich das vertraute Terrain. Kein Stuhl mehr, kein
Schrank mehr, kein Tisch mehr. Alles verdeckt unter dem Weiß der Laken.

In den Tapetenmuster-Büchern hatten wir schon
geblättert. Von den Brokatblumen-Tapeten für das
Esszimmer waren einige Restrollen übrig geblieben. Die frisch tapezierten Zimmer rochen nach
Leim. Einer der Malergesellen war mit grobgena-
gelten Schuhen auf das polierte, mit Zeitungen be-
legte Buffet gestiegen. Ein anderer summte „Man
müsste noch mal zwanzig sein..." und ergänzte
sich: „und dann die Raffinessen kennen wie
heute."

Malermeister H. war ein Spaßvogel. Wenn er sich
verabschieden wollte, erzählte er einen Witz und
entfernte sich in der Explosionswolke des Geläch-
ters.

Damals probierten wir dauernd neue Spiele aus.
Vielleicht drückte ich – niederhockend – mit dem

Zeigefinger das nachgiebige Knorpelhörnchen im linken Kniegelenk ein. Vielleicht stand ich hinter Lore und ging in die Knie, dass sie auch in die Knie gehen musste. Vielleicht sagte ich zu einer jüngeren Vertrauensperson: Kratz mich mal am Rücken! Um dann den ahnungslosen Helfer mit herabhängender Hand in der Mitte zu kitzeln. Wir kannten alle die Hühnersprache:
Ich-hich-defich hab-ab-defab dich-hich-defich gern.

Geschätzt wurden auch Reizsätze. Manche entdeckten wir selbst.
Durch reinen Zufall sprach einer von uns die Worte „In-den-Eisschrank-stellen" sehr schnell aus und hatte plötzlich ein Tabu berührt: „In den … reinstecken".
Noch ein Tabu. Diesmal im anspielungsreichen „Fromage de Brie". Man musste nur das französische „Brie" in ein deutsches „Brüh" verwandeln.
Auch in geographischen Begriffen lauerten Lachteufel. Vielleicht noch nicht im „Titisee". Aber sicher im „Titicacasee.
Außerdem gab's da noch die alten Germanen, die in der „Regel" rote Bärte hatten. Mir zuckt das Bauchfell vor Lachen, wenn ich an die bluttriefenden Krieger denke. Ehrbar, die Burschen.
Ehrbar.

Die gute, alte Form der Hausmusik sollte auch
nicht vergessen werden:
Er geigt. Und sie zittert.
Du hast einen toten Geschmack, sagte Trüdchen.
Sie bot mir dann immer ein Hillers-Pfefferminz an.
Wir hatten viele Atem-Erfrischer.
Die rachenkühlenden Rheilaperlen und Webers
milde Halstabletten sind auch heute noch beliebt.
Von den parfümierten Fan-Tai-Winzlingen hat
man nie wieder etwas gehört. Aus der Ferne nähert
sich ein luftiger Satz. Ein merkwürdiges Fremd-
Gebilde. Ein Palindrom. Ein Wort-Produkt, dass
von vorne nach hinten und von hinten nach vorne
gelesen, immer den gleichen Sinn ergibt.
Jedermann wußte:
Mit „Otto" und „Ebbe" konnte man solche Scherze
machen. Mein Satz aber war von anderem Kaliber.
Er wirkte stromlinienförmig, glatt und wie aufgela-
den mit Bedeutungen. Man sprach ihn immer mit
Verwunderung aus:
ein neger mit gazelle zagt im regen nie

Ich hab nach vielen Jahrzehnten des Ratens mal
die Probe auf's Exempel gemacht und den Satz von
hinten nach vorn durchgelesen.
Er hatte natürlich die bewussten Fähigkeiten und
schien außerdem von der lebensstärkenden Nähe
der Schönheit zu berichten.

Eines Nachmittags rannten auf der Berliner Straße ein paar Mädchen an mir vorbei.

Wie sich später herausstellte, waren sie auf der Flucht vor einigen Buben, die ich zu diesem Zeitpunkt noch nicht sehen konnte.

Ich stand in einem Hauseingang und hörte, wie ein Mädchen ein anderes fragte: „Ist'n Netter dabei?"

Auf flüchtig aufgeschnappte Bemerkungen mit ein paar Worten zu reagieren, hat mich immer schon gereizt. Zwei Damen aus meiner Nachbarschaft sprachen wohl über mich. „Er sieht aber schlecht aus", sagte die eine. „Vielleicht hat er 'ne Freundin", sagte die andere. Ich beugte den Kopf vor und fragte: „Sieht man schlecht davon aus?"

„Ja, das zehrt", sagte die eine.

An einem Wochenende waren wir in der City.

Heute – im Jahre 2004 – finde ich das Nobelrestaurant „Zum Ritter" nicht mehr in den Gaststättenführern. Damals – vor mehr als einem halben Jahrhundert – war's für mich eine echte Herausforderung, denn von dem ewigen Herumgehampel mit Messer und Gabel hielt ich überhaupt nichts. Am liebsten zerschnitt ich mir Fleisch und Gemüse – nach Art der Chinesen – in passende Häppchen, konnte kauen und schlemmen und hatte den Kopf frei.

(Orson Welles, der sein Mousse au chocolat Löffelchen für Löffelchen genoss, kam später als Leitbild hinzu.)

Der Abend im „Ritter" gab mir übrigens Gelegenheit zu einer denkwürdigen Anmerkung. Irgendwie wußte ich von mittelalterlichen Tischsitten aus dem hohen Norden. Da wurden die Speisen in schüsselartige Vertiefungen der dicken Tischplatte gefüllt.

Beim „Ritter" gab's keine Vertiefungen. An meine Abneigung gegen die Messer-und-Gabel-Artistik – die viel zu viel Aufmerksamkeit beansprucht – hat sich bis heute nicht geändert.

Und so gehört es auch jetzt zu meinen kleinen Späßen, eine Bekannte, die eine Virtuosin im Umgang mit den Tafelwerkzeugen ist, nach einem Mehr-Gänge-Menü in einem Feinschmecker-Restaurant zu fragen: Was habt Ihr gelöffelt?

Paris-Reisen waren damals noch nicht in Mode. Aber in den Schlagern beschäftigte man sich häufig mit der französischen Hauptstadt.

Jeder kannte Margot Hielschers wehmütige Ballade. Die Schauspielerin sang vom Liebesschmerz einer Unbekannten:

Da steht sie an der Seine
wie einst beim ersten Kuss.
Und eine kleine Träne

fällt in den…
(Und das Wort zog sie in die Länge:)
g r o ß e n Fluß.
Der Bonvivant des nächsten Liedes hielt nichts davon, Tränen in große Flüsse fallen zu lassen.
Er schwärmte von seinem Schatz:
Mein Mädel ist
eine Verkäuferin
in einem Schuhgeschäft
für zwanzig Francs Salaire
in der Woche.

Das alles wurde leicht und wippend vorgetragen,
als hätte ein Lebemann der Belle Epoque seinen
Auftritt.
Salopp gab sich ein Bummler, der offenbar   mit
wetterfester Laune durch die Lande flanierte.
Flapsig ließ er verlauten:
Ich ging einmal spazieren
nanu, nanu, nanu.
Und wollt' mich amüsieren.
Was sagste denn dazu?

So flott ging es nicht immer ab. Songwriter konnten sich auch mit kathedraler Macht ausrüsten.
Wenn das Ganze dann noch mit einer Zarah Lean-
der-Stimme vorgetragen wurde, dröhnte die Lied-
Erzählung wie eine Kanzelbotschaft in den Ohren:

Wenn Menschen sich begegnen,
die niemals sich gesehen,
dann bleibt für einen Augenblick
der Herzschlag plötzlich stehen.

Auch bei der Beschreibung der mimischen Verän-
derungen blieb dieser schicksalhafte Klang.
Dann hellte sich die Szene auf. Der Ton wurde
leicht und rhythmisch:
Und wenn
dann Hand in Hand sich fand,
wird diese Welt
zum Märchenland.

Schöne Zwangsläufigkeit: Wenn Hand in Hand
sich fand, dann würde sich auch einiges andere finden.
Und wenn von Märchenland gesungen wurde,
dann wussten eigentlich alle, was gemeint war.
Auch der Komiker Theo Lingen träumte öffentlich
von seinem privaten Paradies. Es war schon rüh-
rend, wenn er mit nasal eingefärbter Stimme – wie
bittend – anhob:
Schenk mir doch
ein kleines bisschen Liebe.
Liebe.
Sei ein bisschen
nett zu mir.

Zwei, drei, vier.
Spürst du nicht
die innig-süßen Triebe.
Triebe.
Wie mein Herz
verlangt nach Dir?
Zwei, drei, vier.

Jux hin. Jux her. Der näselnde Theo war ein deutscher Begriff. Und ist es noch. Heute trägt einer
der schnellen Intercity-Züge unserer Bundesbahn
seinen Namen. Man musste die eigene Macke konsequent zum Markenzeichen machen. Ungewöhnliches speicherte das Gedächtnis. Auch die eigenen
Worte.
In Essen hatte ich mal eine Tanzlehrerin gefragt:
Ist gutes Material da?
In Hohenlimburg erkundigte ich mich auf der
Straße bei jungen Damen nach schönen Ausflugs-
zielen. Als schließlich eines der Mädchen mitkam
und mich ins Grüne am Stadtrand führte, war der
Ausflug an einem kleinen Abhang zu Ende. Keiner
von uns wagte etwas. Ohne jede neue Sündener-
fahrung dröselten wir beiden potentiellen Sünder
schließlich in die Altstadt zurück. Eins war sicher:
Man musste sich körperlich näher kommen. Wie
auch immer. Die unverfängliche Frage: „ Darf ich
Ihnen die neueste Tanzhaltung zeigen?" brachte

mir dann auch einige – durch Textilien abge-
dämpfte – Umarmungen ein. Klar wurde mir auch:
Schon ein schlichter Friedhofsspaziergang zu
zweit konnte zu einer heiklen Unternehmung werden.

Die schlanke Ursula wusste ja nicht, dass unser
Hand-in-Hand-gehen einen meiner Körperteile
dazu anregte, den Aufstand zu proben. In einer
Hamburger „Lysistrata"-Inszenierung standen die
beteiligten Herren unter ähnlichen Pressionen.
Ursula hat nie erfahren, dass dicht neben ihr ein
stummer Gefangener – unter den Gürtel geschnallt
– durch das abendliche Land getragen wurde.

Fanny, die gute Fanny, Trüdchen als Bettnachbarin
aus der Frauenklinik bekannt, Freundin der Familie seit Jahren, Helferin bei Haushalts-Engpässen
und irgendwann auch Bills Jagdopfer, ließ eines
Tages einen goldenen Satz heraus: Ich dachte immer schon, ich sei über alles hinweg. Aber wenn
ich das Wort „steif" höre, weiß ich, dass das nicht
so ist.

Ein wahrhaft schwellendes Wort. Ich tanzte bei einer Polonaise dicht hinter meiner schönhüftigen
Tante. Pralles an Prallem. Staksiger Gang. Später
durfte ich ihre Brüste herausholen.

Das war die Zeit wabernder phallischer Umriss-
zeichnungen. Ich hatte – eng am Küchentisch stehend – den Wachstumswilligen in Form gebracht,

auf ein DIN A4 Blatt gedrückt und mit dem Kugelschreiber die Kontur nachgezogen. Der Schreiber
kam nie dicht genug heran.

Sperma brutzelte auf der Herdplatte. Sperma trieb
im Badewasser. Sperma verkrünkelte die Taschen-
tücher.

Wir fuhren mit dem Auto ins Teutoburger Land.
Gemütlich, die kleine Bibliothek für Gäste hinten
im Leseraum des Hotels. Versteckt hinter einer
verschiebbaren Milchglasscheibe: die großen,
schweren Leinenbände der Illustrierten Sittenge-
schichte von Eduard Fuchs.

Und ein erotisches Lexikon mit Zeichnungen und
Gemälden. Alles schwere Klötze. Als Bill, Lore
und Trüdchen weggefahren waren, hielt sich nie-
mand mehr im Gastraum auf. Eine gute Gelegenheit, einen der brisanten Bände auf mein Zimmer
zu schaffen.

Ich schloss die Tür ab und zog mich mit dem vergilbten Mehrpfünder ins Bett zurück. Die erste Le-
ckerei. Eine schwere Nackte Martin Behaims griff
einer jungen Frau im Getümmel eines Badehauses
lachend zwischen die Beine. Man musste dabei lachen. Das war's. Es tat der Jungen doch auch gut.
Ohne viel Fisimatenten rein ins Getriebe. Blättern.
Blättern.

Ein gelber Fidibus war von irgendeinem Specht
zwischen die Seiten gelegt worden. Er sollte auf

ein Bild aus dem alten England aufmerksam machen.

Eine frisch verheiratete Lady hatte die Sache selbst in die Hand genommen und bereitete ihren jungen Tumb von Ehemann auf seine Aufgaben vor. Ich sah die zielsichere junge Dame und begann mit sachten Bewegungen.

Blättern. Blättern.

Vor mir ein japanischer Farbholzschnitt. Der fernöstliche Gourmet züngelte oben und kitzelte unten. Noch ein Fidibus von dem unbekannten Schmecklecker, der vor mir das Buch auf Leckerbissen hin durchforstet hatte.

Rowlandsons Liebesmädchen mobilisierten die strammen Ständer zweier älterer Gentlemen. Weglaufen konnten die Zweispitzträger nicht mehr. Zu fest hatten die drallen Dirnen ihre Kandidaten um die Hüften gepackt.

Teifi. Teifi.

Ich sah einen eleganten Harlekin, der das geschwollene Nestchen zwischen den Schenkeln seiner Nackten schon dicht vor sich hatte und trotzdem noch an ihren Zehen nuckelte.

Er konnte sich beherrschen. Ich schaffte es nicht mehr. Der süße Strahl ging ins Taschentuch. Alle Kraft und Herrlichkeit der Erde. Da klebte sie.

Mein Kopf war rot. Das Haar verschwitzt. Ich brachte das Buch nach unten und lag schon wieder im Bett, in der herrlichen Kühle.

Als die Ausflügler zurückkamen, trafen sie unten
im Gasthaus den Stammhalter bei der Lektüre der
örtlichen Presse. Das gehörte in den Ferien zu meinen regelmäßigen Genüssen. Zumal vor dem
Abendessen. Ich gähnte und fühlte eine Übelkeit
im Rücken. Am Sonntagmorgen nach den Ferien
saß ich in einer Cool-Jazz-Veranstaltung der Essener „Lichtburg" und spielte mit der linken Hand
auf der hochgeklappten Sitzfläche eines freien Ki-
noplatzes.

Meine Nachbarin hatte die hochgeklappte Sitzfläche als Ruheplatz für ihre reche Hand entdeckt.
Meine Hand berührte ihre Hand. Ihre Hand wich
nicht zurück. Unsere Hände blieben beieinander.
Ich rückte nach links auf den leeren Platz vor und
nahm die willige Hand mit unter meinen Mantel.
Wenn geklatscht wurde, zog sie die Hand aus dem
Versteck. Danach konnte ich ihre neugierigen Finger wieder unter dem Tuchberg verstauen.

Alles geschah schweigend.

Als ich dann mit der linken Hand versuchte, zwischen den Schenkeln meiner Nachbarin höherzu-
kommen, wurde ich abgeschüttelt.

Später gingen wir im Halbdunkel des Kinos wortlos auseinander.

Hein ten Hoff, Deutschlands breitschultriger
Schwergewichtsmeister, den ich Jahrzehnte später

in der „Datscha"-Sauna an der Hamburger Rothen-
baumchaussee traf, war damals eins meiner Box-
Idole. In Mannheim kämpfte er gegen den amerikanischen Weltranglisten-Boxer Jersey Joe Wal-
cott, einen ehemaligen Sparringspartner von Joe
Louis und brachte ihn zeitweise in Bedrängnis,
dass ich den mehrfachen Familienvater schon bedauerte.

Ich ging vor dem Radio in der Küche auf und ab
und boxte wie der norddeutsche Riese im englischen Stil. Aufgerichtet. Die Rechte, zum Schlag-
abfang geöffnet, vor dem Kinn. Immer wieder
zuckte die Linke vor, und ab und zu wurde – mit
aller Wucht – die Rechte geschlagen.

Der Essener Boxverein „Dubois" sah mich bei den
Trainingsstunden.

Ich weiß aber auch, wie schön es ist, k.o. zu gehen,
wenn ein Fausthieb die Leber getroffen hat und
man niederhockend nach Luft jappst.

Ich bin nicht stark, aber grausam, war damals eine
scherzhafte Redewendung.

Stark waren auch meine Aktivitäten gegenüber
dem Punchingball auf dem Trockenboden.

Es genügt vielleicht, von einem unter den Schlägen berstenden, auseinandergefransten Gummi-
Halteseil zu sprechen.

An den lässigen Auftritt des englischen Schwerge-
wichtsmeisters Bruce Woodcock werd ich oft bei

der Rasur vor dem Spiegel erinnert. Heute habe ich selbst Schwergewichts-Ausmaße. Allerdings mit Schwimmerrolle. Damals war ich Weltergewichtler.

Ich seh mich und den Champ mit nacktem Oberkörper und ausgestrecktem Arm. Er war beim Wiegen fotografiert worden, ein Frottiertuch um die Hüften geschlungen. Sympathischer Bursche. Meinen harten Bizeps erwähne ich nur am Rande. Schön auch, mit Boxfreunden irgendwo zusammenzusitzen – vielleicht in einem Ponton-Restaurant auf dem Elbanleger Blankenese – und sich im Fahrwasser gemeinsamer Box-Erinnerungen gut zu unterhalten.

Dann klang es wie aus uralten Zeiten: Drägestein. Dieter Hucks, der Hufschmied vom Niederrhein knockte Eder aus. Tänzerische Beine, der Bursche. Wilson Kohlbrecher wurde in einem Berliner Park bei einer Schlägerei erwischt.

In der Wochenschau: Sugar Ray Robinson. In einem Wirbel von Schlägen ging der Halbschwergewichtler Gerhard Hecht unter. Ein Löwenherz hatte der junge Gruppe, der mit einem Riesen wie Oscar Bonavena in den Ring stieg.

Wie Jürgen Blin sich allen stellte. Auch Cassius Clay.

Mit ein paar Pfunden weniger – als Halbschwergewichtler – hätte Blin Welt-Champ werden können.

Das waren für mich die Knaller: Wenn ein Boxer nach einem Niederschlag aufstand und dann noch das Match machte. Oder wenn ein Weltmeister bei einem Fehler des Gegners alle Schlagreserven mobilisierte.

Werner Schneyder erinnerte mich dieser Tage wieder an die Großfotos, die man früher am Morgen nach Amateurbox-Abenden in den Tageszeitungen fand.

Da standen sie alle, die Helden und Sieger des Abends, nach Gewichtsklassen in einer Reihe gestaffelt. Und immer gab es Leute aus dem leichteren Genre, die die Champs aus den höheren Gewichtsklassen an Größe überragten.

Boxerschweiß und Schwimmhallen-Chlor. Ich habe erst spät gelernt, mich „schwimmend" über Wasser zu halten. Aber immer, wenn ich aus der gewölbten Hand Badewasser in die Nase einschnobere, denk ich wieder an das Tauchen in den grünen Wassertiefen des Schwimmbads Essen-West.

Die schwarzen, planschenden Flussnächte kamen später.

Doch Abenteuer warteten auch in den Schubladen. Eines Tages fand ich in Bills Schreibtisch einen Umschlag mit kleinen Fotos. Abgebildet waren Möbel aus dem Boudoir der großen Katharina. Die

Sessel, Sofas und Tische überquellend von erotischen Schnitzereien. Die Zarin wollte offenbar dem jeweiligen Favoriten schon beim Betreten des Zimmers auf die Sprünge helfen.

Heute denke ich, dass die Herrscherin in ihrer Taktik einem jungen Hamburger Bademeister aus dem Jahre 1980 glich, der überall in seiner Wohnung Pornohefte verteilte, um die Besucherinnen gleich an nackte Spiele zu gewöhnen.

Eine von Katharinas Schnitzfiguren weckte durch die übergroße Deutlichkeit einen besonders starken Nachahmungsreiz. Ich meine einen Satyr mit herausgesteckter Zunge, vor ihm war alles himmelweit geöffnet. Wie bei Cicciolina und Jeff Koons. Auch eine humoristische Weinkarte gab's in der Schublade. Was sich da zwischen einem verliebten Paar beim Gang über die Weinberge abspielte, hatte der Texter mit Wein-Namen beschrieben. Ich weiß noch, dass im prekärsten Augenblick ein „Piesporter Goldtröpfchen" an „Zellers Schwarzer Katz" hing.

Bill, der alte Schliekefänger. Von Zeit zu Zeit lud er Trüdchen, Lore und mich ins „Casanova" ein. Ein elegantes Lokal gegenüber der alten Oper. Schön gekurvte Tanzfläche. Der große Raum im Halbdunkel. Eine Bühne für Kabarettisten, Sänger und Pantomimen.

Gert Fröbe, damals schmal und hager, noch nicht

der „Goldfinger"-Koloss, spielte einen französischen Verkehrspolizisten, der geschmeidig wie eine Hula-Hoop-Tänzerin heranlassenden Fahrzeugen auswich.

Als kassierender Kellner wartete er vorgebeugt in Lauerpose, um auch das Wechselgeld einzustreichen.

Hautgout wurde durch Claire Waldoff ins Spiel gebracht. Sie lärmte im Gossen-Slang:
Wer schmeißt denn da mit Läm?
Der sollte sich was schäm'!
Der sollte auch was ander's näm'
als ausgerechnet Läm.

Die kreischende Sängerin ist mir noch gut in Erinnerung. Wir Pennäler nahmen uns damals uralte erotische Heuler vor. Ich habe den Wirtinnen-Zyklus noch um einige Strophen erweitert.

Der knüppelharte „Sanitätsgefreite Neumann" war uns auf die Dauer zu hart.

Sehr geschätzt wurde eine paarungswillige ägyptische Prinzessin, zu deren Fans selbst Fidschi-Insulaner zählten.

Außerdem gab's da noch ein paar Herren, die gleich bei der Vorstellung mit der Tür ins Haus fielen. Vielen waren sie aber sicher auch durch ihre Offenheit sympathisch.

Und bei den Damen blieben ihnen die Mühen der Werbung erspart, denn die Umworbenen wussten

ja schon, was ihnen bevorstand. Aus Italien kam
Graf Pagantitti. Von London waren Jack Hätten-
drin und Lord Hävenstiefen angereist. Sie wurden
erwartet von dem russischen Iwan Gehdudrup und
dem Norweger Larssen Rinnström.

Für mich erweiterten sich überall die Experimen-
tierfelder. Ich schrieb Fragen in ausgeliehene Bücher. Formte am Haltener See bei einem Radaus-
flug eine Nackte aus Sand. Wechselte im Kino
mehrmals die Plätze, bis ich neben einer Schönen
saß. Und legte vier Streichhölzer zu symbolischen
Figuren zusammen.

Die schmale Raute hieß „Jungfrau von Orleans".
Das Quadrat trug die Bezeichnung „Die fröhliche
Witwe". Jahrzehnte später habe ich bei meinen Besucherinnen ähnliche Formverwandlungen entdeckt.

Ein kitzliger Vier-Worte-Satz meldet sich. Er
stammt aus einem Zeitungs-Roman meiner frühen
Jahre. Es ist auch ein Satz zum Anbändeln. Deshalb folgt hier eine Anwendungsmöglichkeit. Gesetzt also den Fall, Sie sitzen im Bus oder in der
Bahn neben einer Schönen. Sie haben mein Buch –
in dem auch der Satz enthalten ist – aufgeschlagen
auf dem Schoß liegen. Es muß nicht sein, aber es
könnte sein, dass der Blick des Mädchens oder der
Dame auf Ihren Text fällt.

Die Situation ist pikant. Denn nun können Sie

Dinge forcieren. Einer Ihrer zehn Finger müsste so
kühn sein und auf den brisanten Satz hinweisen.
Im Vertrauen gesagt: ich würde den rechten Zeige-
finger nehmen. Sie werden feststellen, dass sich
eine gewisse Hitze einstellt. Denn die Magie der
Zeile wirkt – bei Blickberührung – sofort.
Nun heißt es: Wachsam sein!
Wird Ihre Nachbarin ernst?
Bleibt sie ruhig?
Oder lächelt sie?
Kein Wunder, dass Sie jetzt die vier bewußten
Worte kennenlernen wollen. Deshalb meine Versi-
cherung: Wir sind auf der Zielgeraden. Nähern wir
uns dem prickelnden Satz:
„Er entkleidete sie völlig."
Entkleiden, nesteln, herabstreifen – mich macht es
schon schwach, wenn ich von einem einge-
schweißten Buch die Zellophanhülle herabziehe.
Ich bleib auch nicht gleichgültig, wenn meine
Hände den von der Reinigung zurückkommenden
Popelinemantel von seiner glitzernden, glasklaren
Folie befreien.
Man kann Gleichnissen nicht widersprechen. Denn
sie sind Ausdruck wirkender Naturgesetze.
Wenn auf einem kalten Buffet Spargelköpfe aus
rosig glänzenden Räucherlachsröllchen hervorlu-
gen, wird ein Freund des Doppelsinns kaum ein
kleines Schmunzeln unterdrücken können.

Ähnlich gehts ihm mitten im Straßenverkehr. Die Radlerin, die vorgebückt mit kräftigen Luftpumpenstößen einen Reifen aufpumpt, wird ihn auf den Gedanken bringen, dass auch sie Zielpunkt von gleichmäßigen Kraftanstrengungen werden könnte.

Vielleicht sieht er sogar eine Geisterszene hinter der Gebückten.

Dass sich das schlanke Jeans-Girl die ausgezogenen Strickhandschuhe in Ermangelung anderer Aufbewahrungsorte zwischen die Oberschenkel geklemmt hat, wird er als zusätzlichen symbolischen Kick empfinden.

Da sind wieder die Dinge. Und die Dinge hinter den Dingen. Die Verbindung kann oft abenteuerlich sein. Aber sie ist nachprüfbar.

Ich dreh' am Verschluss einer Mineralwasserflasche und die Kohlensäureperlchen strömen zum Ausgang hin. Gleichzeitig seh ich den Hof eines Pensionats.

Die Mädchen laufen zum Tor. Dort steht eine ehemalige Mitschülerin, die jetzt verheiratet ist.

Jetzt wird's gefährlicher. Ich versuche, mein Portemonnaie in die rechte Hintertasche der Hose zu schieben.

Es geht nicht.

Es gleitet ab.

Es kann auch gar nicht gehen. Denn mein Pullover

hat sich über die Hintertasche geschoben und den Schlitz verdeckt.

In diesem Augenblick meldet sich aus meinem Gedächtnis eine Bekleidungsvorschrift für mongolische Krieger.

Dinge.

Und die Dinge hinter den Dingen.

Die aber sind durch mancherlei Verwandtschaften mit den gerade anwesenden Dingen verbunden.

So wird der aphrodisische Pfirsich der Onken-Joghurt-Aufkleber einem scharfen Beobachter Tantalusqualen auslösende prallfruchtige Hinterbacken von Mädchen vor Augen rufen.

(Walking on the beaches, looking at the peaches.)

Ich widme Astgabelungen mit wulstigen Naben in der Mitte gern eine stille Betrachtung.

Übrigens hat Bosch den strotzend geöffneten Ästen im „Garten der Lüste" auch ein Plätzchen eingeräumt.

Die Kassiererin eines Buchladens hält mir eine weit klaffende Papiertasche entgegen.

Ich lasse mein Taschenbuch sachte hineingleiten.

Gleichnisse sind Spiele.

Gleichnisse sind Geschenke.

Gleichnisse sind Überraschungen.

Warum lassen wohl niederländische Maler auf ihren Küchen- und Marktstilleben in der Nähe von Frauenschößen meeresglitschige, meeresduftende

Fische auftauchen?

Die Antwort gibt ein blinder, alter Seemann, der vor einem Fischgeschäft stehenbleibt und seufzt: Oh, girls!

Ein Kavalier küsst ein Mädchen.

Ein Kavalier des 16. Jahrhunderts.

Seitlich ragt der Knauf seines Degens empor.

Ja und, sagt mancher. Und ich sag: ja, eben!

Ein Knauf ist ein Knauf und dazu ein Symbol für verborgen ragende Wirklichkeiten.

Es ist ein alter künstlerischer Trick, im Vorspiel schon das Spiel anzudeuten. So hielt es auch Johann Joachim Kaendler, der Rokokomeister turbulent-vertändelter Porzellanplastiken. Sein paradiesvogelbunter Harlekin ist ein Charmeur reinsten Wassers.

Er tätschelt das Patschhändchen seines Kindes und blickt lächelnd durch das goldgefasste Lorgnon, das seine hübsche Frau ihm vor die Augen hält. Sicher macht sich der Stratege der guten Laune schon sehr, sehr goldene Gedanken. Ein stummer Beobachter ist auch dabei.

Aus dem Gürtel des Spaßmachers ragt der Griff einer Narrenpritsche schräg nach vorn. Er mündet in einem holzigen Knopf. Und der ist phallusrot, phallusbohnig und phallusglatt.

Die Reiter hatten unter ihrem Kriegswams ein Seidenhemd zu tragen.

So konnte der Feldarzt bei gewissen Verletzungen den Pfeil rasch aus der Wunde ziehen.

Wagnisse der Verwandlung.

Wagnisse des Doppelsinns.

Aber könnte man es Eulenspiegel verdenken, wenn er bei den Worten „Stichtag" und „Stoßseufzer" die Augen verdreht hätte?

Wieviel deftige Kraft war in dem Romantitel „Ben Hur". Für mich ein lachender Imperativ. Und warum sollte man nicht am rechten Ort die zeitliche Bestimmung umwandeln?

Verwandlungen.

Der große Trick der Gleichnismeister.

Mozarts Zauberflöte.

Des Knaben Wunderhorn.

Sie waren in vieler Munde, ohne ihren eigentlichen Sinn zu enthüllen. Rätsel-Reime wurden von den Kleinen und den Großen gesungen und zitiert.

Doch was sollte man eigentlich von dem Männlein halten, das da ganz allein im Walde stand und ein Mäntlein von lauter Purpur umhatte?

Welcher Daumen schüttelte die Pflaumen?

Und was meinte der Lieddichter mit dem Lindenbaume, der am Brunnen vor dem Tore stand?

(Wer konnte denn schon ahnen, dass hier die für den erotischen Akt entscheidenden Organe eines verliebten Paares in symbolischer Nahaufnahme porträtiert worden waren?)

Wenn man sich allerdings die Mühe machte, die doppeldeutigen Worte aus freundlicher Schnüffel-nähe zu prüfen, wurde einem schnell klar, warum der Brunnen dem Tor vorangestellt worden war. Gleichnisfreunde haben auch im Alltag viel zu schmunzeln. Der Spezialbagger „Ritzengreifer" er-innert drastisch an duftende Gärten.
Und der zwischen Gaumen und Zunge zergehende Liebesknochen soll so süß wie die Liebe schme-cken.
Doppelsinn der Worte.
Doppelsinn der Taten.

Man sieht mir zu…
…und ich lasse den Teebeutel bedächtiger ins heiße Wasser hüpfen...
…und schiebe den Kugelschreiber langsamer in die Kugelschreiberkappe...
…ich streichle einen wohlgeschwungenen Türgriff wie den Rücken der Katze Klara.
In der Oberstufe der Alfred-Krupp-Oberrealschule gab's einen geheimnisvollen Satz-Zerhacker.
Er hatte durch seine Cuts aus der glatten lateini-schen Formulierung "Hierundo maleficis evol-tat" ein urkräftiges bayerisches Bekenntnis ge-macht:
Hier/un/do/ma/e/fic/is/a/voltat.

Dass mein vornehm-zurückhaltender, eleganter Mitschüler Herwart K. zu ähnlichen Ausbrüchen unverhüllter Lebenskraft fähig war, hätte ich nicht für möglich gehalten. Doch eine Situation forderte ihn heraus. Ich buchstabierte in nicht ganz untypischer Weise meinen Namen:

V wie Verlangen
A wie Anbetung
N wie Nacht
W wie Wollust
E wie Erhörung

Da überraschte mich Herwart mit einer drastischen Ergänzung. Er sagte:
Zweimal L wie Lecken.

Milder, sehr viel milder war ein Scherz aus dem Deutsch-Unterricht. In Immermanns Roman „Münchhausen" gibt's eine kleine eingebaute Erzählung mit dem Titel „Oberhof".
Der Scheinwerferkegel der Erinnerung richtet sich ganz auf eine bestimmte Begebenheit.
Da setzten die Alten unten in der Stube den Hochzeitsvertrag auf.
Das junge Paar, das sich offenbar noch nicht gut kannte, ging in einen Nachbarraum.
„Auf Probier" nannte man das.
Einige Zeit später standen die jungen Leute in der

Tür und nickten. Ja, sie nickten. Die Alten freuten sich.

„Na, na, na" schrieb ich in stenographischen Kürzeln neben die heikle Stelle.

Unsere Bücher wurden wieder eingesammelt und Teddy, unser Deutschlehrer mit der weißen Teddy-Frisur, hat es vielleicht gesehen und geschmunzelt. Vielleicht aber auch nicht. Bücher hier.

Theater da. Der prächtige Bursche im Seidenkostüm, das war ich.

Ein geschmeidiger, schlanker Kerl.

Ich könnte ja viel erzählen, aber ein Gruppenfoto hat das alles festgehalten.

Ich als Graf von Bruchsal. Sympathisch, muss ich sagen, sympathisch. Wir spielten „Minna von Barnheim" in der Aula unserer Schule.

Am Abend vor der Premiere dröhnte mir der Kopf. Du siehst als Minnas Erbonkel doch viel zu jung aus, sagte ich mir. Es ist heute alles kaum zu glauben: Aber ich habe mir wirklich das Kinn mit Holzkohle schwarz eingefärbt. Das sollte ein Bart sein. Und er wurde von meinen Mitspielern auch als Bart akzeptiert. Keiner drückte sein Missfallen aus. Keiner protestierte. Ich hatte ihn offenbar ganz gut hingekriegt. Und so trat ich dann ahnungslos in der Schluss-Szene des Stücks auf die Bühne, um meine Botschaften loszuwerden.

Der Saal lachte. Und das Lachen hörte gar nicht

mehr auf. Aber ich lief nicht weg. Ich blieb stehen. Ich bin eigentlich schnell zu erschüttern. Ich bin nicht cool. Aber da war ich es.

Ich stand in meinem schönen Rokoko-Kostüm in einer Woge von Gelächter und blickte ruhig auf das Publikum.

Als alles verrauscht war, brachte ich meinen Part zu Ende. Zwei Tage später waren Trüdchen und Lore unter den Theaterbesuchern in der Aula. Da hörten sie, wie ein Steppke vor ihnen sagte: Gleich kommt der mit dem schwarzen Bart. Dann lachen wir wieder.

Dass das Bürschen kurze Zeit später nicht enttäuscht wurde, hatte seinen Grund:

Wieder erschien ein schwarzbärtiger Graf auf der Bühne. Wieder lachte der Saal.

Wieder zogen die Brüder und Schwestern da unten im Parkett ihren Mund in die Breite und brachten eine Abfolge unartikulierter Laute hervor. Sie freuten sich. Und wir freuten uns ein paar Tage später. Denn da gab es bei einer Nachfeier in der Schule Sahnetorten en masse.

Es war ein glorreicher Nachmittag. Vor allem durch den Auftritt meines Mitspielers Reifenberg. Ich seh ihn noch an uns vorüberächzen. Er musste auf seinen Verdaungsgängen durch die Schulkorridore immer wieder Platz für neue Sahneschnitten schaffen.

Ein wackerer Kerl. Ein herrliches Bild. Für meine Lachmuskeln ein Evergreen. Durch meinen vielumjubelten Auftritt als Graf von Bruchsal hatte ich auch eine Anhängerin gewonnen.

Eine zierliche Brünette, die Minnas Zofe glich und neben mir im Kino die Hand von meinem Knie herabgleiten ließ. Leider nicht weit genug. Mit dem Hinweis auf die Komplimente eines Bademeisters wollte sie mich heiß machen, machte mich aber eifersüchtig.

In einer Viererrunde von Klassenkameraden erzählte sie einen Witz, dass uns die Spucke wegblieb.

Gesucht wurde der Unterschied zwischen einem Pärchen im Walde und einem durch die Kurve rasenden Radler. Wir kamen nicht drauf, und es gab auch keinen. Denn hier mussten alle aufpassen, dass der Gummi nicht platzte.

Stille herrschte unter den Knaben.

Ganz anders als im Englischunterricht bei Studienrat Wolf, wo wir Galsworthys Dramen im Urtext mit verteilten Rollen lasen.

Galsworthy mit seiner silbernen Prosa von dem alten Jolyon, der einen überlangen kleinen Fingernagel hatte.

Aus der Schulzeitung der Alfred-Krupp-Oberrealschule erfuhr ich später von den weiteren Schicksalen des famosen Mr. Wolf.

Er war wohl nach Toronto gegangen.
In jenen Tagen machten Schüttelreime bei uns die
Runde. Drei von den Reimen hab ich noch drauf.
Einer bleibt ein Rätsel:

Erst spielten sie
am Teich ein Weilchen.
Dann spielten sie
ein Weilchen Teilchen.

Einer anderer war heiß:
Die Dame
mit dem roten Hute,
die nachts
an meinem Hoden ruhte.

Einer war komisch:
Da stehen sie
am Sammelbecken.
Die Männer
mit den Bammelsäcken.

Natürlich kannten wir auch die Ausrufe einer jun-
gen Beifahrerin:
Liebling, hier nicht parken
Liebling, hier nicht
Liebling, hier
Liebling.

Eine Mini-Story gab griffige Tipps:
Hand in hand.
It in hand.
Hand in it.
It in it.

Die Renner unter den Schlagern kamen oft aus
Amerika.
Ein gemütlicher Eisenbahn-Song:
Pardon me, boy.
is that
the Chattanooga
Choo Choo?

Und ein sehnsüchtiges Liebeslied:
Why do robins sing in December,
long before the springtime is due?
And even now its snowing,
violets are growing.
I know why,
and so do you.

Trüdchen aber erzählte zu Hause neue Details aus
ihrer Verlobtenzeit. Bill hatte im Kruppschen
Wald immer eine Bank mit dem Hut in der Hand
gegrüsst. Es war nicht irgendeine Bank. Es war die
Premiere-Bank. Von da ging alles aus. Und viele

Picknicks folgten, erzählte Trüdchen.

Einmal, als sie ganz allein waren im Haus ihrer Eltern, machte Bill jedes Zimmer zu einem Tempel intensivster Nächstenliebe. Bill verweilte gern in Trüdchen. Ich auch.

Und als die Stunde meines irdischen Erstauftritts gekommen war, wollte ich mein Versteck nicht verlassen.

Man musste mich mit der Zange packen. Eine Narbe ist jetzt noch links neben meinem linken Auge zu sehen.

Aus der Edda kenn ich einen Thorstein Stangennarbe. Mich könnte man Manfred Zangennarbe nennen.

Es war eine schwere Geburt. Das zierliche Trüdchen wog einen Zentner. Ich wog fast elf Pfund.

Zahlreiche Krankenhausaufenthalte waren für Trüdchen die Folge. Als nach einer Operation die Fäden gezogen worden waren, prüfte Trüdchen, ob sich die vertrauten Verhältnisse geändert hatten. War da wirklich alles groß genug? Sie fragte den Chirurgen. Wir machen immer eine gute Mittelgröße, erwiderte der. Da sei sie ganz rot geworden, erzählte Trüdchen mir in dem vertraulichen Gespräch.

Bill, der alte Scherzkeks, brachte aus der Kundschaft eine Schmunzelgeschichte mit.

Er hatte als Handelsvertreter natürlich immer die

Lebensmittelhändler mit kleinen Späßen und Neu-igkeiten bei Laune zu halten, bevor es zu den Be-stellungen kam. Manchmal wurden von ihm auch Tipps bei delikaten Fragen erwartet.

Als sich die Frau eines Händlers eines Morgens bei Bills Besuch stöhnend und ächzend durch die Geschäftsräume schleppte, da konnte sie natürlich nicht ahnen, dass sie just dem Mann gegenüber-stand, der ihrem Gatten ein paar handfeste Rat-schläge zum Aufmöbeln ihres Ehelebens gegeben hatte.

Klosterfrauen, freuet euch,
heute wird gefegt bei euch,

zitierte mein alter Herr daheim aus dem Born sei-nes poetischen Wissens. Er war gut aufgelegt. Und wir waren es auch, wenn er sein klassisches Gedankenmaterial vorführte, wenn er die wilden, uns mittlerweile längst bekannten Hunde seiner Vorstellungskraft herausließ.

O ja, er genoss das doppelsinnige Spiel mit Rede-wendungen:

Die beiden haben unter einer Decke gesteckt, und sie soll ihm die Stange gehalten haben.

Bill schätzte den satten Klang drastischer Ge-brauchs-Lyrik. Je drastischer, desto besser.

Ich habe selten jemand erlebt, der mit solchem Ge-nuss die Glanzstücke seines Repertoires vortrug:

Gewinnst du eines Mädchens Huld

und auch das Ding, aus dem sie strullt,
zum unentgeltlichen Betriebe –
das ist Liebe!

Und zum x-ten Male – ich bin heute ein ähnlicher
Wiederholungs-Freak wie er – erzählte er von ei-
ner Familie in der auch wirklich alles drunter- und
drüberging.
Da sagte ein Mädchen zu seinem Bruder:
Du kannst es aber besser als Vater.
Und der Knabe erwiderte:
Das sagt Mutter auch.

Bill war ein Mann der schnellen Pointen.
Nur wenige längere Geschichten gehörten zu seinem Erzähl-Programm. Aber die mussten dann
auch saftig sein. Wie die Sache mit dem Ferienbus,
der im Hochsommer durch ein Waldgebiet fuhr.
Keine Ortschaft weit und breit. Kein Restaurant.
Doch einige Reisegäste mussten mal. Der Bus hielt
an einer Straßenschleife. Die mit den großen und
kleinen Bedürfnissen entfernten sich von dem hal-
tenden Fahrzeug und gingen hinter nicht ganz nahe
gelegenen Büschen in Deckung.
Der Fahrer überlegte. Stand sein Wagen nicht un-
günstig am Anfang der Kurve? Er besprach sich
mit dem Reiseleiter und den Reisenden, die zu-
rückgeblieben waren. Der Bus sollte aus der

Kurve herausgefahren werden. Aber als der Motor aufheulte und der Wagen anfuhr, gerieten die brütenden Buschhocker in Panik.

Es war ja unglaublich! Man wollte sie zurücklassen!

Sie stürmten aus dem Waldgelände mit freiem nacktem Fleisch, halbhochgezogenen Unterhosen und Hosen, das Wischpapier noch in den Händen.

Das echte volle Leben. Und einer sah all diese Bilder in Gedanken vor sich und lachte:

Bill, der Juxvogel.

Eines mittags klingelte das Telefon. Bill erzählte Trüdchen, dass er abends mit einem neugekauften Hund nach Hause kommen würde.

Trüdchen war völlig aus dem Häuschen. Wir hatten noch nie einen Hund gekauft. Welches Futter sollte sie einkaufen? Fertighappen wie Frolic, Chappy, Bisroc, und Cesar gab's damals nicht. Und wie groß war der Hausgenosse? Wo konnte man einen Schlafplatz für ihn einrichten? Als es abends klingelte, stand Bill allein vor der Tür.

Trüdchen fragte: Und wo ist der…?

Bill lächelte, griff in die Aktentasche… und was hielt er der völlig entnervten Hausfrau unter die Nase?

Einen kleinen Stoffhund.

Das war wieder so ein Späßchen. Bill schätzte In-

szenierungen. Wenn er von der Tagestour zurückkam, baute er die bei den Kunden eingekauften Lebensmittel auf dem Küchentisch auf und erwartete
ein besonderes „Bravo!". Und das „Bravo!" kam.
Trüdchen bejubelte die einzelnen Teile präzis wie
bei einer Bescherung.
Nach dem Abendessen legte sich der alte Recke
auf das kleine Küchensofa. Dabei trug er seine
ausgesessene Haushose und die meinen heutigen
Schluffen gleichenden schokoladenbraunglänzen-
den Pantoffeln von der letzten Weihnachtsbesche-
rung.
Als regelmäßigen Kommentar ließ der Zweiein-
halb-Zentner-Mann dann ein bchagliches Sätzchen
hören.
Er sagte: Herr Doktor, so gehts.
Abendfrieden herrschte in unserer Wohnküche.
Hier hörten wir Pumpernickels „Musik aus Studio
B". Aus dem Radio kam das Hörspiel von Bor-
cherts „Draußen vor der Tür". Tock-tock-tock.
Mit diesem Geräusch näherte sich der humpelnde
Spätheimkehrer Beckmann. Bill, der alte Schelm
hatte ein neues Spiel entdeckt. Beckmann Tock-
tock-tock.
Zeigte ich ihm ein Buch, konnte es sein, dass er
nach kurzem Lesen sagte: Phantasie und Schnee-
gestöber!
Fragte ich ihn nach dem schönsten Roman, sagte

er: „76 Kilo Gold".

Bill schätzte knappe, kleine Schocker. So kannten wir aus seinem Mund ein Grusel-Sätzchen wie „Die kalte Hand am Hinterkopf des Bahnwärters". Aus dem Werk Heinrich Heines hat er mir ein Zitat nahegebracht: „Drei Nonnenpfürzchen, die schmecken so süß." Es können natürlich auch zwei Nonnenpupser gewesen sein. Ich möchte mich da nicht genau festlegen. Bill, der hast-du-nicht-gesehn aus Stanniolpapier Störche herstellen konnte, war auch ein Stimmenimitator. Zu seinem festen Repertoire gehörte eine mit rollender Betonung vorgetragene Frage eines amerikanischen GIs: "Was wollen Sie wissen?"

Dabei wollte er natürlich nicht beim Wort genommen werden. Beim Wort nehmen konnte man ihn, wenn es darum ging, für Trüdchen eine Stahlflasche mit Sauerstoff zu besorgen. Bill stemmte das schwere Ding allein die Treppe hoch und stellte es neben Trüdchens Bett auf. Durch Inhalieren konnte Trüdchen ihre in der Ehe erworbenen asthmatischen Atembeschwerden lindern. Bill – ein Mann der Tat.

Jetzt las er in einem Exemplar der Neuen Ruhr Zeitung.

Das Blatt hatte einen Werbeslogan: NRZ und Pfiffikus sind zweie, die man kennen muss. Pfiffikus soll ein dünnes Männchen gewesen sein. Er beantwortete Leserfragen. Für mich hatte er einen Auszug aus der Weltrangliste der Schwergewichtsboxer abgedruckt. Süßestes Lesematerial.

Lore war in einem Magazin abgebildet worden. Trüdchen las die "Constanze". Im Radio öffnete Herr Sanders seinen Schallplattenschrank. Fast immer genossen Lore und Bill schon ein kleines Nickerchen vor dem Nachtschlaf.

Das Porträt, das Menzel von seiner schlafenden Schwester gemalt hat, erinnert mich daran. Manchmal versammelte sich unsere ganze Truppe um ein im Lampenlicht gelb leuchtendes Pappbrett mit roten, grünen, blauen und gelben „Mensch-ärgere-dich-nicht-Figuren". Es war schon kribbelig, wenn einer von uns vieren vor dem Zielfeld seiner Farbe stand und ein anderer – tipp-tipp-tipp-pissch! – die erwartungsfroh betrachtete Figur wegkickte. Das Würfeln, um wieder eine erlösende Sechs zu bekommen, die hoffnungsvollen Anläufe, die feierlichen Begegnungen, die Freude, in einem der vier Zielkreise zu landen, der Schmerz, ganz figurenlos dazustehen, während die anderen marschierten, man lebte in einer kleinen Angstwelt.

Wie mir erzählt wurde, hielt der Vater eines Freundes eines Tages die ganze Quälerei nicht mehr aus. Er stand auf, zerknackte das Pappbrett, sah, wie die Teile in der Ofenglut aufloderten und sagte:

Du ärgerst keinen mehr!

Inzwischen ärgert man sich in vielen Ländern. Die Sache ist zum Multi-Kulti-Spaß geworden.

Eine chinesische Firma hat mehr als ein halbes Jahrhundert nach unseren Mensch-ärgere-dich-nicht-Abenden in der Berlinerstraße ein Spiel für die Reise herausgebracht.

Die Figuren sind mit kleinen Magneten ausgestattet, halten also auch die Erschütterung einer Zugfahrt aus.

Praktische Chinesen.

Weltmarkt-Chinesen.

Auf den Beipackzetteln erscheinen die Gebrauchsanweisungen in fünf Sprachen. Die Warnung, Kinder unter drei Jahren wegen der verschluckbaren Kleinteile vom Spiel fernzuhalten, ist in zehn Sprachen gedruckt worden.

„Don`t worry" heißt das Brettspiel bei den Engländern und Amerikanern, unter dem Namen „Ne t'énerve pas" kennen es die Franzosen. Aber man wurde eben genervt.

Und wenn Boy George mit dunstiger Stimme sang „Do you really want to make me cry?" konnten die Teilnehmer des kleinen privaten Nervenspektakels ihren Partnern versichern: Yes, I want.

Jeder suchte den Kick. Den eigenen Triumph.

Ähnlich wie beim Mühle-Spiel. Das war was für Lore und mich. Wer schaffte es schneller, eine

Mühle zu bauen? Dem anderen einen Stein zu rauben. Mehrere Mühlen dann. Mühle auf. Mühle zu. Steinchen weg. Noch ein Steinchen weg. Jetzt kannst du springen, sagte eine tückische Stimme. Der andere konnte springen. Aber eben nicht mehr lange. Ein radikales Spiel.

Weil ich den Fitsch raushatte, animierte ich Lore auch gern zu dem Spiel „Einer bricht durch die Viererkette". Dabei standen vier Steine der einen Farbe einem Stein der anderen Farbe gegenüber. Meine Erfahrungen sagten mir: Als Angreifer kam ich immer durch. Und als Dirigent der Viererkette ließ ich keinen durch. Das waren so Partien nach meinem Geschmack.

Aber es gab auch ein Spiel ohne Sieger und Verlierer. Ohne Schadenfreude. Ohne kleine Nervenkrisen. Ein Frage-und-Antwort Spiel. Wir hatten einen Karton mit gelben und blauen Kärtchen. Einer musste ein Fragezeichen ziehen. Der andere ein Antwortkärtchen. Die Spielmacher hatten dafür gesorgt, dass sich alles miteinander kombinieren ließ. Und wir haben viel gelacht bei unerwarteten Antworten. Eine Frage lautete: Was halten Sie vom Mensendiecken? Keiner zog ein Antwortkärtchen. Wir wussten ja alle nicht, um was es ging. Das Wort wirkte wie ein uriges Gemenge von Männlichem und Weiblichem und hielt sich zäh in meinem Gedächtnis.

Viele Jahre später erfuhr ich aus einer zwanzigbändigen Brockhaus-Ausgabe, dass Elizabeth Marguerite Mensendieck eine niederländisch-amerikanische Gymnastiklehrerin war.

Na und, werden Sie sagen, was hat die Dame denn gemacht?

Wodurch wurde sie bekannt? Und hier zeigt sich, dass die Geschichte noch lange nicht zu Ende ist. Denn ich gebe die Rätselfrage gewissermaßen in einem beschrifteten, aber verschlossenen Umschlag an meine Leser weiter. Nur so können sie am eigenen Leibe erfahren, mit welchem Rumoren der Ungewissheit wir uns jahrelang abplagen mussten.

Wenn ich damals im Kino neben meiner Schwester Lore saß, war ich bei weitem nicht so zurückhaltend. Zumal, wenn ich den Film schon gesehen hatte.

In brenzligen Situationen ließ ich Lore auch schon mal einen Blick nach vorne tun.

Manche Bemerkungen aber waren auch für ein breiteres Publikum bestimmt und wurden dementsprechend lauter ausgesprochen. Die vor mir Sitzenden sollten schon gespannt sein auf das, was da von hinten aus dem Dunkel kam.

Dabei kannte ich diese Haltung bereits aus dem Deutschunterricht, wenn Studienassessor P. nach einem von mir bewusst herbeigeführten Gesprächsvakuum endlich das Schweigen brach und mich bat: Van Well, sagen Sie doch mal etwas! Warum muss ich eigentlich in diesem Augenblick an einen Flötenden denken, der in dem Bewusstsein, dass man ihm zuhört, besonders innig zu tremolieren beginnt.

Es gehörte zum Snobismus dieser Tage, wie ein antiker Sophist aufzutreten. Ich höre mich Lore fragen: Was ist dir die Antwort wert?

Du kannst Gundolf zitieren. Dir traut man das zu, sagten sie in der Klasse. Zu Hause war der Vorleser gefragt. Tatort Küche. Im milden Licht der Deckenlampe saßen drei van Wells rund um den Tisch und hörten dem vierten van Well, einem jungen Menschen mit angenehmer Sprecherstimme zu. Der Roman „Der Wehrwolf" von Hermann Löns entfaltete seine düstere Magie.

Hundert Haidbauern wehrten sich im Dreißigjährigen Krieg gegen die Soldateska. Und wie sie sich wehrten!

Ich erinnere mich an keine nennenswerten Schlafeinbrüche bei den Zuhörern. As time goes by.

Heute – in der Hamburger Kulturszene des Jahres 2003 – sind Vorleser wieder „in". Hörbücher marschieren in hohe Auflagen hinein.

Bei uns konnten damals auch kosmetische Vorgänge zum Abendereignis werden. Dann nämlich, wenn Trüdchen und Lore sich zu einer glorreichen Haarauffrischung entschlossen.

Sie drückten auf die Tube und mixten glänzende Pasten von Polycolor blond und Polycolor mittelblond auf einen Unterteller mit einer zerpressten Chlor-Tablette.

Die Zaubermasse wurde mit zweckentfremdeten Zahnbürsten auf das Haar aufgetragen und veränderte das Bild meiner Hausgenossinnen.

Eines Tages hängte ich mich rein und wurde in den Tagen darauf von meinem Bekannten bewundert.

Als Bill auch mitmachte, ging ein Färbungsvorgang schief. Er musste dann mit violetter Schläfe und violettem Schläfenhaar die Kundschaft besuchen.

Gelegentlich kam auch der Lederwaren-Millionär B. zu Besuch. Er ließ seine Taxe unten warten. Bill hatte mit B. und einigen anderen Händlern einen kleinen Handelsring aufgebaut. Da wurden Naturalien gegeneinander getauscht. Ein Goldschmied war auch mit im Spiel. Zu Anfang eines solchen Abends stellten sich beide Damen ein. Es war bekannt, dass B. schon mal Damenschuhe im Gepäck hatte. Später wurde der Kreis kleiner.

Trüdchen erzählte mir, dass B. – durch ihre Nähe animiert – zu kühnen Formulierungen neigte. So bedauerte er es, dass man zehn Finger, aber nur einen na-Sie-wissen-schon habe. Er, der Bergsteiger, hätte sich am liebsten auf der Jungfrau hingekniet und ihr einen Kuss gegeben.

Ich gab B. auf seinen Wunsch einen Aufsatz mit. Ein Graphologe sollte meine Handschrift beurteilen. Der Gutachter schrieb, es sei auffallend, dass ich eigene, von der Norm abweichende Wege bevorzuge. Ja, das konnte man laut sagen.

Warum erzählte ich von Florenz und New York, als sei ich dagewesen? Halt! Halt! Halt!

Der Satz gab ein falsches Bild. Es wär vielleicht richtig, den Anfang der Geschichte mal unter die Lupe zu nehmen. Ich hatte in einem Essener Park gesagt: Der sieht hier aus wie der Central Park.

Und dann ging alles weiter. Mein Nachbar sah in mir einen New York-Besucher. Und ich korrigierte das Bild nicht.

Doch was sollen die gewundenen Erklärungen.

Der Auftritt an der Ruhr sagt doch alles.

Da war eine Burgruine. Und ich machte in der hellen Luft eines Nachmittags den Fremdenführer. Sie hörten alle zu, meine Klassenkameraden und der begleitende Pädagoge.

Nur hatte meine Story mit dem Begriff „History" nichts zu tun.

Es war eine aus vielerlei Geschichtsbegriffen zusammengebraute Fabel.

Erhob sich Widerspruch? Nicht, dass ich wüsste.

Ich war ja die Stimme aus dem Geschichtsunterricht, die alle kannten.

Phantastisches ereignete sich in jenen Tagen auch in unserer Wohnküche. Eine Eingebung wurde mir zuteil. Ich tippte die Nonsens-Bilder in die Maschine. Alles wurde mir diktiert.

Ein paar Tage später wollte ich meinen Mitschülern die tanzenden Bilder vorführen. Es war während einer Klassenfeier in einer Gastwirtschaft. Ich hatte eben das Wort ergriffen, als Studienrat Hahn erschien. Er ging zwischen den Tischen hin und her, um alle Schüler zu begrüßen und zog eine Zickzackspur durch meine Rede. Ich sprach weiter. Ich sah keine Möglichkeit, ihn zu stoppen. Das wäre auch nicht einfach gewesen. Versuche haben mir das später bestätigt. Als ich einmal bei einer Geburtstagsrede in meiner Firma eine Zwischenruferin direkt ansprach, geriet mein Ton um eine Spur zu ernst. Der Klang war gestört. Die unbeschwerte Stimmung dahin.

Heute versteh ich, warum der Pfarrer bei Annettes Hochzeit weiterpredigte, obwohl ein Kleinkind seine Ansprache mit Dauerplärren begleitete. Er wollte nicht als Unmensch gelten. Und so spielte er den Stoiker. Vielleicht wäre es einem Berufskomiker geglückt, die Störung mit einem improvisierten Scherz erträglich zu machen.

Aber es hätte kein Ton von Klage darin sein dürfen. Wippend und leicht – so wär's gut angekommen.

Und wie war das mit Klaus Maria Brandauer am 07. Mai 2002 in der Hamburger Musikhalle?

Das Publikum fühlte sich wohl. Brandauer erzählte von Richard Wagners fiktivem Besuch bei Beethoven und glänzte mit Pointen und gestischen Einlagen. Und dann geschah es: Als es ernster wurde, konnte ein Teenager nicht mehr an sich halten und lachte los. Keiner griff ein. Brandauer las weiter. Die Stimmung blieb erhalten.

Harald Schmidt hätte dem mutwilligen Teenager vielleicht mit einem sachte abgewandelten Schiller-Zitat einen kleinen Stich versetzt.

Doch wie auch immer:

Der Ton muss wippend bleiben.

Wer bei einem Festgelage über einen unzumutbaren Kellner loslegen will, sollte sich fragen: Bin ich wippig? Bin ich flippig? Schwebt der Satz, oder tapst er daher?

Aber Schweben oder Tapsen, es gibt Mitteilungen, die Enttäuschungen herausfordern.

So war das mit dem guten Notteboom, unserem Religionslehrer. Ihm war aufgefallen, dass ich auch bei dem populärsten aller Großgebete nicht mehr mitbetete. Es ging nicht mehr. Der Dampf war raus. Nun wollten wir uns nach dem Unterricht im leeren Klassenzimmer treffen.

Doch da war nichts mehr zu entscheiden.

Ich sagte ihm nur, dass ich durch Zufall in diesen Religionskreis hineingeraten wäre und dass ein Anfang der Zeit nicht vorstellbar sei.

Er schwieg.

Ein heiteres Detail aus meiner religiösen Vergangenheit kommt mir auch noch in Erinnerung.

Einer meiner Mitschüler, der Pfarrer werden wollte, wurde von einem eleganten Jesuiten, dem späteren Militärgeistlichen der Essener Garnison, gefragt: „Was macht eigentlich van Well?"

Der smarte Mann hatte mich Jahre vorher bei einem Exerzitium kennengelernt. Ich sprach ihn damals auf die Evolutionstheorien und auf die Helden Petronius und Vinicius aus dem Sienkiewicz-Roman „Quo Vadis?" an.

Er muss alles noch sehr lebhaft im Gedächtnis behalten haben, denn er sagte: „Fragt van Well immer noch so viel?"

„Der antwortet jetzt", sagte mein Mitschüler.

Erfrischend wirkte damals eine Spinoza-Biographie auf mich. Dass alle Propheten des Alten Testaments in ihren Visionen das Bild Gottes mit Zutaten aus ihrer sozialen Umgebung ausgestattet hatten, machte die Abhängigkeiten dieser Großen der Religionsgeschichte durchsichtig.

Durchsichtig wurden mir in dieser Zeit auch die Zusammenhänge zwischen Landschaften und Säulen-Kapitellen. Wie karg war der dorische, wie anmutig beschwingt der jonische, wie üppig der korinthische Säulenkopf.

Später überraschten mich bei persischen Teppichmustern ähnliche Entsprechungen. Schön waren die Kunstgeschichts-Stunden bei Studienassessor F.

Ich genoss große Freiheiten. Mein Bild-Interpetationsstil wurde kopiert. Meine Textauszüge wurden abgeschrieben. Wenn in der Klasse bekannt wurde, dass ich Ausstellungen von Beckmann, Dix oder Radziwill besuchen wollte, schlossen sich Mitschüler an.

Die Kritzelitis war über mich gekommen. Es entstanden zahlreiche Situationsskizzen von Liegenden, Lesenden, Denkenden, Liebenden, Sprechenden. Redepaare entwickeln sich:

Der Traumbefangene und der Verführende, das zögernde Mädchen und der Überredende, der Dozierende und der Zuhörer.

Auf manchen Porträtstudien wurde der Gesichtsausdruck späterer Jahre schon vorweggenommen. Merkwürdig selbstverständlich ging ich in einer Verzweiflungssituation vor den Badezimmerspiegel, um das tiefe Schwarz der Augen in einer Bleistiftskizze festzuhalten. Damals entstand auch der

Gott der Elemente. Sein linker Arm wurde zu einem Flammenstrahl, die vorgestreckte Rechte verbreitete sich zu einer Ebene. Ein Jüngling trat aus dem Dunkel der Erde ins Licht.

Auf Berggipfeln waren Säulen-Kulturen zusammengebrochen. Man sah Gebieter mit lässigen Weisungsarmen. Nackte Mädchen griffen nach der Erektion ihrer Begleiter.

Bills westfälisch-elefantiger Großarsch ragte neben Trüdchens Rundhüfte vor dem offenen Fenster auf. Die beiden sahen vornübergebückt in die Tiefe und hielten aus, bis ich mit der Zeichnung fertig war.

Unser Zeichenlehrer hatte sich mit unserem Mathematiklehrer angefreundet. So erfuhr der Mathematikus, was in den Kunst-Stunden geschah.

„Der Kinstler" sollte nach vorn kommen, hörte ich eines Nachmittags. Anlass war ein Sonnenuntergang. Ich sollte was sagen. Sagte aber keinen Ton.

Gelobt sei Studienrat Limburg, unser Musiklehrer. In allen Details hat er uns die Motive von Musikstücken vorgeführt. Mit Eleganz und Akkuratesse. Diesem musikalischen Wissenschaftler verdanke ich die Freude an den „Bildern einer Ausstellung". Wie aus dem Mahlsand der Geschichte tauchte das alte Stadttor von Kiew auf.

Voll kreiselnder Lebenserwartung tanzten die Küken in den Eierschalen. Aber auch die grelle Verzweiflung in Schuberts „Unvollendeter" fühlten wir da… in der Aula der Alfred-Krupp-Oberrealschule…

…und den Zauber der Frühe in der Bravour-Arie „Morgendlich leuchtend mit rosigem Schein"… Wagner als Natur-Lyriker.

Dann saß ich in der Oper. Hoch auf der Empore. Umzirpt von der Nürnberger Johannisnacht. Bald kam ein neuer Genuss. In Tannhäusers selbstverliebter Venus-Arie „Dir töne Lob! Die Wunder sei'n gepriesen…"

fand ich mich wieder. Ähnlich wie später in Giambolognas tänzerischem Meeresgott auf der Piazza Bologna.

Als bei Puccini heiße Tränen flossen, ließ ich sie fließen im großen Dunkel des Opernhauses.

Ich stand unter Strom, wenn ich Caravadossis Lebensschrei hörte…

…oder sang.

Und das ist einige Male geschehen in leeren Kirchen oder leerstehenden, großen Rohbauten. An der Südspitze Portugals, am Kap São Vicente, da, wo Prinz Heinrich der Seefahrer vor einem halben Jahrtausend die auslaufenden Karavellen im Dunst verschwimmen sah, erdröhnte in den frühen siebziger Jahren des vorigen Jahrhunderts eine kleine, weiße Kapelle von einer hallenden Belcanto-

Stimme. Ein Algarvefahrer aus Hamburg sang in einem täuschend echten, tonmalerischen Italienisch seine Lieblings-Arie aus der Oper „Tosca": „Und es blitzten die Sterne…" Das war ich. Draußen vor dem offenen Portal sammelten sich die Touristen, die nicht mit diesem Ereignis gerechnet hatten.

Das war allerdings zwei Jahrzehnte nach meinen Alfred-Krupp-Oberrealschul-Zeiten. Ein Sprung zurück. Ich bin wieder in Essen-West. Lieg` Abends allein im dunklen Wohnzimmer auf dem Sofa und höre aus dem Radio irgendeine Oper, meist aus dem deutschen oder italienischen Repertoire. Keiner stört mich. Ich schließe die Augen im melodischen Dunkel und werde irgendwann nach Ende der Aufführung wach.

Zeiten, Orte, Verwandlungen.

Damals gab es in Essen-Steele, das in mancherlei Beziehung für mich bedeutsam ist, ein bunt glitzerndes Theatergelände mit fernöstlichen Klängen. Ein chinesischer Prinz brachte die Poesie seines Landes ins Spiel. Er schmeichelte: „Von Apfelblüten einen Kranz leg ich der Lieblichen vors Fenster…" Dass im „Land des Lächelns" nicht nur gelächelt wurde, verriet eine stöhnende Hausfrau, deren possierliche Klage Lore und mich zur Nachahmung reizte. Und so klagten wir zu Hause weiter:

„Strümpfe stopfen, Kleider kochen
und dann wieder in die Wooochen…"

Um schöne Dinge und Verwicklungen ging es
auch im einem Festzelt am Essener Viehofer Platz,
das die Besucher in ein österreichisches Ur-
laubsparadies lockte. Alle schunkelten:
„Im weißen Rößl' am Wolfgangsee, da steht das
Glück vor der Tür.."
Der Kellner Leopold war auch davon überzeugt.
Er hatte ein Auge auf die Wirtin geworfen. Seine
Liebesschwärmerei machte ihn populär. Und man
konnte sich vieles dabei denken. Selbst Parodisten
nahmen sich des Themas an. Sie waren so frei,
dem Song einen afrikanischen Unterton zu geben:
„Essa mussa wassa Wunderbares sein, von Dir ge-
liebt zu werden…"
Die Konkurrenz meldete sich. Leopold stöhnte:
„Zuschaun kann i net"
Schließlich aber kam alles ins Lot. Und der große
Bühnenchor versicherte noch einmal mit voller
Kraft:
„Im Salzkammergut, da kamma gut lustig sein…"
Wie Trüdchen erzählte, war B., unser großzügiger
Lederwaren-Freund, schon mehrere Male in dem
Operetten-Zelt gewesen. Er will die Beine der
Tänzerinnen sehen, sagte Trüdchen. Ich wollte den
Models in die Augen sehen im Essener Saalbau bei

den Modeschauen. Kam im Trench mit hochge-
schlagenem Revers. Rauchte dünne Zigarillos. Der
"Herald Tribune" ragte aus der Manteltasche.
War ich Kinogänger? Ja, natürlich! Ich ging lässig
wie Allan Ladd und lächelte schmelzend wie
Charles Boyer. Erroll Flynn gab dem Taschendieb
eins auf die Flossen. Charles Laughton rannte mit
Affenzahn die Treppe hoch.
Oliver Hardy und Stan Laurel waren merkwürdig
fade, wenn man sie auf Fotos in Schaukästen sah.
Aber wenn Dick mit seiner Krawatte wedelte und
Doof sein Gesicht zum Weinen verzog, dann er-
wischten einen die beiden doch immer wieder.
Seit langem kannten wir auch zwei Landstreicher.
Pat und Patachon. Den pfiffigen, kleinen Dicken
und den großen Vertrottelten.
Wie von einer fernen Dorfkirmes auf die Leinwand verweht. Damals erschienen ihre Doubles
sogar auf Kostüm-Umzügen. Irgendwann blieben
sie am Weg zurück.
Jetzt blinkten ölige Londoner Vorstadtstraßen im
Funzellicht. Jack the Ripper tauchte seine Hände
in die nächtliche Themse. Nebelschwaden umwehe-
ten vorzeitliche Steinkreise. Great Britain mar-
schierte in die Kinos. Lore war in Stewart Granger
verliebt. Sie nannte den romantischen Abenteurer
mit dem südlichen Blick und den weitbauschigen
Hemden „mein Nachtgespenst".

Ich hatte von einer Londoner Brieffreundin Hoch-
glanzfotos des Stars und ließ mein Schwesterlein
im Flur an mir hochspringen.

Aus Rudyard Kiplings farbenprächtig verfilmten
Dschungelgeschichten wurde in jenen Jahren der
Elefantenboy bekannt. Wenn ich heute Kinder
sehe, die auf den Schultern ihrer Väter thronen,
muss ich an den schönen exotischen Buben hoch
auf dem Nacken des Dickhäuters denken.

„Lächeln Sie ihm doch mal freundlich zu!" wurde
einem Besucher empfohlen, der in dem Film
„Great Expectations" einen tauben, alten Mann im
Hintergrund einer Wohnung entdeckte. Er lächelte
also. Der taube, alte Mann war ganz aus dem
Häuschen und nickte lächelnd zurück. Für Bill
Grund genug, die Empfehlung „Lächeln Sie ihm
doch mal freundlich zu!" in sein Repertoire aufzu-
nehmen. Das war was für den alten Specht.

In dem Film gab's auch einen kettenklirrenden
Sträfling, der aus dem Nebel eines Friedhofs auftauchte und den Hauptdarsteller erschreckte. Mich
übrigens auch. Strahlende Sommersonne aber
herrschte in Deutschlands berühmtesten Lustspiel.
Einem Schulspaß mit guten Köpfen, guten Sprü-
chen und guten Lachern. Es galt als schick, die
Pauker und Pennäler des Stücks nachzuahmen. Mit
möglichst genauem Tonfall. Etwa Bömmel mit sei-

nem Klagesatz: „Wat habt Ihr für 'ne fiese Charakter." Oder Erich Ponto beim Verkosten des selbstgebrannten Alkohols: „Jöder nur einen wönzigen Slock!" Gern brachte ich auch den Ponto-Satz: „Pfeiffer, Sie werden immer dömmer. Pfeiffer mit drei F's. Eins vor dem ‚ei' zwei nach dem ‚ei'."
Man musste den Filmtitel nicht nennen. Jeder kannte ihn. Und schon das Vorspiel im Wirtshaus entpuppte sich von Mal zu Mal mehr als Kabinettstück.

Sonne.

Kleinstadt.

Schelmenstreiche.

Die Musik erinnerte an die Eulenspiegel-Variationen von Richard Strauss.

Neuer Film.

Deutscher Wald.

Viel Sonne war im Tannengrund, als Hollands Charmeur Johannes Heesters und sein klampfenschlagender Kollege in Sicht kamen.

Die beiden schmetterten aus voller Brust:
„Wir sind zwei gute Kameraden
und wandern in die Welt hi-nei-ei-ein."

Ein vertrautes Bild. Für alle van Wells jedenfalls.
So sah man Bill, Trüdchen, Lore und mich durch die Wälder ziehen.

Anno 1940.

Im Sauerland.

Allerdings ohne Klampfe.

Unser Song hieß:

„Das Wandern ist des Müllers Lust..." .

Aus dem Norden abenteuerte es herüber. Da, wo ich in den sechziger Jahren Sankt Pauli-Stripperinnen Matschlaute in die Öhrchen geschmatzt hatte, machte Hans Albers zwanzig Jahre vorher für Hamburgs irrlichternde Vergnügungsmeile den Aufreisser.

Er sang mit kumpelhafter, kneipendröhnender Schunkelstimme, die sich mit gedehnten kehligen Lauten fast überschlug:

„Auf der Reeperbahn

nachts um halb eins,

wide-wide-witt,

ob Du'n Mädel hast

oder hast kein's,

amüsierst Du Dich..."

Dann wurde es ernst für den alten Fahrersmann.

Er war verliebt. Saß abends am festlich gedeckten Tisch und wartete…

…wer nicht kam,

war Ilse Werner… .

Sein Mädel, wie er glaubte. Altmeister Chaplin hatte das auch schon durchgemacht. In dem Goldgräber-Film „Goldrausch". Doch der Tramp wurde einige Zeit nach dem enttäuschenden Abend gleich doppelt fündig. Er stieß auf Gold. Und auf die Schöne, die ihm diesmal ihre Zuneigung zeigte. Es war wie im Märchen. Ein Märchen, das auch in der Musik des Films weiterlebt. Chaplin hat sie selbst komponiert.

Märchentöne ganz anderer Art hörte man in dem russischen Film „Stalker". Da gings um Wassertropfen, die auf Wasserflächen fielen. Die Tropfeneinschläge wurden zu Chopinklängen. Die Wasserfälle zu Licht-Kaskaden. Aber vor das Reich der Lichter und Klänge hatte Regisseur Tarkovskij eine höllische Schrottwelt gesetzt.

Orson Welles kannte ich als ein lebendig gewordenes Phantom aus dem Dritten Mann, bevor ich zum Immer-wieder-Betrachter von „Citizen Kane" wurde. Ja, Welles machte eine Tonsäule sichtbar, als die Kamera im gewaltigen Hall einer Arie in den Opernhimmel hochfuhr. (Da oben saßen zwei Bühnenarbeiter auf ihren luftigen Plätzen wie Raffaels sixtinische Engel.) Ja, er zeigte Parzen bei ihrer Arbeit. Die drei Personen am Fenster beobachteten einen springenden Punkt wie einen Homunkulus in der Phiole.

Doch der springende Punkt war ein kleiner Junge, der draußen im Schnee herumtollte und dessen weitere Entwicklung sie bestimmten. Blüten fielen. Weiße Blüten fielen in dem Film „Wedding March". Erich von Stroheim näherte sich auf dem

Boden einer Kalesche kniend seinem weit zurück-
gelehnten Wiener Maderl. Bildwechsel in den
Festsaal der Feiernden:
Weiß ergoss sich ein schäumender Strahl aus der
Mündung einer Champagnerflasche. Später weinte
das Mädchen in den Armen des Adeligen.
Ich dachte an eine Szene aus Tolstois Roman „Die
Auferstehung".
Ganz untragisch und ohne einen Hauch von Tris-
tesse widmete sich ein junges Pärchen in dem Film
„Gefährliche Liebschaften" dem Frühstück. Die
beiden Verliebten saßen sich am Tisch gegenüber
und gähnten.
und gähnten.
und gähnten.
Wetten, dass Sie jetzt auch die Kiefer auseinander-
reißen. Und nicht nur einmal. Sie werden gähnen
wie ein Schimpanse
wie ein Löwe
wie ein Nilpferd.
Adolf Wohlbrück gähnte nicht. Aber seine Stimme
klang sehr, sehr müde, wenn er im „Reigen" zu
den Drehungen des Liebes-Karussells sein verfüh-
rerisch-einlullendes „Tournez, Tournez" summte.
Frisch und hell war dagegen die Stimme eines
Dienstmädchens, das in Wickis „Die Brücke" dem
Sohn des Hauses einen Denkanstoß gab. Dein Vater war aber zarter, sagte sie.

Süße der Sünde und Sog des Grauens. Wenn rasiermesserscharfe Klingen durch lebendes Fleisch gingen wie in Polanskis „Ekel" und in Dalis „Andalusischer Hund", fletschte man als Zuschauer im Zuck eines Augenblicks die Zähne wie Sri Lankas Dämon Gara Yakka und presste die Lider zusammen wie beim Orgasmus. (A. beobachtete mich bei solchen Momenten.)

Ennio Morriccones Mundharmonika kreischte in den Ohren. Emil Jannings würgte sein fürchterliches „Kikerikiii!" aus dem Hals, als ihm der Tingeltangel-Direktor ein Ei auf dem Kopf zerschlug. Zeit für eine Frage: Konnte man jetzt ganz schnell in eine Musik einsteigen wie in den Korb eines Heißluftballons?

Schnelle Antwort: Ja, man konnte. Die Musik des Käutner-Films „Münchhausen" lud dazu ein. Es war ein schönes Gefühl, so über die Lande zu schweben. Ich hab das Lied wann immer ich will sofort auf der Zunge.

Zuhause in der Berlinerstraße in Essen-West aber wurde geschrien. „Vater spricht mit Onkel Karl", sagte Trüdchen. Das Telefongespräch hörten wir auch in den anderen Zimmern. Siewert war immer auffällig. Siewert war mein Konkurrent in der Klasse. Ein schwerer Oberkörper. Gehbehinderung durch Kinderlähmung. Verliebt in das Spiel seiner weißen Finger. In den verschiedensten Fächern vorn. Sprach auf Partei-Versammlungen. Borgte sich Kunstnotizen von mir aus. Versuchte, mich niederzudiskutieren, während er sich auf der eishockeligen Frohnhauser Straße bei mir eingehakt hatte. Er saß bei meinen Vorträgen in der ersten Reihe und sah gähnend auf die Uhr. Vor einem Fest sagte er erstaunt: „Dass du immer alles erklärst, was du vorhast." In einer schwierigen Situation hörte ich seinen spöttisch-langgezogenen Ausruf: „Der große van Well!"

Behagen wartete an frühdunklen Herbstnachmittagen am Rande des Schulhofes.

Ich wuchtete die sieben Kilogramm schwere Stahlkugel hinaus in den dämmernden Raum. Dann kamen Zuschauer. Erst ein Bub, dann ein Mädchen. Eine kleine Gemeinde hatte sich um mich gebildet in der großen, im Dunkel brausenden Stadt.

„Musst du aufschreiben", sagte Willi S. mir später, "musst du unbedingt aufschreiben".

Im Jahreszirkel fastnachtete es. Einmal sahen wir den Kölner Rosenmontagszug bei Schneegestöber. Kamen verfroren ins Lokal. Das Essen wärmte uns auf. Der Abend konnte beginnen. Mit Tanz und Schweiß und unbestimmten Erwartungen.

Schunkelnde sangen das Lied vom treuen Husaren, der sein Mädchen ein ganzes Jahr liebte.

„Ein ganzes Jahr.

Und noch viel mehr.
Die Liebe nahm gar kein Ende mehr."
Die hell erleuchteten Säle waren voll von Musik
und Lachen und tanzenden Paaren.
Von den Schlagern kamen Aufforderungen:

„Du sollst mich lieben
für drei tolle Tage.
Du sollst mich küssen,
das ist deine Pflicht."

Im Toilettenspiegel sah ich, wie meine Haare im
Gesicht klebten. Ich konnte gar nicht schnell genug wieder raus ins Kampfgetümmel. Blieb an Tischen stehen. Führte Nonsens-Gespräche mit Unbekannten. Prostete ihnen zu. Irgendein Trupp
sang im schönsten Kölsch:

„Ist meine Frau nicht fabelhaft.
Nie geht sie abends aus."

Paare tanzten mit Äpfeln zwischen den Stirnen.
Äpfeln, die nicht zu Boden fallen dürfen. Selig
sangen andere Gruppen:

„Am Aschermittwoch ist alles vorbei."
Die Trauer der Mitteilung hatte sie noch gar nicht
erreicht.
Ich ging mit einer Tänzerin in den Park hinaus.
Hängte ihr mein Jackett um.

Nein, in die Hocke, wie später in einer schneeigen Silvesternacht im sauerländischen Willingen, ging ich nicht. Irgendwann waren wir wieder bei den Tanzenden drinnen.

In Essen hatte ich drei Tanzlokale. Eins hinter der Berliner Brücke. Eins zwischen dem Schwimmbad Essen-West und der Alfred Krupp-Oberrealschule. Und eins in der Stadt. Aufbruch zu Hause in der Nacht zum Sonntag kurz vor Mitternacht.

Und meist nach ein paar Schritten auf der Straße ein Mädchen, das mir lieber gewesen wäre als der ganze Rummel.

Gruppen vor dem Lokal.

Tanzpause.

Im großen Saal Gedränge.

Musikeinsatz.

Aber noch nichts für mich. Ich schätze die Freiheiten bestimmter lateinamerikanischer Tänze.

Bei den langsamen, engen Sachen brachten enge Sachen großen Körperkontakt. Abenteuerlich oft auch die Wege.

Wurde man abgewiesen, am besten gleich durch zur Toilette und nicht in Sichtweite noch eine andere auffordern.

Schön war's, wenn ein Mädchen aufstand, mir voran ging und auf der Tanzfläche mir zugewandt mit leicht geöffneten Armen wartete.

Nächster Einsatz.

Mittelamerikanisches.

Stolze Brünette.

Schwer im Arm.

Ich erfuhr, wann man sie am besten telefonisch in ihrem Mode-Salon erreichen konnte. Ein paar Tage später wartete ich abends vor dem dunklen Vorgarten ihres Hauses. Wir waren unterwegs. Ein bestimmtes Lokal war mir zu teuer. Ich redete und redete. Es kam kaum etwas zurück.

Wir beide wussten: Das Ende des Abends war nicht nur das Ende des Abends.

Das Abitur rückte heran. Es war Zeit für eine Arbeitsgemeinschaft. Wir saßen nachmittags in meinem Arbeitszimmer zusammen. Such, Tonscheidt und ich. Die beiden waren für den mathematisch-physikalischen Teil zuständig, ich für den deutschen Part. Abends brachte Trüdchen dekorierte Teller und eiskaltes Bier. Danach droschen wir Skat. (Konnte ich vorher nicht. Hab ich auch jetzt wieder verlernt.)

Sonntags ging es ins Stadion von Rotweiß-Essen. Die hatten damals schon „Boss" Rahn. Das war zwei Jahre bevor er mit seiner linken Klebe in Bern Herbert Zimmermanns „Toor! Toor! Toor!"-Schrei provozierte.

Ich erinnere mich noch gut an ein verunglücktes Schlittschuh-Spiel der Essener. Die hatten beim Match gegen Erkenschwik die falschen Stollen unter ihren Schuhen. Es war ein eisiger Wintertag. Und der Boden war gefroren. Die Erkenschwiker dribbelten. Unsere Jungs rutschten.

Abitur. Die schriftlichen Prüfungen verliefen glatt. Bei der mündlichen wollte man mich in Physik auf eine bessere Note prüfen, denn das Schriftliche war gut gelungen. Ich verhielt mich wie die Rotweißen beim Spiel gegen Erkenschwik, kriegte kein Bein auf die Erde.

Eine noble Sache: Die Deutsch-Prüfung. Ich alleine vor dem Konsortium. Auf dem Tisch lag ein Gedicht in Kleinschrift. Kein Autoren-Name. Stefan George, sagte ich.

Und wusste aus Frickes eleganter „Deutscher Literaturgeschichte" einiges über den Mann, der wie ein erratischer Block aus der Literaturlandschaft ragte.

Frickes mit Textproben süffig angereichertes Werk half später auch der Bekannten einer Bekannten durchs Abitur.

Ich sollte interpretieren und legte los. Offenbar so überzeugend, dass ein Pädagoge der Parallelklasse zu einem leichtsinnigen Geständnis gereizt wurde. In der Pause sagte er zu mir: Ich hätte es nicht so gekonnt wie Sie.

Was er nicht wusste: Ich stand im gleichen Moment auf einem Podest über ihm und redete von oben herab. Lob macht störrisch. Lob rüstet den anderen auf. Ich hab beim Redigieren fremder Texte Autoren oft durch mein Lob unzugänglich gemacht. Lob ist wie ein Opiat – man büßt seine Nüchternheit ein.

Als ein bekannter Journalist nach der Lektüre meines zweiten Buches die Contenance verlor und sich selbst zum Gebrauchsschreiber herabstufte, stellte ich ihm, der sich mutwillig kleiner machte, ebenso mutwillig einen Fuß auf den Nacken, wie das auf vergilbten Gaststätten-Fotos wilhelminische Jäger bei ihren erlegten Vierzehnendern machen.

Merke: Man darf sich nicht kleiner machen. Das wird ausgenutzt.

Ich höre aber auch immer noch eine Zeile von damals: Im Grunde die gleiche Lust – hier und dort vor der Schreibmaschine. So spricht ein Serenissimus.

Abitur-Feiertag. Tag der schönen Dokumente, Tag der freien Räume. Wir zogen wie Sternsinger von Familie zu Familie und hoben einen, wo es einen zu heben gab. Bei unseren Gaststätten-Runden wurden alle Soleier-Rekorde gebrochen. Ich bekam schon Übung darin, die hartgekochten Eier zu halbieren, die halbrunden Höhlungen mit einem Klacks Senf, viel Öl und wenig Essig zu füllen und vorsichtig mit dem gelbmürben, buttermilden Dotter-Hütchen zu bekrönen.

Und dann die Kau-Seligkeiten, wenn die Eier mit all den Zutaten zermalmt, zermanscht und geschluckt wurden.

Eine Frage stand im Raum. Und so verrückt das auch klingt: Ich hatte damals keinen blassen

Schimmer, was ich werden wollte. Ein Wirt-
schaftswissenschaftler, Bekannter von meinem Vater – sie hatten vor der Währungsreform miteinander Tauschgeschäfte gemacht – fragte mich nach
meinen geschichtlichen und soziologischen Inte-
ressen. Die waren ausgeprägt. Dann sei doch
Volkswirtschaft als Studienfach geeignet, meinte
er. Und schon ging es los. Ich schrieb mich ein.
Besuchte Vorlesungen und sah mich allmählich
umgeben von einer Menge artfremder Stoffe.
Ich nahm an Kursen für kaufmännisches Rechnen
und Buchhaltung teil. F. half mir und formte durch
geduldiges Malen, wie in einer ruhigen Vergewal-
tigung, meine Zahlen um. Meine Lippen gewöhn-
ten sich an die Fremdsprache des Bürgerlichen Gesetzbuchs.
Es ging immer weiter. Ich hatte keine Gesprächs-
partner, die mir einen Ausweg aus der fatalen Situation gezeigt hätten. Aber eine Gegenwelt baute
sich auf. Wenn ich zuhause, umgeben von zahlreichen Kunstreproduktionen, an meinem Schreibtisch saß und unter großer Rauchentwicklung an
Künstler-Porträts für eine große Kunstgeschichte
schrieb, dann fand ich Ruhe.
„Er schreibt an seinem Werk", sagten sie in der
Familie. Und das Werk wuchs und wuchs. Unter-
suchungen über Einzelbereiche kamen hinzu. Die
getippten Blätter wurden mit immer neuen Korrek-
turen überklebt. Manche waren starr wie Pappen.

Ich dachte an Forscher, die Schicht für Schicht ablösen könnten. Aber ich saß auch weiter in den Hörsälen. Ich führte eine Doppelexistenz. War hier und dort. Lebte in zwei Wirklichkeiten. Wie Lichtspuren erschienen mir in dieser unruhigen Zeit Frauen und Mädchen.

Die Mole von Norderney. Die Strandhalle. Dort lernte ich „Möhrchen" kennen. Beim Tanzwettbewerb gewannen wir eine Flasche Wein.

„Abends, wenn die Sterne wandern", spielte die Kapelle. Wir wanderten nachts am Strand wie zwei Kussbesessene.

Möhrchen schrieb mir regelmäßig.

„Sie bemüht sich so poetisch zu schreiben wie du", sagte Trüdchen später.

Zurück zum Studium in Köln.

Großstadtnacht.

Ich folgte einem Mädchen, das mir aufgefallen war, einen langen, langen Weg. Als ich mit ihr sprach, sah ich die kaum eingetrockneten Tränenspuren im feinen Puder ihres Gesichts. Der Freund hatte sie versetzt. Wir tanzten im „Tabu" in einem großen, nicht aufhörenden Kuss. „Ho-Ho-ho!", riefen die Freunde. Als der Abend mit Gina zu Ende ging, hatte ich kein Geld für eine Taxe. Sie fuhr mit ihren Freunden nach Hause.

Einige Tage später wartete ich vergeblich mit zitterndem Herz vor einem Kaufhaus auf sie.

Eine lange Straßenbahnstrecke verband damals Essen mit der Nachbarstadt Mülheim. Nach Mülheim zu fahren, war wie ein Abnabeln, wie ein Sprung ins Abenteuer. Mülheim, Deine Kinos und Deine großen Wälder.

Eine Zierliche saß halb ausgezogen in der Nacht im Wald auf meinem Schoß. „Lass uns zu einer stilleren Bank gehen", hatte sie vorher gesagt.

Nun kam die Angst. Wir machten beide nichts.

Zeit der großen Erfahrungen, des Studiums der Mädchen und der Künste.

Das Foto eines Bikini-Mädchens hab ich noch. Sie war eine Doppelgängerin der Simone Simone, die in Ophüls' „Reigen"-Verfilmung dem an ihr herumbastelnden jungen Mann (Daniel Gelin) sagte: „Aber wenn jetzt wer kommt".

Ähnlich prickelnd vermischte sich auch in den Worten einer antiken Hirtin die weibliche Bereitschaft, den Dingen ihren Lauf zu lassen mit einer kleinen, nur zu verständlichen, Besorgnis.

Als ihr das Liebesopfer bevorstand, flüsterte sie, schon halb entblößt, ihrem Hirten zu: „Unglücklicher, höre, da rauscht was."

Wieder der Mülheimer Wald.

Heller Nachmittagssonnenschein.

Abgelegene Bank. Ihr geneigtes Köpfchen. „Die Spitze möchte ich", sagte sie.

In einem Café, in Gegenwart einer Freundin, war das Bikini-Mädchen mit den Rheinkieselaugen wie ein feines Schlänglein, das züngelnd mit meinem Trommelfell spielte.

Im Wald atmete ich ihren Atem ein und sie meinen, bis uns schwindlig wurde. Auf dem Weg zum Bahnhof zeigte sie mir eine Zeichnung: Ein Paar in Hündchenstellung. Beim nächsten Mal, sagte sie. Aber auf der Bank in der Waldnacht konnte sich mein Fleisch nicht an die dünne Gummihaut der Regenhaube gewöhnen. Wir gingen traurig nebeneinander über die Straße.

Zeit der halben Aktionen.

Helles Licht.

Strandbad.

Ein Mädchen mit durchhängendem Zwickel fiel mir auf. Ob sie auf meine Decke kommen wolle, fragte ich. Ja, sie wollte.

Ich lag hinter ihr und ging ohne viel Federlesen ins Nasse. „Paß auf, da kommt einer", sagte sie. Als ich von der Toilette zurückkam, hatte sie sich unter die Decke gelegt.

Essen hat seine Grüngürtel. Ich spritzte einem Mädchen, das ich beim Jobben kennengelernt hatte, bei den Küssen immer wieder einen feinen Strahl Spucke in den Mund. Wir verzogen uns seitlich in ein grünes Dickicht. Hochgeschobenes Kleid.

Ich ging über sie und geriet in ein heftiges Gestrampel. Ich zog mich zurück und versuchte, mich wieder in Form zu bringen. Sie stützte sich kurz auf und blinzelte hin. Als ich wieder über sie ging, wehrte sie sich wie wild. Wieder begann ein Rütteln und Schütteln für mich und für ihn. Und dann war's wie im Kino, wenn eine anfangs spröde Nachbarin unerwartet kräftig zugriff... die Süße kam... .

Nächtliche Autoscheinwerfer gingen über ein Paar, das in der Tiefe eines Hauseinganges stand.

Ich war mit einer Tanzbekannten im Kino gewesen. Es gab die üblichen Spiele. Aber hier, dicht an sie gedrängt, hätte ich den schrägen Ansatzwinkel kennen müssen.

„Hörst Du schon auf?", fragte sie.

Eine Frage, die mir später in ähnlichen Situationen in Essen, Düsseldorf, Rheinhausen und Oberhausen nie mehr gestellt wurde.

Aber wie lang ist der Weg bis zum winkelsicheren, City-Satyr. Lang war auch der Weg durch schwarze Essener Vorstadtstraßen an der Seite einer Platzanweiserin, deren Kino längst geschlossen hatte.

Man kann sich auch mit Cola high trinken, das haben wir an diesem Abend erfahren.

Ich erzählte ihr, was ich alles mit ihr machen wollte. Aber ich erzählte es eben nur. Handelte nicht wie Huxleys Dr. Opisbo, der den Ankündigungen gleich die Taten folgen ließ.

Eine zierliche Rothaarige aus dem Nachbarhaus ließ sich nach einem Kinobesuch zu einem Wochenendausflug einladen. Wir fuhren an die Ruhr.

Zelteten am Ufer.

Gingen abends einen trinken.

Sie war erfahren.

Alles war leicht.

Heuduftende Felder.

Der Königsgriff der Werbung.

Und im Zelt ihr Stöhnen, weil ich bis zum Grund kam.

Tat es ihr weh?

Sie schüttelte den Kopf.

Morgens ihr rotes Schamhaar.

Ich fühlte mich wie derb Tabubrecher Stuck, als er seine „Sünde" malte.

Rotes Schamhaar.

Roter Schutzumschlag des Bürgerlichen Gesetzbuchs.

Im sonnenhellen, größten Hörsaal der Universität hörte man nur eine Stimme. Auf den Bänken lagen die Skripte der Vorlesung. Ein paar Reihen vor mir popelte ein junger Mann. Er saß auf einem Eckplatz. Und ich sah die herunterhängende, arbeitende Hand. Doch jetzt Vorsicht, er schoß! Aber nur auf ein Ziel in Bodennähe. Zwischen den Falten eines Vorhangs flatterte ein Schmetterling. Endlich!

Eine lange Reihe von Studenten drängte sich am Pult des Professors vorbei. Bei R. waren die Testate zu Doppelstrichen geworden. (Seine Kollegen machten Paraphen.)

„Nimmst du mich mit zur Kantine?", fragte mich

eine von Akne Geplagte. Ich als Orlogschiff für den Konvoi wie sonst eigentlich bei Partygängern. Nächster Anlaufpunkt: Der Lesesaal. Nebenan am Tisch: Eukalyptuszuckerkristallkrachen. „Sie müssen lutschen, nicht beißen!", sagte ich zu meiner Nachbarin. Sie nahm das als Einladung zu einem Gespräch. Der Mann, der die Taschen kontrollierte, erzählte mir von seiner Vorliebe für den A Tergo-Verkehr („Da hat man doch was vor sich.") und von gewissen Vorhaut-Zusammennäh-Praktiken in den Bordellen. Ich schätzte und schätze Lesesäle. Früher besonders die von Amerika-Häusern. Die prallen Bücherregale. Die Anregungen für die eigene Kunstgeschichte. Zwinkern über die Tische hinweg. Ein amerikanisches Standardwerk fand sich nach Jahren bei mir zu Hause wieder. Ähnlich war's mit den Zeitungsarchiv-Unterlagen über Salvador Dali.

Meiner Zimmerwirtin brachte ich die geliehenen zehn Mark und als Zinsen ein Stück Bienenstich mit. Es lohnte sich schon, mir etwas zu leihen. Ich wurde noch gebraucht. Frau P., die Wirtin, hatte einen Anschlag vor. Ich sollte zwei ihrer Passfotos begutachten. Beide gut zehn Jahre alt. Welches ich besser fände. Sie wollte auf eine Anzeige antworten. „Ich würde das nehmen, wo Sie lächeln", sagte ich. In meinem Zimmer ging ich zum Fenster und warf einen Blick auf die gegenüberliegende Häuserfront. Genauer gesagt: auf zwei Fenster. Zwei neuralgische Punkte. Die Auftrittsbühnen für zwei Akteurinnen. Ein junges Mädchen und eine junge Frau. Man guckte hin und wieder weg. Hüben wie drüben. Wartete wohl auch länger. Pantomimen wurden aufgeführt. Ohne den Gedanken an Zaungäste. Man tauchte ab, wenn der andere hinübersah. Einmal gab's ein paar Worte auf der Straße. Aber keine genauen Ideen.

Wieviel heißer war es, nur mal schnell einen Blick in die Augen und auf das Schoßdreieck zu werfen. Wie urtümlich wirkte ein Daumen, der sich im Café zwischen Zeigefinger und Mittelfinger durchzwängte.

Eine Junge blieb vor mir stehen. Sah mir in die Augen. Suchte das Gespräch. Ein Theresien-Taler wurde in einem Antiquitätengeschäft gegen Bares eingetauscht. Genug für zwei Kinokarten. Meine rechte Hand auf Erkundungsfahrt. Erst an der äußeren Schenkellinie entlang, dann an der inneren. Zuhause dann die Träume. Meist träumte ich auch vor dem Rendezvous. Und nahm mir die Kraft vor den Begegnungen. Auf dem Bett lag ein Buch. Gregorovius. Ich wanderte mit ihm durch Italien. Ohne Stress. Ohne Wegschwierigkeiten. Wie wirklichkeitsnah waren Kunstwerke eigentlich?

Mich hat einmal eine Ansichtskarte von der Kanalinsel Jersey mit einem Bild der Festung Mount Orgueil stutzig gemacht. Denn während meiner Ferien stand ich genau an dem Punkt, an dem auch der Fotograf gestanden haben musste.

Ich sah, wie er, die feingeschwungene Häuserzeile

des Hafens und genoss hoch unter dem Himmel die Burg. Sicher das schönste Panorama der Insel. Aber war das die ganze Wirklichkeit des hitzigen, klebrigen, staubigen Sonntags? Was konnte man beim Blick auf die sommerlich leuchtenden Glanzpostkarte fühlen?

Zurück zu Gregorovius. Ich verdanke ihm behagliche Stunden. Nervös machten mich die nächtlichen Schreibmaschinengeräusche aus anderen Häusern. Da tat einer das, was ich tun sollte. Schließlich hämmerte es auch aus meinem Zimmer. Zwischen Bücherstapeln und aufgeschlagenen Bänden der Universitätsbibliothek. Licht der Tischlampe. Müdigkeitswellen. Krächzende „Aaaarrr"- Töne, wenn ich ein missratenes Blatt aus der Walze der Maschine zog. Angenehme Gefühle, sobald ich eine neue, mit Quellenangaben wohlversehene Seite auf den kleinen Stapel legen konnte.

Um Mitternacht, beim Durchlesen der fertiggestellten Texte, wartete oft ein Schock. Ich entdeckte einen schwachen Satz. Eisschweiß trat auf die Stirn. Skrupel teilten sich den Nachbarsätzen mit.

In anderen Nächten tippte ich, bis es nicht mehr ging. Mein Kollege S. hielt sich an eine feste Stundenzahl. Die Müdigkeit wuchs. Ich schrieb:

Stumpf wie Holz
schmerzten die Augen.
Der Kopf
hebt sich nicht

aus den Hügeln.
Ein Reflex,
in Bewusstlosigkeit
zurückzukehren,
in das Niemandsland
des Schlafs zu flüchten.
Und für einen Augenblick
ist es Erlösung,
den Kopf
aus dem Fenster
in den kühlen Nachtwind
zu halten.

Im Lampenlicht lag Baudelaire. Die Geschichten-
Sammlung „Le Spleen de Paris" übersetzt von
Walther Küchler. Eine Oase in der Nacht. Ein
Rastpunkt. Der Direktor des „Figaro" fand die Ge-
schichten aus dem „Spleen" langweilig. Er hatte
mehrere veröffentlicht. Dem Zeitgeschmack ent-
sprachen sie nicht. Es waren leuchtende Storys wie
Puzzle-Stücke zu einem französischen „Faust".
Heute liegt mein „Mitternachts-Baudelaire" ver-
gilbt vor mir und wird von Tesastreifen wie von
Scharnieren zusammengehalten.
Damals konnte ich mich in den Gleichnissen aus-
ruhen. Es gab noch eine Möglichkeit, der nächtlichen Wüste für Augenblicke zu entfliehen.
Ich schrieb:
Wie eine Eidechse
schlüpft die Lust

durch eine kleine Unachtsamkeit
im Zwang der Gesetze.
Wie ein warm einlullender Blutstrahl
tröstet sie
in verzweifelten Nächten.

Von irgendwem hatte ich einen kapitalen schwarzen Leinen-Band bekommen. Den „Ulysses" des
James Joyce. Der Anfang des Romans wirkte auf
mich wie der Bug eines Schiffs, das im Morgenwind durch die Wellen preschte. Erfrischende
Brise. Erfrischende Worte.
„Gestatte mal deine Rotzfahne", sagte Buck Mulligan, der den Rasierschaum von seinem Rasiermesser abputzen wollte. Ein dunkles Thema kam
auf. Verdunkelte wie eine Wolke die Szene. Dann
brach sich das Licht wieder Bahn.
Buck Mulligan rollte der Milchfrau ein Zweischillingstück hin und sagte mit ritterlichem Tonfall:
„Mehr, mein Lieb, von mir nicht verlange".
Das war die Sprache der Jugend wie bei Congreve
und Trimalchio. Es gab eine Zeit, da war mir das
ganze Buch ungeheuerlich wie ein Labyrinth, wie
ein riesiges Stimmengemurmel. Jetzt, da ich die
Seiten mit rosigen Leuchtstofflinien überschwemmt habe, prickelt es beim Lesen ständig in
meinen Ohren wie von einem Geigerzähler für literarische Treffer. Immense Mitwisserschaft plaudert sich aus. Jux ist allerorten.
IN JOYCE IST VIEL JOY.

Damals, in meiner Studentenbude, hat mich der Ulysses auch Kraft gekostet. Ich ging mit Bloom spazieren und landete am Strand. In Sichtweite: Gertie Mac Dowell, die ihm nach und nach alles zeigte. Schließlich, der Dreiklang der Ereignisse. Als Bloom flüssig wurde, ging mir auch einer ab, und an der Tür klopfte es.

K. – Sohn eines Essener Schauspielers, Student der Betriebswirtschaft und ehemaliger Halbschwergewichtler im Boxverein „Dubois" kam herein, lieh sich ein Fachbuch aus („Zu Gegendiensten gern bereit") und ging wieder. Ich raus in die schwarze Nacht. Bis zu den Bretterzäunen und Lagerhallen und Dunkelheiten der Vorstadt. Lichter einer Eckwirtschaft. Ich bestellte ein Helles und zog aus einer Glaskugel eine Handvoll gesalzene Erdnüsse. Meine Kreation übrigens: Trinken und Kauen. Wie bei „Bommi mit Pflaume" und „Puschkin mit Kirsche".

Die Circe am Zapfhahn züngelte. Hielt die ganze Theke in Schach. Züngeln. Viele Frauen machens. Lautlose Sache.

Ich musste natürlich direkter sein. Sagte dieser Tage einer Kommilitonin in der Mensa: „Es geht mir durch und durch, wenn ich Ihre Lippen sehe." „Wieso?", fragte sie. „Weil mir klar wird, dass die Natur ihre Bauideen wiederholt."

„Wie meinen Sie das?"

(Ich sprach offenbar Kisuaheli.)

Die Circe am Zapfhahn wurde verstanden. Würde

es, spät in der Nacht, unter den Rest-Zechern einen Favoriten geben?

Der Bahnhofswirt von Essen-West (Standardsatz: Die Leute sollen trinken und nicht lesen.) hatte mir mal mit Bezug auf seine Serviererin gesagt: „Eine Frau zieht mehr als zehn Pferde."

Ich zahlte, holte mir noch eine Doppelladung Erdnüsse für die Hamsterbackentasche und ging.

Draußen begann die Exekution.

Wie Delinquenten wurden die Nüsse nacheinander aus der Backentasche geholt und zermalmt. Eigene Metaphern vergisst man nicht. Eigene Einladungs-Tricks auch nicht. Sie haben etwas verloren, hatte ich zu einer rothaarigen jungen Frau vor der Toilette eines Tanzlokals gesagt und ihr einen Zettel gegeben. Sie nahm ihn an.

Als sie die Einladung mit Treffpunkt und Termin las, war ich schon weg. Sie stand vor einem Schaufenster.

Ich trat hinter sie.

Wir gingen in ihr Stammlokal.

Tranken viel Bier.

Der weiße Teint hatte seine Gründe. Sie brachte ihre Haut mit dem eigenen Urin in Berührung. Ich hab selten so viel getrunken. Sie fiel beim Knutschen fast vom Stuhl. Stand auf und war lange Zeit weg. Ich wollte gerade gehen, als sie wieder erschien.

„Willst du schon los?"

Sie blieb noch.

Ich ging durch die erleuchtete Innenstadt und über
die lange Ringstraße nach Hause.
An einem der Folgetage schrieb ich:
Die Nacht
hat Lichterstraßen
in das Dunkel gebaut.
Wie erregt ein Stöckelschritt
fern hörbar
vor den leeren Glasfronten
der City.
Einsame kommen
aus den Vorstadtstraßen zurück,
als gäbe es keine Rückkehr
in die helle Welt
der bürgerlichen Beziehungen.
Betrunkene
erbrechen sich würgend,
den eisigen Kopf
an den kalten Stein gelehnt.

Zu den Betrunkenen gehörte ich natürlich. Zu den
einsamen Bummlern auch. Dort, wo am Rande der
Zivilisation flüsternd Geschäfte gemacht wurden,
erfuhr ich, dass die orientalische Fensterwirtschaft
viel Nüchternes und Handwerkliches hatte. Ich
schrieb:
Den schweren Torso
kost' der lateinische Kenner.
Die Medizinerin
behandelt den wehrlos Liegenden

nach der Regel der Boxer.
Eine bestimmte Anzahl
von Schlägen
schaltet das Bewusstsein aus.
Sie lächelt listig
über die Entschuldigungen,
die ärztliche Helferin.

Der rote Schlund eines Nachtcafés saugte mich
ein. Ins graue Morgenlicht trat ich wieder heraus.
Im Zug saß ein Gespenst der vergangenen Nacht
unter einem Fenstervorhang und hoffte, nicht gesehen zu werden.
Es gab auch spätere Züge, die den Schläfer, mitten
durch seinen Heimatbahnhof, zum Endbahnhof in
einer anderen Stadt trugen.
Die Themen „Nacht" und „Suche nach Gemeinschaft" wurden in meinen Aufzeichnungen feste
Größen.
Eisiges Islanddunkel engt die Laternenflecken ein.
Wahnwitzig wäre es, jetzt, da an der Bahnschranke
nur in Gesellschaft des hohen, kalten, ausdauernden Lichts die Nacht zu verbringen.
Aber die Züge fahren wie sonst in dieser zusammengeduckten Welt.
Der wummernde Kanonenofen in meiner Studentenbude war auch ein Gesellschafter mit rotglühend auseinanderbrechenden, goldumlaufenden
Braunkohlenbriketts. Ein Mädchen kam spät mit,
lag morgens unter meiner Decke, als die Wirtin

nach dem Ofen sah. Es geschah übrigens nichts.
B., der Sohn eines Richters, brachte mit seinen ge-
ordneten Abläufen etwas Ruhe in mein Auf und
Ab. Er war auch so nett, mir Zeitungsberichte aus-
zuschneiden, von denen er annahm, dass sie mich
interessieren könnten.
Der Sohn eines reichen Essener Modekaufmanns
nahm sich gegenüber meinen Kunstpostkarten eine
Frechheit raus. Er warf sie achtlos auf den Tisch
und wunderte sich dann über meine Attacken. Ich
aber sage euch: Was er meinen Kunstpostkarten
getan hat, das hat er mir getan.
Nolde schrieb einmal über den Kunstförderer
Schiefer: er fasste die Blätter an, schön, wie es sein
muss.
Ich sah einen schwarzen Koch, der sein Filet mit
unendlicher Zartheit auf das heiße Schmurgelblech
legte und das Öl mit ebensolcher Zärtlichkeit dar-
übergoss.
Ein mir bekannter honoriger Journalist wollte mir
nach einer Rede mein Manuskript aus der Hand
reißen. Ich hatte ihn als „the man with the gentle
touch" bezeichnet.
Es gab viel zu schreiben. Und zu zeichnen auch.
Ich erschien auf einem der Blätter mit pfeilge-
spicktem Sebastiansgesicht. Ein andermal brach
ein Eisentrumm wie ein Motorblock aus meinem
Kopf hervor. Die Skizze eines lesenden Mädchens
mit langen, nach vorn fallenden Haaren muss wohl

im Amerikahaus entstanden sein.

Selbstproduzierte Scherze waren auch dabei.

Etwa: Sie sind ja blond, sagte der Frauenarzt.

Oder (im Karnevalston):

Süße kleine Dingerchen,

lasst mich mit dem Fingerchen… .

Einen Joke aus dieser Zeit erzähl ich heute noch immer in kleiner Runde:

Kennen Sie die Kammersängerin Erna Sack?

Nein?

Ich kannte ihren Vater.

Reizender Kerl, der alte Sack.

Ein aus Laut-Wiederholungen gewachsenes Drei-Zeilen-Gedicht ist mir auch gut in Erinnerung geblieben:

In der Unendlichkeit

ein winziges Figürchen.

Ein Hürchen.

Eine spätsommerliche Eisenbahnfahrt geriet zur Anekdote. Ich wollte nach Essen und stieg in den falschen Zug. Vergils „Georgica" mit ihrer großen Einfallsdichte war damals meine Lektüre. Ich hing sofort fest und vergaß die vorüberfließende Landschaft.

Blickte irgendwann einmal kurz auf und wunderte mich über die Menschen, die an einer weiten Rheinschleife im schönen Nachmittagslicht spazieren gingen.

Merkwürdig, das Bild hatte ich bei meinen bisherigen Fahrten nach Essen noch nie gesehen. Als der

Zug später kreischend mit schleifenden Bremsen hielt, blickte ich wieder aus dem Fenster. Neben den Schienensträngen stiegen Rebenhügel auf.
Ich war in Linz am Rhein.

Treibende Zeiten und Jahre.
Zeit in der Uni.
Zeit beim Repetitor.
Unser Jura-Nachhelfer: Kleine Schreie des Entzückens wollte er ausstoßen bei der Lektüre einer guten Arbeit.
Nach dem Trubel der Hörsäle hatten wir da wieder fast eine Klassengemeinschaft. Aber auch im Ameisenhaufen des Universitätsgebäudes gab es Zufluchtsorte: Die Kabinen auf den großen Toiletten. Zeit, die Beine gegen die Wand zu stemmen und zur Ruhe zu kommen.
Kleine Scherze, heiße Sommer.
Eisgekühlte Limonaden wurden wie Kostbarkeiten gehandelt.
Mein Stubennachbar, der zweite möblierte Untermieter bei Frau P., war R. J., ein Kunststudent, der später als Graphiker bekannt wurde.
Mager, asketisch, gelegentliches dünnes Lachen, aber von Haus aus Tabubrecher, ließ er, eines Nachmittags neben mir stehend, einen fahren wie ein Anonymus auf einer öffentlichen Toilette. Wie ein Motorrad, sagte ich. Wie ein Fahrrad-Hilfsmotor, korrigierte er.

In seinem Zimmer kommentierte ich seine neuesten Collagen. Sie schreiben über Kunst, sagte er, ich mache Kunst. Ein Satz, der mir durch und durch ging.

Auf einer seiner Collagen entdeckte ich ein Stück Toilettenpapier. Zwei zarte braune Streifen legten die Vermutung nahe, dass mein hintergründiger Wohngenosse irgendwann, nach einer Sitzung, vom dritten oder vierten Abwischblatt auf den Gedanken gebracht wurde, ein Dokument der intimen Vorgänge in ein Kunstwerk einzufügen.

Es waren braune Streifen, wie sie auch entstehen können, wenn sich ein Liebespaar im nassen Bett herumwälzt und der schweißfeuchte Anus eines der Beteiligten dem weißen Bettlaken ein Küsschen gibt.

Die Wirtin hätte das Toilettenpapier mit dem diskreten Zeugnis seiner inneren Ladungen am liebsten wieder von der Zimmerwand entfernt.

Aber noch stärker beschäftigten sie die Rasierklingen, die sie beim Säubern des Klos in der Biegung der Abflussröhre gefunden hatte.

Ungewöhnliche Verhaltensweisen speichert das Gedächtnis.

Als mehrere Jahrzehnte später das steigende Wasser in meinem heimischen Klosett einen bedenklichen Pegelstand erreicht hatte, fiel mir wieder die Säuberungsaktion meiner Wirtin ein. Ich zwängte meine linke Hand nach ihrem Vorbild in den

Schlund des WCs und versuchte, einen milchge-
tränkten Küchenpapierballen nach oben zu ziehen.
Das gelang nicht. Die Verstopfung blieb.
Schliesslich erinnerte ich mich an meine Saug-
pumpe.
Schluffhuff-schluffhuff…
Der Weg war wieder frei.

Die Ferien kamen und Jobs aller Art. Ich war Le-
bensmittelvertreter, Revisionsangestellter, Bauar-
beiter und Lagerarbeiter. Andere sprachen von
meinen harten Händen, mit denen ich Tag für Tag
Mineralwasserkästen hochwuchtete.
Betonwannen in den Waschkellern leisteten den
schweren Eisenhämmern Widerstand.
Ich las Dante-Verse in Drainagegräben. Kam wie
ein Fanfan la Tulipe durch die Kellerrutsche.
Das Mädchen unten spürte meinen Gabelgriff. Ein
Lagerarbeiter blickte herüber. Heißer Kaffee des
Siphons überflutete seine Tasse.
Dann war ich wieder zurück in meiner Studenten-
bude.
An der Tür klingelte es. Draußen standen Zigeune-
rinnen. Ob sie mal hereinkommen dürften. Ich
nahm sie mit in die Wohnung und wagte, mit dem
Blick auf die jüngere, eine Frage, die ich aus He-
mingways Roman „Wem die Stunde schlägt" in
Erinnerung hatte: „Ist sie gut im Bett?" „Ja", sagte
die Ältere.
Man kann Menschen begegnen. Man kann Statuen

begegnen. Menschen können einem gleichgültig sein. Und Statuen können einem gleichgültig sein. Der Mars von Todi war mir nicht gleichgültig. Er stand auf einem Sockel und beherrschte das Terrain. Selbstverständlich, gelassen, ruhig und spielerisch. Es war in einer Ausstellung, die ich in meiner Universitätsstadt in der Zeit zwischen dem 29. April und dem 19. Juli 1956 besuchte.

Da stand also dieser etruskische Gott und gab seine Erklärungen ab. Der Mann war aus Bronze. Aber was er sagte, fühlte ich. Er bot alles mit Festigkeit an und mit tänzerischem Feeling. Er besaß Stärke und Leichtigkeit.

Ich war 24 Jahre alt und begriff, dass ein Künstler in einer einzigen Figur seine ganze Lebensphilosophie ausdrücken konnte.

Jens Peter Jacobsen würde sagen: Er bezauberte mit der Macht, die nun einmal dem Vollendeten gegeben ist.

Ich klebte fest. Kam nicht weiter.

Das ist mir später beim Jokey im Nationalmuseum von Athen so gegangen und bei den Helden von Riace in Reggio di Calabria.

Man hat seine Entdeckung gemacht und bewachte sie wie ein treuer Hund. So stand ich da. Bis ein Bayer kam.

Er hörte meinen begeisterten Predigtschwall und sagte: Scho recht. Scho recht. Aber da fehlt a Teil vom Hinterkopf.

Die Sache regte ihn auf. Er ging immer wieder um

den Kieskreis herum und wiederholte seinen Satz:
Da fehlt a Teil vom Hinterkopf. Und er hat ja
Recht gehabt, der Bayer.

Da klaffte ein Loch.

Ein moderner Gipshelm war von den vatikani-
schen Museen für die Ausstellungen abgenommen
worden, erfuhr ich später aus dem Katalog. Uns
beiden aber, dem Bayern und mir, brachte der
Mars von Todi das Klingelingeling immerwähren-
der Erinnerung ins Ohr.

Ein Vierteljahrhundert später klingelte es für mich
wieder etruskisch.

Im Hamburger BAT-Haus an der Esplanade gab's
eine Ausstellung.

Zwischen dem 12. August und dem 2. Oktober
1981 stand ich, inzwischen ein strammer 49er, vor
einem Tuffstein-Koloss, der mich breit und jovial
anlächelte. Es war eine Sphinx aus dem 6. vor-
christlichen Jahrhundert. Als freundliche Grab-
wächterin hatte sie einstmals eine etruskische
Grabanlage vor bösen Geistern abzuschotten. Po-
tentielle Angreifer täten gut daran, sich die Lächle-
rin einmal genauer anzusehen.

Denn die liebenswürdige Steindame war mit ihrem
Löwenkörper und den hoch aufsteigenden, mächti-
gen Flügeln ein mythischer Superstar. Gegner würden es mit der kombinierten Energie von Kraft,
Schnelligkeit und Heiterkeit zu tun bekommen.
Mich hat die Klarheit der Symbolsprache vom ersten Augenblick an entzückt. Kein Wunder, dass

ich meine Don't-worry-be-happy-Sphinx immer wieder im Hamburger Museum für Kunst und Gewerbe besuche.

Die Museumswärter kennen mich schon. Es ist auch angenehm, das Wallfahrtsziel in der eigenen Stadt zu haben. By the way, die Gelegenheit ist gut, noch einen weiteren etruskischen Hit ins Spiel zu bringen: Das tolerante Paar von Cerveteri mit seiner lebendigen Dialogführung.

Und nun zurück in meine Uni-Stadt. Wenn's mit dem Bummelzug nach Hause ging, schätzte ich es, auf den Bahnsteigen kleiner Orte auszusteigen, in einer Gastwirtschaft ein Bierchen zu bestellen und behaglich im Lokalanzeiger herumzustöbern.

Wissen Sie ‚was eine „Körung" ist? Ich wusste es bis dahin auch nicht.

Bei einer Nachtfahrt war ein kleiner, feiner Herr mit mir in ein Gespräch gekommen. Ich hatte ihn vorher nie gesehen. Aber schon nach kurzer Zeit zeigte er mir ein Briefblatt, aus dem hervorging, dass eine gewisse Dame sich noch gut an einen zarten Hummergeschmack erinnerte.

Noch vertraulicher gab sich ein neuentdeckter Friseur in Essen-Rüttenscheid. Er war als Landser in Frankreich gewesen und hatte für die Tänzerinnen eines Pariser Revuetheaters Lebensmittel herangeschafft. Sie wollten ihn daraufhin mit einem Buffet ganz eigener Art verwöhnen.

Und so sah er sich eines Nachmittags einer Paradeformation gebückter, halbbekleideter junger Damen gegenüber. Auch über seine Kolleginnen steckte er mir einiges zu. Das lange Durchziehen kannten sie noch nicht, als ich kam, sagte er.

Von der Ostfront her verfolgte ihn offenbar ein infernalisches Bild. Einer der Landser war auf die Idee gekommen, eine aufgedunsene Schneeleiche gegen einen Baumstamm zu lehnen und dem Toten eine Möhre zwischen die Zähne zu stecken. Da heulen sie sich zu Hause die Augen aus und hier steht ihr Vater mit einer Möhre im Mund, sagte er.

Eines Abends stand ich auf dem Kölner Hauptbahnhofsvorplatz und sah zu den ragenden schwarzen Massen des Doms empor. Da bist du, und hier bin ich, dachte ich. Im gleichen Moment fiel mir Libo ein, dem vor dem Berge Tian Schan ähnliches durch den Kopf gegangen war.

Den chinesischen Vielschreiber („Meine Gedichte haben das Gewicht dreier Ochsenlasten erreicht.") hatte ich durch die Übersetzungen von Klabund schätzen gelernt. Blauäugiges gibt's von einem Ausflug nach Frankfurt zu berichten. In einer Autobahn-Raststätte war ein honigsüßer Tabakgeruch in der Luft.

Als passionierter Schnüffler stand ich schon einen Augenblick später vor dem Raucher. Ja, er war bereit, mir eine Packung des pflaumengesoßten Tabaks zu schicken.

Ich gab ihm das nötige Geld und meine Adresse.

Man denkt unwillkürlich an die Bezeichnung „Reiner Tor".

Yoshida Kenko, ein fernöstlicher Literat, der eine federleichte Prosa schrieb, war offenbar ebenso leichtsinnig gewesen.

Er vertraute einem Unbekannten unterwegs einen Brief zur Weiterbeförderung an. Doch im Japan des 14. Jahrhunderts scheint das gar kein Leichtsinn gewesen zu sein. Bei Kenko findet sich jedenfalls kein Hinweis, dass er enttäuscht worden wäre.

Mit einem schnell aus der Luft aufgeschnappten Lüftchen begann für mich auch eine große Love-Story. In einem Essener Kino roch es brandig. Und meine Nachbarin, ein junges Mädchen mit Gemmenprofil, wurde schon unruhig. Da hörte sie, wie jemand zu ihr sagte: „Wenn es brennt, werde ich Sie retten!"

Wie natürlich sie antwortete. Wie leicht sie auf meine Vorschläge einging. „Melodie d'amour" hieß das Lied, zu dem wir einige Zeit später tanzten. Sie hatte noch keinen Tanzkurs besucht, ließ sich führen und fügte sich mühelos in jeden Rhythmus ein.

Mein Oberhemd leuchtete neonweiß im Dunkel des Nachtlokals auf. An der Haltestelle küssten wir uns, bis die Straßenbahn neben uns hielt.

Beim nächsten Treffen kam sie mit ihrer Mutter. Ich dachte erst, sie hätte ihre Freundin mitgebracht. Die elegante Frau hieß Kika und wurde später Trüdchens beste Freundin.

M. war zehn Jahre jünger als ich und ein Jahr jünger als Effie Briest zum Zeitpunkt ihrer Hochzeit. Ihre Unbefangenheit überraschte mich. Es war ein ganz neues Gefühl, sich im Tanzlokal aus dem Mantel helfen zu lassen.

Ich hatte nie empfunden, dass sie zu wenig sagte, aber eines Nachmittags redete sie wie wild los, „damit Du siehst, dass ich auch etwas zu verkaufen habe." Ihre Unterlippe erschien ihr zu schmal, ich sollte dran saugen. Die Schwellungen wurden afrikanisch. Irgendwann führte ich, am Ende eines Bahnsteigs, ihre Hand. Du könntest einer Frau viele Kinder schenken, sagte sie. An einem warmen Tag hatte sie bereits nachmittags in den Wiesen ihre Bereitwilligkeit angedeutet, und abends auf einer Bank im Bredeneyer Wald kam ihr nackter Po auf mich herab. Der Reiz der ersten Berührung war so groß, dass ich ihre Hüften festhielt. Sie sprang im Dunkel von meinem Schoß hoch. Eine Woche später, am Tag, als Bubi Scholz Leo Starosch besiegte, gingen wir vor dem Kampf zu mir nach Hause. Es war also alles entscheiden. Wir zogen uns aus und schlüpften ins Bett. Bei den ersten Bewegungen in der selbstgewollten und unentrinnbarsten Lage schrie sie zweimal auf. Dann war sie… ganz durchbrochen… frei und heiß meine Geliebte geworden.

Gleich nach dem Kampf fuhren wir wieder nach Hause und kämpften missionarisch weiter, nachdem ich zuvor ihre Zauberhand gelobt hatte. Und

wie das bei verliebten Paaren „nach der ersten
fleischlichen Vermengung" so ist, wir naschten
von der neuen Droge von nun an bei jedem Treffen
und entwickelten ein Gespür für Gelegenheiten.
In tiefen Hauseingängen, auf leeren Schulhöfen, in
Rohbauten, Gärten, Parks und Wäldern und auf
den Hochständen der Jäger.
Nach jahrelangen halben Versuchen konnte ich
jetzt aus dem Vollen schöpfen bei einer nicht en-
den wollenden Bereitschaft. „Ich habe ein Mädchen gesehen, das hatte dunklere Augenringe als
ich", sagte sie.
Als ich einmal die fiebrig Erkrankte besuchte und
die anderen uns im Schlafzimmer allein ließen, ku-
rierte ich die Heißhäutige, wie das nur ein Verlieb-
ter tun darf.
Dabei nahm sie die Position der Liebesgöttin des
Diego Velásquez ein – eine Position, die zu unserer Lieblingsstellung werden sollte. Ich bin immer
ein Anhänger der Aphrodite Kallipygos gewesen.
Es gab bei uns ein Übereinkommen: Wenn ich den
Namen des Spaniers aussprach, wusste M., wie ich
sie nehmen wollte.
An einem heißen Tag kühlte ich M.`s prachtvolle
Hinterbacken mit Wasser und bettete den Kopf darauf. Damals entstand ein kleines Gedicht:
Rein
wie die Schöpfung
am ersten Tag:
ein Mädchenpo.

Fadenkreuz der Hinterbacken.
Vollkommene Form.
Und Resignation
vor dieser endgültigen
Lösung.

Einmal erinnerte mich M. an ein Bild auf einer
griechischen Keramik. Ich schrieb:
Wie eine jugendliche Athletin
sitzt sie auf der Bettkante
und rollt
die Strümpfe herab.
Steht da mit lässig vorgedehntem Leib.
Makellos
die hohen, vollen Mädchenschenkel,
der glatte Bauch
mit der braunen Kräuselwolle,
der zurückgelegte Oberkörper
und der schlanke Hals
mit dem hartnäckigen Gemmenkopf.

Aus der braunen Kräuselwolle wurde Gewölle in
einer verzinnten runden Zigarettendose. Ein sulta-
nischer Reiz.
Nach einem Tag in den Betten mit vielen Vereini-
gungen sagte sie: Ich habe dich immer lieber.
Bacchantische Zeiten. Ich schrieb:
Erlösung im Mädchenleib,
im wortlos wärmenden Kontakt.
Alle Sünden
sind dir vergeben.

Alle Städte der Welt
sind dir gleichgültig.
Aller Schläfendruck weicht.
Alle Fragen ruhen.
Erlösung im Mädchenleib,
im wortlos wärmenden Kontakt.

An einem Montagabend erzählte mir M. am Telefon, warum sie am Nachmittag so intensiv an unser
Wochenende gedacht hatte.
Irgendwann musste sie, als angehende Buchhänd-
lerin, ein Buch aus der Auslage holen. Sie bückte
sich weit nach vorn. Und dachte prompt an eine
Szene aus dem nächtlichen Mülheimer Wald. Das
war vor einer Bank. Und sie konnte sich gut ab-
stützen. Wenn ihre Mutter, mit der sie in einem
Doppelbett schlief, ihr abends sagte: „Ich muss
nochmal schnell zum Vater rüber."
Wir haben auch noch was zu besprechen, dachte
die Sechzehnjährige weiblich und praktisch: am
Samstag bin ich ja dran.
Bei mir kam die Prüfung näher. Die Diplomarbeit
war fertig. Am schriftlichen Examen nahm ich
nicht teil. Ich ging morgens aus dem Haus und
kam abends nicht zurück. Die Vorgänge und Gedanken dieses Tages spiegeln sich in einigen Versen wieder:

Allein in den Schilfwäldern.
Allein auf der Bank nachts am Rheinufer.
Allein in Sommerdickichten,

von Bremsen aus der Schlafstätte vertrieben.
Die Kirchen sind verschlossen.
Gastwirte warten auf dein Gehen.
Die Grundstücke sind verteilt.
Du suchst die Inkarnation des Ausweglosen,
um sie zum Boxkampf zu fordern
und triffst nur Lehrermeinungen.
Du fragst nach Selbstmordziffern:
Es sind mehr Männer.

Ich hatte aus dem Wartesaal des Hauptbahnhofs einen Brief geschrieben und rief am nächsten Tag zu
Hause an.
Bill sagte am Telefon: komm!
Daheim gab's Gespräche von Zimmer zu Zimmer
durch die offene Tür. Erstaunlich auch: Trüdchens
neue Initiativen. Da machte einer mit. Unser Lederwaren-Millionär. Er vermittelte große Anzei-
genkunden einer Zeitung.
Kurz: Es gab eine neue Wirklichkeit.
Jahre vorher hatte ich in meinem Norderney Café
bei Ragout fin, Worcester Sauce und dem Feuille-
ton des „Mittag" gedacht: Sowas müsstest du auch
mal schreiben.
Jetzt tat ich's. Als Volontär bei einer der größten
Zeitungen des Ruhrgebiets.
Ich besuchte Ausstellungseröffnungen und schrieb
Film- und Fernsehkritiken. Es war schon ein Genuss, im Essener „Rosen-Café" zu sitzen und bei
einer Tasse Kaffee so eine kleine Kostbarkeit zu-
sammenzuschmurgeln. O Du süße Zeit der ersten

Kinokritiken.

Größere Sachen wurden manchmal auch unter nächtelangen Zweifeln produziert. Aber am Morgen waren sie da. Und ich spürte, dass Kraft von ihnen ausging. Ich habe auch nicht vergessen, dass sich ein Redaktionschef bei meiner Ankunft erhob und verneigte. Eine schöne Szene. Lohn für eine Kritik. Es ging um mein Urteil über eine Aufführung von Hauptmanns Schauspiel „Michael Kramer".

Halten wir fest: An diesem Drehpunkt der Ereignisse, als die Dinge meines Lebens konkreter wurden, lebten M. und ich ständig in dem Bewusstsein, dass wir unseren Champagner ja immer bei uns hatten und jederzeit davon nippen konnten.

Auch im hellen Licht.

Mitten in einer Grünanlage.

M. stand zwischen blühenden Rhododendronbüschen im Park der Essener Villa Hügel. Gebückt wie beim Bockspringen. Aber mit nacktem Po. Und ich dahinter. Nicht unbewegt, wie sich denken lässt. Welche Zeiten.

Ich möchte auch von weißen Spuren sprechen. Weißen Spuren auf meiner schwarzen Hose. Früher bekannt unter dem Namen „Sportflecken". In den Duden ist der Ausdruck allerdings noch nicht aufgenommen worden. Ich hab zwischen „Sportfischer" und „Sportflieger" vergeblich danach gesucht. Ich rubbelte diese Indizien partner-

schaftlichen Vergnügens nachts, im Licht einer ab-
gelegenen Laterne, mit einem spuckebefeuchteten
Taschentuchzipfel aus dem Gewebe weg.

Aber eines Abends, vor einem Konzertbesuch und
nach einem raschen Akt im Hintergarten einer
Villa, war mir die Sache glatt durch die Lappen
gegangen.

So wandelte ich im Foyer des Essener Saalbaus
neben M. unter den Festgästen umher, bis mir ein
zufälliger Blick nach unten die kalkweiße Bescherung zeigte.

Störte uns widriges Wetter bei unseren Bekundun-
gen gegenseitigen Interesses? Nein!

Als der Regen eines Sommernachmittags auf unser
Schirmdach prasselte, genossen wir trotzdem die
Freuden fleischlicher Vermengung. Es blitzte übrigens nicht. Benjamin Franklin hätte keine Ein-
wände gehabt. Mich selbst erinnert die Situation
heute an eine Szene in Bad Bevensen. Da stand ich
im warmen Wasser des Thermalbads, während
weiße Schneeflocken auf mich herabtändelten.

Aber die Frage blieb: Waren wir von einem Tarn-
mantel der Unsichtbarkeit umgeben?

Damals…

…im nächtlichen Parkhaus auf einem Treppenab-
satz, als ich M. weiß und nackt im Dunkel vor mir
sah.

…auf einer grünen Wiese, umgeben von kleider-
wippenden Büschen.

…oder im Inzeller Land, in dessen kalten Bergbächen wir mit wasserumrankten Waden wie Wellenbrecher standen.

Schließlich wurden wir doch einmal bei der Paarung beobachtet.

Es war auf einer deichartigen Böschung hoch über einem Fußballfeld.

Ich zog mich gerade, noch starr wie ein Stier, aus der bäuchlings unter mir Liegenden zurück, als sich ringsum ein Stimmengebrodel erhob.

Das waren die Zuschauer. Ein Mädchen ging dicht an unserem Liegeplatz vorüber. Beäugte uns schmallidrig.

So wurde es also gemacht in der summend brummenden, freien Natur.

Heiße Sommer von Essen. Wir besuchten grüne Gegenden, die wir nie vorher gesehen hatten. Ich schrieb nach einem Sonntagsausflug:

Auf der Gesteinshalde,
wo hoch
die Birken
im Mittagswind
wehen,
liegt sie auf dem Farnlager.
Ich fühle sie
heiß
wie eine sonnendurchglühte
Brombeere.

Sommernachmittags. Sommernächte. Mit einer

Flasche Rotwein, die M. als Sängerin in einem
JE(der)-KA(nn)-MI(mitmachen)-Wettbewerb gewonnen hatte, zogen wir abends los.
Alles ist, auch jetzt wieder, dicht vor mir:
Ich zerklatsche
Nachtmücken
auf ihrem weißen Fleisch.
Ein weißer Faun
im Heudunst
einer Waldlichtung.
Wir trinken Beaujolais
in dicken, würzigen Schlucken,
sinken übereinander
und schlafen ein
in der Wärme,
die sich von den Lenden her
ausbreitet.

Nacht.
Schwärze.
Hotelzimmer.
Und in den Augenblick spielt die ferne Vergangen-
heit hinein.

Ich schrieb:

Wie ein Kind
im Dunkel des Geburtstagsmorgens
zum Gabentisch tastet,
geh' ich
als Schlafwandler

in das schwarze Zimmer,
ertappe die Wärme
von Schenkel, Brust und Bauch.
Huflattichschwach noch
läuft die Spindel
in die rohe Wärme.
Wir begrüßen auch
den Morgen
in dieser Lage.

Ein anderes Nachtstück erwies sich als eine Gleichung mit zu vielen Unbekannten. Der Tathergang: Ich war bei M. zu Gast und sollte in der Wohnung ihrer Eltern auf einem Sofa übernachten. M. hatte die Idee, sich dann nachts, wenn alle Stimmen verstummt waren, aus dem Nachbarzimmer zu mir zu schleichen.

Der Knackpunkt der Story: Das Zimmer, in dem ich übernachtete, war lang, und hinter einer halbgeöffneten Doppeltür lag Fred, der Sohn des Hauses, in seinem Bett und genoss die Gelegenheit, mit mir ausführlich über alles Mögliche zu plaudern. Es halfen keine abschließenden Pointen. Er machte weiter. Und so kam eben alles ganz anders. M. war, das hat sie mir später erzählt, bei unseren Gesprächen schließlich müde geworden und eingeschlafen. Auch ich schlief ein.

Im halben Morgengrauen gab es dann Tumult in meinem Zimmer. Mein Oberbett wurde hochgerissen. M. schob sich zu mir aufs Sofa und drängte mir ihren schönen, nackten Po entgegen. Ich rückte im Schlafdusel zurück, um ihr Platz zu geben, da schrillte der Wecker.

Meine Athletin schnellte mit einem Sprung vom Sofa hoch und verschwand.

M. die Nachtwandlerin. Und ein Naturfreak war sie auch. Wie der alte Kneipp. Entdeckten wir bei unseren Spaziergängen einen Bach, zog sie die Schuhe aus und patschte mit nackten Füßen durch das Wasser.

Vor der aufklaffenden Zange eines Hirschkäfers kam sie auf die Idee, die Kneifbereitschaft des kleinen Eichenwaldbewohners mit einem vorwitzigen Zeigefinger zu testen. Der hornige Panzerkrieger machte ernst. Es gab einen Schrei und ein Handgeschlenker, bis der weitläufige Verwandte des Maikäfers in hohem Bogen in das Unterholz flog.

M. schrieb Märchen, in denen Ameisen mit geschulterten Tannennadeln in Heeresstärke anmarschierten. Von natürlicher Kraft waren auch ihre Bemerkungen.

Als ich einmal in einem Treppenaufgang vor ihr in die Hocke ging, ihr leichtes Sommerkleid anhob und das Säumchen zur Seite zog, sagte sie:
„Jetzt weiß ich, dass du mich liebst".

Wie nobel sah sie aus in ihrem neuen grünen Samtkleid. Nach einem Tanzabend musste die Pracht in die Höhe. Ich hörte ihre Stimme:
„Jetzt willst du mich demütigen".

Ein andermal sah ich mitten in einer Geburtstags-
gesellschaft, dass ein Strohhalm seitlich aus meinem Halbschuh hervorragte. Die natürliche Erklä-
rung: Wir hatten auf dem Weg zum Fest raschent-
schlossen die Möglichkeiten eines Heuschobers
genutzt.
In einem fremden Garten in Essen-Rüttenscheid
wurde es gefährlich. Irgendwer schoss auf uns.
Mit einem seltsamen Gefühl im Rücken deckte ich
M.'s Flucht über einen Zaun ab. (Ähnlich habe ich
mich Jahrzehnte später im Morgengrauen in der
Lüneburger Heide gefühlt, als ein Jäger auf einem
jenseitigen Hügel in meine Richtung zielte.)

Das Buñuelsche Problem, bei einem Fest dem Gedränge der Gäste zu entkommen und einen Ort für
eine schnelle Erfrischung zu finden, lösten wir auf
einem begehbaren Dach.
Für die kalten Wintertage mopste ich eins von
Trüdchens Höschen und schnitt mit der Schere einen breiten Schlitz in den Zwickel. Das Dessous
mit „Ouvert"-Effekt erwies sich jedoch als bewe-
gungsmindernd und kam über eine kurze Premiere
nicht hinaus.
Pikant war's, im frühen Dunkel der Winterdämme-
rung in der Doppelumhüllung unserer geöffneten
Mäntel die kopulative Erwärmung zu genießen,
während Paare dicht an uns vorübergingen.
Im Bredeneyer Wald hörte ich einen jungen Mann

zu seiner Freundin sagen: So wird's gemacht.

Das Wochenende war unsere Zeit. Und jedes Wochenende war ein erotisches Wochenende.

Ich schrieb:

Weekend.

Vagina.

Und die

Entfernung

zwischen mir

und ihr

verkürze ich

auf

minus zwanzig

Zentimeter.

In den Sommermonaten wurde M. zum Pfadfinder. Sie entdeckte Verstecke abseits der Wanderwege. In einem Farndickicht sollten Farnfächer unser Lager sein. Nun kann man sich an bestimmten Gräsern die Hand blutig reißen. An Farnranken aber auch.

So umfasste ich dann M.'s Hüfte in der Seitenlage mit einer taschentuchumwickelten Bärenpranke. Einmal stürzte ich einen Hang herunter. Die weißblaue, hornige Narbe neben der Pulsader der rechten Hand erinnert mich noch heute an jenen fernen Abend. Da ruhte die Bärenpranke auf der Hüfte der Gebückten.

Ein neues Lebewesen bewegte sich im Unterholz.

Ein Wesen mit zwei Mädchenfüßen rechts und links des Kopfes. Das mythische Doppelgeschöpf waren wir. Dass M. auf unseren Deckenplätzen im Waldesdickicht ihre Beine auf meine Schultern hochlegte, gehörte zu den üblichen Stellungsspielen. So erklärte sich auch mein späterer Vers:

Ich bin ein Engel,
geflügelt mit Mädchenbeinen.

Im Drang und Eifer des Geschäfts verfehlte ich einmal die richtige Öffnung und traf die nächste…
…ein hoher, heller Schrei verkündete mir, dass ich in dieser Öffnung nicht willkommen war.
Dabei kannten wir beide den prickelnden Schmerz der Enge. Die intensiven Stunden. Das Wundsein. Das höllische Brennen.
Manchmal lag die Kamasutra auf unserem Nachttisch. Mit der „Bambusspalte" haben wir uns viel Mühe gegeben. Immerhin musste M. bei dieser Übung einen Fuß auf meinen Kopf legen, während der andere unten blieb.
Every day is a joke, sagen die Briten. Unsere Ansprüche waren größer. So stellte ich M. mitten im flüssigen Treiben eine Frage und ließ ihre Antwort als Tempobeschleuniger zum Stottern werden.
Reibung oben
Reibung unten
Reibung links
Reibung rechts

Was probiert man nicht alles aus als geschmeidiger Führer des Geigenbogens. Doch als ich wieder einmal morste: kurz-kurz-kurz-tiiief-tiiiief, kriegte M. einen Lachanfall. Alles an ihr lachte mit. Ich versuchte, meine Stellung zu halten. Aber in den konvulsivischen Zuckungen ihres lachgeschüttelten Körpers musste ich schließlich das heiße Haus verlassen.

Rutschiges Lachen.

Rutschiges Reiten.

Wenn M. auf meinem Schoß saß, kam sie in die Trance meiner Hände. Ich schrieb:

Wie eine jugendliche Athletin
kniet sie über mir.
Ein kleiner Fingerdruck
hilft dem Knick,
hilft Schlange und Dotter.
Meine Hände gehen
mit den Bewegungen
ihrer Schenkel.
Meine Hände fühlen
die knisternde Schoßwolle.
Ich fühle
die Feuchte
im Ursprung des Gangs.

Wir ließen es auch nicht an Versuchen fehlen, uns den erotischen Dingen rein rechnerisch zu nähern. Einmal zählte M. meine Liebesbewegungen mit, gab aber bei 300 auf.

Mir lag mehr daran, M. mit meinem pompejanischen Richtungsanzeiger außerordentliche Subtraktionsmanöver vorzuführen.

So stellte ich ihm einmal die Frage:

Wieviel ist 1.746.537 minus 1.746.536?

Da reckte er sich hoch und senkte sich wieder.

Eine verblüffend klare Antwort.

In den Silvesterferien hielten wir uns an den biblischen Weisheitssatz „Einer schlüpfe unter des anderen Haut."

Und den alten Wunsch „Guten Rutsch ins Neue Jahr!" haben wir auf eine ganz spezielle Weise wörtlich genommen.

Zum Erwachen in der Frühe gehörte das Gefühl der Verwandlung. Ich schrieb:

Weiches Haar,
rosige Finger
und taubenhafte Gesinnung
am Morgen.
Ihre Cremes
sind auf mich übergegangen.
Ihre Mädchenmilde
betäubt mich
und das Bad
in der Milch
ihrer siebzehn Jahre.

Im behaglichen Familienkreis produzierten wir an

Sonntagnachmittagen Hörspiele mit dem Tonbandgerät.
Für heulenden Wind war ich zuständig. Bei Haremsszenen plätscherte M. in einer Wasserschüssel. Wenn M. im Fieberwahn einen Engel sah, klimperte ihr Bruder Fred auf der Gitarre.
M. belehrte Freds Freundin, die als Haremsdame Angst vor der ersten Segnung mit dem Sultan hatte: „Man gewöhnt sich an diese Dinge."
Wir hatten uns beide auch sehr daran gewöhnt.
Als Kika – Margits Mutter – für eine Woche in Urlaub ging, überließ sie uns ihre Wohnung in den Bredeneyer Wäldern.

Sommernächte.
Offene Fenster.
Wehende Vorhänge.
Der Königspudel des Hauses
lag mit uns im Bett.
Der Wind
war im Raum
und eine Melodie,
die mich auch heute
in einer endlosen Schleife
wieder in jene Stunden versetzt.

In der Frühe hörte man im dunklen Schlafzimmer ein Schmatzen, wie es von Schritten am matschigen Seeufer und von dümpelnden Segelschiffen ausgeht. Ich schrieb:

Weich wie Salben
ist es zwischen uns.
Fleisch
saugt in der Nachtstille.
Genuss aus Fleisch.
ich schließe die Türe
vor dem Lärm
der frühen Drossel.

Beim Frühstück gab es schelmische Szenen. Wir
sprachen von der Busenkönigin Jane Mansfield.
M. hatte eine kleine Körbchengröße. Als ich beiläufig hinwarf, Jane würde sicher blass vor Neid,
wenn sie einmal einen Blick auf M.'s gewaltige
Oberweite werfen dürfte, schoss der Schluck Kaf-
fee, den M. gerade im Mund hatte, dicht an mei-
nem rechten Ohr vorbei.
M. hatte den Widerspruch zwischen der Wirklich-
keit und meiner Schilderung nicht ausgehalten.
Und noch einen Scherz erlaubte ich mir zwischen
Schinken, Toast und Ei. Ich erzählte von den An-
fangstagen der Schöpfung.
Als die Füße verteilt wurden, hatte M.
„Brüste" verstanden, mit lauter Stimme
„Hier!" gerufen und große Füße bekommen.
Dann wurden die Brüste verteilt. M. hat
„Füße!" verstanden, mit zarter Stimme „hier" ge-
lispelt, und entsprechend klein waren ihre Brüste
ausgefallen.

Mit so einem Schalk hatte es das Mädchen zu tun.
Scherze hier und da.
Als eines Nachmittags ein junges Gastgeberpaar
nebenan rumorte, erfüllte M. mir auf dem Sofa ei-
nen schnellen Wunsch.
Ich musste immer wieder ihren Kopf festhalten,
um ihren Eifer für einen Augenblick zu dämpfen.
Ein paar Tage später standen wir in einem rattern-
dem Zugklo und sahen uns im Spiegel.
M.'s nackter Hintern presste sich gegen die Milch-
glasscheibe, während ich meine Bewegungen mit
den Zugbewegungen zu koordinieren versuchte.
Avignon am Morgen.
Lhansa am Mittag.
Ein kleiner spanischer Küstenort im hellen strah-
lenden Licht.
Weiße Häuser.
Der Glockenturm.
Das Meer.
Unser Hotel.
Das Frühstück.
Der Strand.
Aber auch der Sog der Metropole.
Der Glanz eines großen Namens.
Wieder ein Zug.

So ist also Columbus gereist, sagten wir uns in
Barcelona auf dem Nachbau der Karavelle „Santa
Maria", eilten über das große Ornament der Plaza
de Cataluña und blickten hoch vom Montjuich

über das Meer.
Aber so richtig unter die Haut gingen uns die wabendurchlöcherten Gaudi-Türme der Kirche Sagrada Familia.
Lochmuster.
Stanzmuster.
Grauen der zerstörten Form.

Wenn ich von dem Löcherrücken der Geburtshelferkröten sprach, kriegte Trüdchen Brechanfälle.
Vor einem Holzschnitt des Japaners Keisai Eisen glaubte man, den Zeigefinger durch das Rautenmuster eines springenden Karpfens stecken zu können.
Ein mittelalterlicher Steinmetz hatte im Magdeburger Dom klaffende Löcher in Stein-Backen und Kinn eines Männerkopfes geschlagen.
Lochmuster.
Stanzmuster.
Löchertürme der Sagrada Familia.

Man vergaß diese Löcher nicht.
Diese rechteckigen Löcher lassen mich nicht in Ruhe wie die Kiemenspalten auf der Unterseite der Mantarochen.
Man dachte nicht an die Mosaik-Blumen in der Höhe und nicht an die Schlick-Grotten, die Lourdes-Gedanken weckten.
Man dachte an die in den Himmel gestapelten Löcher der unvollendeten Kirche Sagrada Familia.

Die toten Stiere wurden aus der Arena geschleift.
Auf der Ramblas beschrifteten wir bei einer Paella
superlange Ansichtskarten, und in einem kleinen
Altstadt-Laden kaufte ich ein zusammengeklebtes
„Handbuch der Gesundheit". Es ließ sich leicht
öffnen und ich hielt ein Kondom in der Hand.

Sechsundfünfzig Peseten kosteten die Caracoles
picantes. Manche der Schnecken schienen sich
noch im Inneren der Schale festzuhalten, wenn ich
sie herauszuziehen versuchte. Ein Schuhputzer na-
gelte mir noch eine zusätzliche Sohle unter meinen
rechten Halbschuh. Ich ging wie auf Eiern. Am
nächsten Tag schwamm ich weit in das Meer hinaus. Sah die Küste hinter den hüpfenden Wellen.
Rastete auf einem Fels. Ich war Teil dieser großen
Hitze:

Im
Kristall
des Mittags
eingeschmolzen mit
schroffen Felsen und dem
Tumult der Badenden. Ich kam
aus der Brandung zurück,
blutend wie ein Fisch
und nahm sie an einer
entlegenen Stelle
der Bucht. Im

Kristall des Mittags.

Die Frühstückszeiten verpassten wir.
M. fielen am Frühstückstisch die Augen zu. Nach-
mittags kämpften wir in den Betten. Eines Tages
stand Cadaqués auf dem Programm.
Der Hafen war von Seeigeln verseucht. In einem
Café las ich in einem Prospekt, dass Salvador Dali
ganz in der Nähe, in Port Lligat, sein Haus hatte.
Eine halbe Stunde später standen wir vor dem un-
gewöhnlichen Bauwerk, das in mehreren Stufen ei-
nen Abhang hochtreppte. Gala, Dalis Ehefrau, war
am Gatter. Ich kannte sie von vielen Bildern her.
M. stieß mich an.
„Geh hin!"
Ich hatte die Dreimalscheu eines Menschen, der
die großen Werke Dalis kannte.
„Geh hin!", sagte M.
Ich machte es also.
Vielleicht gefiel Gala, dass ich sie schon auf vielen
Werken Dalis gesehen hatte. Vielleicht gefiel ihr
mein Englisch und die Mitteilung, dass ich von ei-
ner großen deutschen Zeitung kam.
Wir wurden eingelassen.
Im Garten stand Dali im Gespräch mit dem Foto-
grafen Descharnes.
Dunkle Christusaugen.
Deine Sünden sind dir vergeben.
Der Schnurrbart hängend.
D's Englisch katalanisch.

Sicher hielt er mir zugute, dass ich seine jüngsten elektrischen Gold-Schmuckstücke kannte. Die Führung durchs Haus begann mit einer Überraschung.

Ein Braunbär stand als Wächter vor der Tür. Ein mächtiger Ursus arctos, wie aus einem naturgeschichtlichem Museum.

Von Dali reich mit glitzernden Glasperlenschnüren geschmückt. Ein Symboltier also. Sinnbild für die „ideale Liaison" von Stärke und Heiterkeit.

Eine alte Koalition der Weltkräfte, wie sie schon viertausend Jahre vor dem Glitzer-Bären von Port Lligat in einem mesopotamischen Preislied besungen worden war.

Da ging es um einen „honigsüßen Löwen". Jetzt glaube ich auch zu wissen, warum Dali so schnell darauf einging, uns durch's Haus zu führen. Der dreistufige Bau war ja ein Museum.

Ein Raritäten-Kabinett der Gleichnisse. In jedem Zimmer gab's eine Inszenierung. Das Schlafzimmer war nicht ausgeschlossen. Wir standen vor einer roten Bettstatt, über der sich ein blauer Tuchhimmel spannte.

Rot und Blau.

Wärme und Unendlichkeit.

Weibliche Nähe und männliche Ferne.

Elementare Spiele.

M. setzte sich auf eine Truhe.

Es knackte.

Dali sah sie mit Christusaugen an.

Im Atelierzimmer stand ein Schlachtenbild des Spaniers Mariano y Fortuny auf einer Staffelei.

Dali erläuterte uns den Arbeitsvorgang. Er war dabei, die dynamischen Linien aus der realistischen Fortuny-Vorlage herauszuziehen und sie auf einer zweiten Leinwand zu einer abstrakten Komposition der wirkenden Kräfte zusammenzufassen.

Heute weiß ich, wie besessen Dali damals von dem Gedanken war, Energien drastisch ins Bewusstsein zu bringen.

Er verschoss, wie uns der Fotograf Descharnes später erzählte, mit Tusche präparierte Kugeln auf die Darstellungen einer Pietà.

Die Farbexplosionen auf dem Papier sollten den berstenden Schmerz Marias nach dem Tod ihres Sohnes fühlbar machen.

Und was steckte hinter dem raumbeherrschenden Foto eines großen Ohrs?

Wir erfuhren, dass es bei dieser Maxi-Aufnahme um Johannes XXIII. ging.

Das Ohr dieses Papstes war für Dali das Symbol des Ökumenischen Konzils. Ein globales Ohr, das sich allen Christen und den Friedenssuchern aller Konfessionen öffnete.

Mir war es so, als würde hier Ptahoteps Satz „Zuhören erfreut des Menschen Herz" ins Unendliche erweitert.

Ich dachte an ein diabolisches Gegenstück im

Werk des Hieronymus Bosch. Das doppelte Höllenohr im Prado. Genaugenommen an ein Detail auf dem rechten Seitenflügel des Triptychons „Der Garten der Lüste".

Da sieht man die merkwürdige Kriegsmaschine zwischen einem Galgen und einem erotischen Dudelsack. Zwei Ohrmuscheln mit einem Messer dazwischen.

Umkrochen von nackten Menschen. Höllische Ohren von Horchern, die Leute ans Messer lieferten. Bosch hasste die „Schnüffler und Büttel der Inquisition".

Sein Ohrenpaar hat übrigens monumentale Ausmaße. Solche Größenverschiebungen sind in den Visionen, die Propheten, Mythenbildner, Märchenerzähler und phantastische Künstler erleben, nicht selten.

Bosch erfuhr's.

Dali erfuhr's.

Und ich hab's auch oft erfahren beim Abschreiben meiner Wachträume.